エリザベス・ストラウト
小川高義 訳

# 何が
# あっても
# おかしくない

ANYTHING IS POSSIBLE

ELIZABETH STROUT

早川書房

何があってもおかしくない

ANYTHING IS POSSIBLE
by
Elizabeth Strout

Translated by
Takayoshi Ogawa
First published 2018 in Japan by
Hayakawa Publishing, Inc.
This book is published in Japan by
arrangement with
Random House
a division of Penguin Random House LLC
through The English Agency (Japan) Ltd.

---

装幀／早川書房デザイン室
装画／船津真琴

兄ジョン・ストラウトへ

目次

# 標　識

トミー・ガプティルは、かつて酪農場を持っていた。これは父親から受け継いだもので、イリノイ州アムギャッシュという町から二マイルほどの距離にあった。とうの昔の話である。だが、いまもトミーは、あの酪農場が焼け落ちた夜の恐怖感で、目を覚ますことがあった。住んでいた家屋も焼け落ちた。さほど離れていない畜舎から、風で火の粉が飛んだのだ。おれが悪かった——。ずっと、そのように思ってきた。あの夜は、搾乳機の電源が切れたかどうか見届けていなかった。そのあたりが火元になった。ひとたび燃えだすと、火は猛然と広がって、酪農場を舐《な》めつくした。

一家は何もかも失った。火事のあった翌日、焼け跡へ行ったら、居間に掛けてあった鏡の真鍮《しんちゅう》のフレームだけが見つかったが、そんなものは放っておいた。寄付が集められることになって、子供たちは何週間も級友に譲られた衣服を着て学校に行った。ようやく彼は気を取り直し、なけなしの金銭も取りまとめた。土地は近隣の農家に買ってもらったが、たいした売値にはならなかった。ともかく、それで夫婦は新しい服を買った。住む家も手に入れた。妻はシャーリーという。かわいらしい小柄な女で、この時期の頑張りはみごとなものだった。今度の家はアムギャッシュに見つけるしかなかった。さびれた町だ。子供たちも、この町の学校に通うことになった。以前はカーライルの学校へ行かせていた。酪農場は二つの町の境目にあったので、そっちへ行くこともできたのだ。トミー自身も、アムギャッシュの公立校で、用務員の職を得た。安定した仕事なのがよかった。ほかの農場で雇われようとは思わなかった。そこまで腹を据えることができない。当時、彼は三十五歳だった。

いまは子供たちも大人になって、それぞれが子持ちになり、その子供たちも大きくなった。いまなお彼は、妻と二人で、小さな家に暮らしている。シャーリーは家のまわりに花を植えた。そんなことをする家はめずらしい。そういう町だった。火事の直後には、彼は子供のことが気になってならなかった。それまでは遠足の生徒が来るような家だったのだ。毎年、春になると、カーライルの学校の五年生が、一日がかりの酪農見学として、畜舎の外に出した木のテーブルでランチを食べてから、舎内をとことこ歩きまわり、従業員が搾乳するのを見ていた。白く泡立つ液体が、透明なプラスチックパイプを子供の背より高くせり上がって流れた。だが火事のあとには、父親は学校の中で見かける人になった。廊下で吐いてしまった子供がいると、そこへ「マジックダスト」を撒《ま》いてから、箒で片付けていた。用務員のトミーはグレーのズボンに白いシャツという格好で、そのシャツに赤い糸でトミーという名前が入っていた。

そういうことだ。そんな日々を一家はくぐり抜けた。

＊

けさのトミーは、のんびりと車を走らせ、カーライルの町へ行った。いくらか用事がある。五月の土曜日。晴れた日だった。もう少しで妻の八十二回目の誕生日が来る。車の周囲は、どこまでも土地が広がっていた。トウモロコシの作付けが終わっていた。大豆もそう。まだ茶色く見えるところは、土地を耕しただけで、これから何かしら植えるのだろう。とはいえ、視野の大半は、高々とした青い空だ。地平線あたりに、ぽつぽつと白い雲が見える。彼の車は、道路標識のような看板を通過した。これはバートンの家に向かう分岐点に立っていて、いまでも「縫いもの、直し、いたします」という文字が読める。だが、そういう内職をしたリディア・バートンという女は、とうの昔に死んだ。あのバートンという一家は、アムギャッシュのような町にあっても、なお下層の人間と見られていた。あれほど貧しくて風変わりだったら、そういうことにもなるだろう。ピートという息子が、いも一人で住んでいる。すぐ下の妹が、三つ先の町にいる。末っ子のルーシー・バートンは、とっくに逃げていって、ニューヨークに住みついたそうだ。あのルーシーのことを、よくトミーは思い出していた。放課後もなかなか帰らず、一人だけ教室に残っている子だった。四年生からハイスクールの最終学年までそんなことをしていたが、しっかり目を合わせてくるまでにも二年や三年はかかっていた。

いや、それもそうだが、いま通過しようとする近辺には、あの酪農場があった。現在では平たい土地が続くだけで、酪農場の影も形もなくなった。彼は昔の生活を思い出した。思い出すことはよくある。いい暮らしだった。しかし、だからといって後悔はしていない。トミーは後悔する男ではない。あの火事の夜——駆けめぐる恐怖のさなかに——この世で大事なものは妻と子なのだと実感した。普通の人は、一生かかっても、そこまで身にしみて感じることはない。この大事な賜物《たまもの》をしっかり抱きしめているように、ということを神が伝えようとして、その標識になるものが火事だったのではないかとさえ、心の奥では思っている。心の奥で、というのは、へんな理屈をつけて悲惨な出来事をごまかす人間だと思われたらいやだからだ。そんなことは誰にも——長年連れ添った愛妻にも——思われたくない。だが、あの夜、たしかに感じたことがある。妻が子供らを街道まで連れ出していて——というか、畜舎が燃えていると見た彼が、母屋《おもや》から追い立てるように避難させたのだが——燃えさかる炎が大きく夜空に舞い上がり、焼け死んでいく牛の絶叫が聞こえていて、さまざまな思いが彼の胸中にはあったけれども、屋根が母屋の本体を押し潰すように焼け落ちて、まず寝室の階が崩れ、さらには下の階の居間が、子供の写真、両親の写真をすべて巻き添えにして滅びるのを見た彼は——ここに疑う余地はなく——神の存在としか思えないものを感じたのだった。昔から天使が翼のある絵で描かれてきたことにも得心がいった。そういう感覚が——つまり、ばさっという音のような、いや、音とも言えないような感覚があって、それから神が——といっても顔を見たわけではないが、しかし神であるはずのものが、彼に間近く迫ってきて、言葉にするのではなく——ごく短い、ほんの一瞬の告知として伝えられたことがあり、彼の理解では「これでよいのだ、トミー」と言われたようだった。そして彼は、これでよいのだと思った。もちろん理屈は超えているとしても、これでよいのだった。ずっとそのように思ってきた。あれから子供たちも人の気持ちがわかるようになったらしい、と思うことがあった。相応の家庭の子が集まっていた学校から、貧乏人の子が来ている学校に変わったことが、いい結果につながった。あれ以来、神の存在を感じることがあって、何というか、金色をした気配が寄せてくるようだと思ったりもしたのだが、あの夜のように神そのものが来たと感じることはなかった。ともかく、そんなことを言ったら、人にどう思われるか知れたもので、だから彼は黙っていた。死ぬまで言わないつもりだ。神からの標識があったこと――。

それでも、こんな陽気になった春の朝には、土の匂いに誘われて、牛の匂いがよみがえるような気もする。牛の鼻先の湿り気、腹のぬくもり、二棟あった畜舎のことを思い出すのだ。切れ切れに戻ってくる記憶の場面を、つい一つずつたどっていた。いまバートンの家の近くを通過したせいだろうか、あの男のことも思い出した。ケン・バートン。みすぼらしい子供たちの父親だ。トミーの酪農場で何度か臨時に雇ったこともある。それでまた思い出すのは――どちらかというと、そっちなのだが――ルーシーのことだ。大学へ行くというので出ていった。結局、ニューヨークに落ち着いて、作家になった。

ルーシー・バートン。

トミーは、運転しながら、わずかに首を振っていた。あの学校で三十年以上も清掃管理をしたのだから、いろいろなことを知っている。女生徒の妊娠、飲んだくれの母親、不倫のある家庭。トイレやカフェテリアのあたりで小さく集まった生徒たちが、そんな噂をしているのを耳にした。もちろん、なんだかんだ言って、彼は見えない存在になっていればよかった。だがルーシー・バートンは気になった。ヴィッキーという姉がいて、その上の兄がピート。三人とも、ほかの生徒からひどく馬鹿にされて、また教師の中にも意地の悪い人がいた。そのくせルーシーは放課後も学校から帰りたがらないということが何年も続いたので、たしかに無口な子だったけれども、すっかり顔見知りになったような気がした。

ある日、ルーシーが四年生で、彼は用務員になった初年度だったが、教室のドアを開けたらルーシーがいた。椅子を三つ、ラジエーターの近くへ押しならべ、その上で横になって寝ていた。コートを毛布代わりにして、ぐっすり寝込んでいたのである。彼はびっくりした目で、少女の胸がわずかに上下するのを見ていた。目の下に隈ができている。睫毛は小さな星がきらめいて続くようだ。瞼が濡れていたのである。さっきまで泣いていて眠ったということか。彼はそろそろと音を立てないように、あとずさりして出た。うっかり見つけてしまって、まずいことをしたような気がした。

そう言えば、彼が教室へ行ったら、もう中学生になっていたはずのルーシーが、黒板にチョークで何やら描いていたこともあった。彼が入ったとたんに、ルーシーの手が止まった。「いいんだよ」と彼は言った。黒板には、小さな葉をたくさんつけた蔦《つた》のような絵ができあがっていた。ルーシーは黒板から少し離れて、いきなり口をきいた。「チョーク、折っちゃいました」それくらい構わないとトミーが言うと、「わざと折ったんです」とも言った。ちらりと顔に笑みが浮いたかに見えたが、すぐに彼女は目をそらしていた。彼が「わざと?」と聞き返すと、うなずいたルーシーに、また小さな笑顔が出た。そこで彼もチョークを一本、新品の長いやつを手に取って、ぽきんと半分に折り、ウィンクしてみせた。彼の記憶では、このときルーシーから笑い声が出かかっていた。「きみが描いた?」と、小さな葉っぱのついた蔦を指さしたら、ルーシーはちょこっと肩を上げてから、また目をそらしてしまった。というようなことがあったけれど、いつもの彼女は、ただ机に向かって、本を読んでいるか宿題をしていて、そうであることが彼にもわかった。

一時停止の標識にさしかかって、彼は静かに口に出して言った。「ルーシー、ルーシー、ルーシー・B。どこ行った、どう逃げた」

どうだったのか、知らないわけではない。彼女が最終学年だった春のこと、放課後の廊下で見かけたら、ぱっと素直な顔になって、大きな目をして、「ガプティルさん、あたし、大学へ行けるんです!」と言った。だから彼も「へえ、ルーシー、すごいじゃないか」と言った。彼女は腕を広げて抱きついてきた。しばらく離そうとしないので、彼もしっかり抱き止めてやった。あれは記憶に残った。痩せた子だったからだ。細い骨格と小さな胸の感触があった。あとになってから、あの子はどれだけ――どれだけしか――抱きしめてもらったことがないのだろう、という記憶にもなった。

一時停止のあと、また走り出して、町に入った。少し行けば駐車場がある。そこへ乗り入れて、車から降りて、陽光に目を細めた。「トミー・ガプティル」と呼ぶ声に振り向けば、グリフ・ジョンソンがひょこひょこ歩いてきた。この男は片方の脚が短いので、そういう歩き癖になっている。そっちの靴は上げ底になっているのだが、それでも隠しきれていなかった。グリフは手を出して、握手の態勢になっていた。「グリフィス」とトミーも言って、しばらく二人で腕に上下運動をさせた。メインストリートを車が何台ものんびり通過していった。グリフはこの町の保険屋をしている。トミーには親身になってくれる男だった。トミーが酪農場にしかるべき保険を掛けていなかったことを知って、グリフは「もうちょっと早く出会っていたらなあ」と言った。まったくその通りだ。しかし、あたたかみのある顔をして、ぽっこりと腹も出てきたグリフは、ずっと好意を向けてくれていた。いや、それを言うなら、トミーは人に親切にされなかったことはないとさえ思っていた。

いい風に吹かれながら、子や孫の話をした。ドラッグに手を出した孫がいる、とグリフは言った。それは気の毒なと思ったトミーは、うなずきながら聞き役になって、メインストリートの並木にちらちらと目を上げた。若葉が青々としていた。それから、ほかの孫の話も聞いた。医学部へ行っているという。トミーは「ほう、たいしたもんだ。よかったなあ」と言って、二人で肩をたたき合ってから別れた。

ちりん、とドアのベルを鳴らして入った衣料品の店で、マリリン・マコーリーが服を試着していた。「あら、トミー、めずらしいこと」いくらか先の日曜日に孫娘の洗礼があるので、その日に着られそうな服を見ているのだと言って、マリリンは横腹あたりの服地をつんつん引っ張った。ベージュの生地に、赤いバラの模様が渦を巻くようにならんでいる。いまは靴を脱ぎ、ストッキングだけで立っていた。わざわざ服を買うなんて贅沢なんだけど、そういう気分になっちゃった、ということだ。もう長年の顔見知りであって、アムギャッシュで高校生だった彼女を、トミーは知っている。そのマリリンが照れたようだったので、贅沢なんてことはないとトミーは言った。ついでに、「もし、よかったら――」とも言った。「女房に買ってやれるものを見立ててくれないかな」

するとマリリンは得たりとばかりに、いいわよと言い、試着室へ行って、自分の服になって出てきた。黒いスカート、青いセーター、黒のフラットシューズ、という彼女が、トミーを迷わずスカーフの売り場へ連れていった。「ほら、こんなの」と引っ張り出したのは、金糸を入れた模様のある赤いスカーフだった。トミーはこれを手に持ったが、もう一方の手で花柄のスカーフを選び出し、「こっちかなあ」と言った。マリリンも「そう、シャーリー向きだわね」と言うので、トミーにも見当がついた。マリリンは赤いスカーフが気に入っているのだが、自分では買わずに我慢するつもりなのだ。

トミーが用務員になったばかりの年に、愛嬌のある女生徒だったマリリンは、彼を見れば「こんちは、ガプティルさん！」と声を掛けてきたものだ。いまでは相応に年をとって、気苦労もありそうだ。やつれた面立《おもだ》ちになっている。トミーは誰もが考えそうなことを考えた。これはマリリンの夫がベトナムへ行って、すっかり人が変わって、それきりになったからなのだ。トミーも町へ来ればチャーリー・マコーリーを見かけることがあったが、その男はいつも遠くを見るような目をしていた。気の毒なことだ。その男も、マリリンも。トミーは、どうしようか考えるように、しばらく金糸の入った赤いスカーフを手にしていたが、「そうだね、シャーリーにはこっちがいい」と言って、花柄のスカーフをレジへ持っていった。マリリンには、助かったよ、と礼を言った。

「これなら気に入ってもらえるわね」とマリリンが言い、そうに違いないとトミーも言った。

店を出て、この街路を本屋まで歩いた。ガーデニングの本でも見つければ、妻が喜ぶだろうと思った。書店内をうろついていたら、よく目立つ中央の位置に、ルーシー・バートンの新刊本が展示されていた。手にとって見ると——表紙のデザインは都会のビルだが——カバーの袖に著者の写真が出ていた。いまから会ってもわからないだろう。これはルーシーだと知っているから、いくらか昔の面影があるようにも思える。笑った顔が、あいかわらずの照れ笑いになっている。ふたたび彼はチョークをわざと折ったと聞いた午後のことを思い出した。あの日も、おかしな笑顔を見せていた。もうルーシーもそれなりに年をとって、この写真では髪を後ろにまとめているが、見ているほどに、少女時代の彼女が見えてきた。

小さい子を二人連れた母親が来たので、トミーは道を譲った。その母親が子供を歩かせながら、「あ、すみません」と言って通り過ぎた。「いえいえ」と応じた彼は——たまにあることだが——さて、あのルーシーもどうしているかと思った。はるばるニューヨークまで出ていって、どんな暮らしをしたのだろう。

この本を元の位置に戻すと、彼はガーデニングの本のことを聞くつもりで店員に寄っていった。「ありますよ、ぴったりだと思いますけど。入荷したばっかりで」若い女の店員が——たいして若くないのかもしれないが、いまのトミーには店員がみな若く見える——ヒヤシンスの花が表紙になっている本を持ってきた。トミーは「ああ、ばっちりだ」と言った。ラッピングしましょうか、とも言われたので、それはありがたい、と答えて銀色の紙で本が包まれるのを見ていた。青いマニキュアをした店員は、わずかに舌先を歯の間にのぞかせ、真剣に作業をした。最後にテープを貼って、大きな笑顔を見せた。彼はまた「ばっちりだ」と言い、店員が「では、よい一日を」と言うので、同じように挨拶を返した。

書店を出てから、日射しを浴びつつ街路を渡った。ルーシーの本があったという話を、帰ったらシャーリーに聞かせてやるつもりだ。彼がルーシーに好意的だったので、おのずとシャーリーもそうなっていた。それから彼は車のエンジンをかけ、駐車場を出て、帰路をたどった。

グリフ・ジョンソンの孫について聞いたことを思い出した。ドラッグから抜けられなくなっているという。それからマリリン・マコーリー、その夫チャーリーのことも考えた。そうしたら、ふと自分の兄のことを思い出した。先年亡くなった兄は、第二次大戦に従軍して、強制収容所が解放されていく現場を見ていた。まったく別人になって復員した兄は、家庭生活が破綻し、子供たちに嫌われることになった。トミーは生前の兄から収容所で見たものの話を聞かされている。周辺の住民に内部を見せつける任務もあったらしい。女ばかりの一団を案内して実態を見せたことがあって、泣いて悲しむ女もいれば、自分らは悪くないとばかりに傲然と顔を上げる女もいたという。それがトミーの目にも浮かぶようで、ずっと忘れられなくなっていた。なぜか知らないが、また思い出したのだった。

車の窓ガラスを全開に下げた。どうやら年をとるほどに――すっかり老人になっているけれども――よくわからないということがわかってきた。せめぎ合う善と悪が混乱して、なんだかよくわからない。たぶん人間はこの世のことがわからないようにできている、ということもわかってきた。

すぐ帰るつもりだったが、あの標識めいた「縫いもの、直し、いたします」の看板が近くなって、彼は速度を落とし、バートンの家までの長い道へ折れた。いまでもトミーは、ピート・バートンの様子を見に行ってやることがある。ピートだって、もう子供ではなく、いい年をした男なのだが、その父親のケンが死んでから、トミーはそんなことをしてきた。ピートは昔からの家に一人で住んでいる。ここ二カ月ばかり、顔を見ていなかった。

長い道を走った。このあたりは、どこからも離れている。こうまで引っ込んで暮らしたら、子供にはよくないのではなかろうか、ということを彼は長年、妻のシャーリーと話題にしていた。道の片側にトウモロコシ畑が広がり、反対側は大豆畑である。トウモロコシ畑の真ん中に一本だけ立っていた木は――巨木だったが――数年前に落雷があって倒れたきりになっている。長い枝が、もはや葉もなく、折れたまま、空に向けて突き出されていた。

小さな家屋の横にトラックが置かれていた。この家は何年も放ったらかしで塗装もしないので、すっかり色が抜けたように見える。白けた羽目板は、ところどころに脱落もあった。いつ来てもブラインドは下がったままだ。トミーは車を降り、ドアをノックした。ここに立って日射しを浴びていると、またルーシー・バートンを思い出した。まったく痩せた子で、痛々しいほどで、髪は長いブロンドで、相手に目を合わせようとすることがまずなかった。ある日、彼が放課後の教室に入ったら、まだ小さかったルーシーが一人で本を読んでいて、ドアが開いたとたんに飛び上がっていた。おびえて飛んだことが目に見えた。彼はあわてて「あ、いや、いいんだよ」と言った。だが、ああして飛び上がって、顔に恐怖を走らせるのを見たら、家でぶたれている子ではないかと思った。ドアが開いただけであれだけこわがるとは、そうに違いなかった。以来、気をつけて見るようにしていたのだが、やはり黄色っぽいような、あるいは青いような痕跡が、首筋や腕の皮膚に出ていることがあった。そんな話を家に持ち帰ると、シャーリーは「やだ、どうしたらいいの？」と言った。そこで彼は考えて、妻も考えたのだが、どうしようもないとしか思いつかなかった。

さて、その話をした日は、ルーシーの父親ケン・バートンにまつわる話を、妻に聞かせた日でもあった。とうの昔に、まだ酪農場があって、ケンを搾乳機の操作に雇うこともあった頃のことだ。トミーが畜舎の裏へ回ったら、ケンがいた。ズボンを足首までおろして、きたない言葉を発しながら、自身に力をかけていた。何という場面に来合わせたものだ！トミーが「よせ、こんなところで」と言うと、くるっと向きを変えた男はトラックに乗って走り去り、それから一週間は出勤してこなかった。

「トミー、そういうこと、あたしには黙ってたの？」シャーリーの青い目が、こわがったように彼を見上げた。

とんでもない話で、思い出したくもなかったのだとトミーは言った。

「どうにかしたほうがいいんじゃない？」と、あの日の妻は言った。またしばらく二人で考えたが、やはり結論は、どうしてやれるものでもない、ということだった。


ブラインドにわずかな動きがあって、ドアが開き、ピート・バートンがいた。「やあ、トミー」と日射しの中へ出てきて、すぐにドアを閉め、トミーの前に立つ。家の中へ入れたくないのだろうが、早くも、饐《す》えたような臭いがふわりとトミーに寄せてきた。あるいはピート自身が発しているのかもしれない。

「ちょっと通りかかったもんで、どうしてるかと思ってね」トミーは何気なく言った。

「そりゃ、どうも。どうにかやってる」ピートの顔が、明るい日なたで、色を失ったように見えた。髪の毛も、ほぼ全体に色が抜けて、薄弱な白髪頭になった。背にした家屋の羽目板と、たいして変わらない色である。

「ダーの農場で仕事してるんだっけ？」トミーは言った。

そうだよ、という答えだったが、もう終わりかけていて、この次はハンストンへ行って働くらしい。

「じゃあ、いいな」トミーは地平線に向けて目を細めた。ずっと大豆畑が広がっている。茶色の地面に明るい緑色が芽吹いていた。その地平線にピーダーソン農場の建物がある。

それから、いまは機械が変わってきたという話をした。カーライルとハンストンの中間に、風力タービンが立ちならんだことも話題になった。「そういうものになじんでいかないと、だめなんだろうな」トミーは言った。そうなんだろうね、とピートも言った。家の前に一本だけ立っている木が、まだ小さい葉をつけていた。その枝が風でぺこんとお辞儀した。

ピートは、腕を組んだ姿勢で、トミーの車に寄りかかった。上背はあるが、胸がへこんでいるのではないかと思うほどに痩せている。「トミーは、戦争へ行った？」

これには面食らった。「いや」トミーは言った。「ちょっとだけ年が足りなかった。兄貴は行ったよ」木の枝が、すっと上がって、下がった。トミーの知らないうちに風を受けたのかもしれない。

「どこにいたんだろう？」

トミーは一瞬とまどってから言った。「強制収容所を解放した話は聞いた。もう終戦間際だったが、兄貴がいた部隊はブーヘンヴァルトの収容所へ向かった」トミーは空を見上げ、ポケットからサングラスを取り出して、ひょいと顔に掛けた。「それで人が変わった。

うまく言えないんだが、別人になって帰った」彼も何歩か動いて、ピートとならんで車に寄りかかった。

わずかに間を置いてから、ピート・バートンがトミーに顔を向けた。敵意はなく、むしろ謝るような語気をにじませた声で、彼は言った。「あの、もう来ないでくれたほうが、ありがたいんだけど」ピートの唇は、色が薄くて、割れるほどに乾いている。これを舌で湿らせ、ピートは地面を見た。とっさに聞き間違えたのかとトミーは思ったが、「おれは、ただ——」と言いかけたところに、ピートが目を走らせて、また言った。「来られると、そのたびに苦しいんだ。これだけ時間がたったんだから、もういいじゃないかとも思う」

トミーは、つっと車から離れて、まっすぐに立ち、サングラス越しにピートを見た。

「苦しい？　おれは何も、そんなつもりで来てるんじゃないぞ」

急に風が立って道路を吹き抜け、二人が立っている地面に、いくらか土埃が舞った。トミーは、ピートが目を合わせられるように、サングラスをはずした。ひどく心配げな目になっていた。

「いや、聞かなかったことにしてくれ。つまんないこと言った」ピートの首がうなだれた。

「おれは、なるべく様子を見に来ようと思ってるだけだ」トミーは言った。「これも付き合いってもんだよ。おまえは一人っきりで住んでるじゃないか。たまには知ってる者が顔を見に来たっていいだろう」

ピートは、ゆがんだ笑顔を、トミーに向けた。「そんなことしてくれる男は、あんただけだよ。いや、女もそうだが」ピートは笑った。耳障りな声になった。

二人の男が対峙して、もうトミーは組んだ腕をほどいていた。その手をポケットにすべり込ませると、ピートも同じことをした。ピートは石ころを蹴飛ばしてから、ずっと広がる畑に顔を向けた。「ピーダーソンさんとこも、あの木を片付ければいいのにな。どうして放っとくんだろう。あれが立ってるんなら、よけて耕すこともできるだろうが、ああなっちゃったら、しょうがねえや」

「どうにかするらしいよ。そんなこと言ってるのを聞いた」トミーは、何をしに来たのかわからないような、案外な思いをした。

まだ倒木を見ながらピートが言った。「うちの親父も戦争に行った。すっかりおかしくなった」ピートは日射しに目を細めながら、その目をトミーに向けた。「死ぬ前になって、おれに話して聞かせた。ひどかったらしい。で、まあ、ドイツ人を二人撃ったら、どっちも兵隊じゃないことがわかった。まだ子供みたいなやつだった。親父は引き替えに自殺してもよかったと思って毎日暮らしていたらしい」

トミーは、もう若くもない男の昔話を、サングラスをはずした顔で聞いていた。サングラスを持ったまま、手をポケットに突っ込んでいる。「そうだったのか。おまえの親父も戦争に行ってたとはな」

「親父は――」ピートの目に、見間違いではなく、涙があった。「親父だって、まともな人間だったんだよ」

トミーはゆっくりと首をうなずかせた。

「おかしなことをしていたが、自分ではどうしようもなかった」ピートは顔をそむけたが、ほどなく、その顔を半分くらいトミーに戻して、続きを言った。「親父は――あの晩、搾乳機の電源を入れに行った。それから火事になった。そのことが、おれ、頭にこびりついて――親父が犯人に違いないみたいな。トミーも知らないことはないんだろう」

トミーは頭皮に鳥肌が立つ思いだった。その感覚が止まらずに、じわじわと顔に這った。太陽はすごく明るいとしても、自分だけスポットライトを浴びているような気がする。それから、つい息子に話しかけるような口をきいて、「そんなこと考えるもんじゃない」と言った。

「あのさ」ピートの顔に、いくらか血色が出ていた。「あの機械が危ないかもしれないことを、親父は知ってたんだ。そんな話をしていた。あんまり出来のいいものじゃないんで、すぐに過熱する恐れがあったらしい」

トミーは「それはその通りだ」と言った。

「親父はあんたに腹を立ててた。いつだって誰かに怒ってたが、あんたにも怒ってた。何があったのか知らないが、あの酪農場で働いていて、しばらく行かなくなったことがあった。あとでまた戻ったけども、何はともあれ、あんたのことを嫌がっていた」

トミーはまたサングラスを掛けて、慎重に言うべきことを考えながら言った。「あの男は、まあ、一人遊びをしてたのさ。畜舎の裏へ回って、ごそごそやってた。だから、こんなところでそんなことするなって言ったんだ」

「なんてこった」ピートは鼻をこすった。「なんてこった」まず空を見上げて、すぐトミーに目を向ける。「あんたが煙たかったんだな。あの晩、火事になる前に、親父は出ていった。そういうことはあったんだ。酒飲みではなかったが、ふらっと家を出て行くことはあった。あの晩も出ていって、帰ったのは真夜中ごろだ。どうして覚えてるかっていうと、妹が寒がって寝つけないんで、お袋が――」ここでピートは、息継ぎでもしたいように、いったん話を止めた。「それで、お袋も起きてて、いいから寝な、ルーシー、もう真夜中だ、なんて言ってたのを覚えてる。それから親父が帰ってきた。次の日に学校へ行ったら――もう火事の話で持ちきりで、ああ、やっぱり、と思った」

トミーは車を支えにして倒れまいとした。言葉がなかった。

「あんたも、わかってたんだろう」ピートがついに言ってのけた。「だから来るんだよな。おれを苦しめようとして」

だいぶ長いこと、二人は立ったままだった。風が強まっていて、トミーのシャツの袖をはたはたと揺らした。するとピートが向きを変えて、家に入ろうとした。ぎいっとドアが開いた。「おい、ピート、あのな」トミーは声をかけた。「おまえを苦しめたくて来てるんじゃない。いまだに、よくわからないんだ。いまの話を聞いたって、本当にそうなのか、まだわからんぞ」

ピートは振り返り、ほどなくドアを閉め直して、またトミーに寄ってきた。その目が潤んでいるのは、吹きつける風のせいか、涙のせいか、トミーには判断がつかなかった。ピートが面倒くさそうな口をきいた。「いや、だからさ、親父は戦争に行って、ああいうことをさせられる柄じゃなかったんだ。そもそも人殺しなんて普通のことじゃないだろ。そういうことをさせられた。ひどいことをして、自分でもひどいことになった。心の中で生きていられなくなった。おれが言いたいのはそれだけだ。どうにかなる人間もいるだろうが、親父はどうにもならなかった。めちゃくちゃになって――」

「お袋さんは、どうだった?」トミーは出し抜けに言った。

ピートの顔色が変わった。ぽかんとした表情になった。「お袋が――?」

「どう受け止めてた？」

ピートはたじろいだようだ。ゆっくりと首を振って、「わからない」と言った。「どうなってたんだろう」

「おれだって、よく知ってる人じゃないから、たまに外で見かけるくらいだったが」それでトミーは思い出した。あの女が笑う顔を見たことがなかった。

ピートは地面だけを見つめていた。もう仕方なさそうに、「お袋のことはわからない」と言った。

ぐるぐる回っていたトミーの心が、ようやく落ち着いてきた。自分を取り戻したような気がする。「あのな、ピート、親父さんが戦争に行った話をしてくれたのはよかった。たしかに聞かせてもらったよ。まともな人だったんだな。そうなんだろうと思う」

「そうなんだよ！」ピートは、色の薄い目をトミーに合わせ、ほとんど泣き叫ぶように言った。「何かするたびに、あとでめちゃくちゃな気分になってた。あの火事があってからは、ええと――ひどく取り乱したみたいになって、ずっと何週間も、それまで以上におかしかった」

「もういいよ、ピート」

「よくない」

「いいんだ」トミーは毅然として言った。相手の男に間近く迫って、その腕にぽんと手を当ててから、さらに話を進めた。「とにかく、あいつがやったとは思ってない。あの夜は、おれが電源を切り忘れたんだろう。おまえの親父はおれに腹を立てていた。ああいうことになって、いい心地はしなかったろう。それだけのことだ。まさか自分がやったと言ったわけじゃあるまい？　戦争で人を殺したと言い残した死に際にも、酪農場を燃やしたなんて白状しなかったんだろう。どうだ？」

ピートは、してない、と首を振った。

「だったら、いいじゃないか。放っとけ。それでなくたって、おまえ、さんざん苦労しただろう」

ピートは髪に手をくぐらせて、いくらか髪が立ち上がった。とまどったように彼は言った。「苦労？」

「町の連中に、どう扱われたかってことだ。妹二人もそうだろう。おれだって、あの学校に勤めてたんだから、そういうことは見てる」トミーは息が上がりそうな気がした。

ピートは小さく肩を動かした。とまどいが消えたわけではなさそうだ。「じゃあ、いいってことにするよ」

また少しの間、風に吹かれて立っていたが、それからトミーは、ぼつぼつ行くかな、と言った。「ちょっと待った」と、ピートが言った。「街道まで乗せてってくれないか。お袋が立てた看板は、もう取っ払ってもいいんだ。そうしようと思ってたんで、そうする。ちょっと待ってくれ」

ピートが家の中へ行って、トミーは車の横で待っていた。まもなく、ピートがハンマーを持って出てきた。トミーは運転席に、ピートは助手席に乗り込んで、街道までの道を走った。こうして横並びに坐っていると、さっきよりも臭うな、とトミーは思った。走りながら、ふと思い出すことがあった。ある日、教室にコインを一つ置いたのだ。中学生だったルーシーが坐りそうな机の付近に、二十五セント玉を置いた。ルーシーはいつもヘイリー先生の教室へ行った。一年だけ社会を教えて、すぐ兵役についた人だったが、ルーシーには優しかったようだ。あとで理科の教室になったけれども、放課後のルーシーが行きたがるのは、その教室と決まっていた。ともかくルーシーが坐るだろう位置の付近に、彼はコインを置いた。学校に自動販売機が導入された直後のことで、二十五セントあればアイスクリームサンドが買えた。それをルーシーから見えるところに置いたのだ。その晩、ルーシーが帰宅してから、また教室へ行ってみると、二十五セントは彼が置いたままに残っていた。

ルーシーとの音信はあるのか、というようなことをピートに言おうかと思ったが、もう標識みたいな「縫いもの、直し、いたします」の看板まで来ていたので、「ほら、着いたぞ。元気でな」と言うだけになった。ピートは礼を言って車を降りた。

少し行ってからバックミラーを見ると、ピート・バートンが持参のハンマーで看板をたたいていた。その様子が――たたきつける勢いが――運転しながら気になってならなかった。あいつが――もう子供でもあるまいに――だんだん力を増しながら何度も看板をたたいていた。車がわずかな下り坂にかかって映像がミラーから消えたが、あわてることはなく、また上がってから見ると、子供じみた大人が怒り狂ったようにハンマーを振るっていた。トミーが驚くほどの猛威だった。まったく驚いた。看板に怒りをぶつけていた。見てはいけないものを見たようでもあった。一人で苦しむという意味で考えれば、あいつの父親が畜舎の裏でしていた行為のように、他人にはわからないことなのかもしれない。そしてまた、車を走らせながら、別のことを思いついた。あの母親ではないのか。そっちだ。母親が危険の元だったに違いない。

トミーは速度を落とし、車を反転させた。いま来た道を戻っていくと、もうピートは看板をたたくのではなく、心まで疲れたように、ばらけた部材を蹴りつけていた。またトミーが来たと見て上げた顔は、驚きを隠せなかった。トミーは助手席側に身体を寄せて、その窓を下げた。「乗れよ、ピート」と言うと、汗ばんだ顔の男が迷いを見せた。「乗れよ」と、またトミーは言った。

もう一度ピートを乗せた車が、さっきの道をバートンの家まで走って、トミーはエンジンを切った。「な、ピート、話がある。ようく聞いてくれ」

ピートの顔に不安がよぎった。トミーは、その男の膝に、ちょっとだけ手を添えてやった。おびえた表情は、教室にいるところを見られたルーシーの顔と同じだ。「この年まで生きていて、一度たりとも人に話そうとは思わなかったことを言わせてもらう。あの火事があった夜なんだが――」と語り出して、トミーは神が来たように思ったこと、これでよいのだと神に知らされたように思ったことの顚末《てんまつ》を話して聞かせた。ピートは下を向いたり、トミーを見たりしながら、じっと聞いていたが、語り終えたトミーに驚嘆したような顔を向けた。

「で、そうと信じてるのか？」ピートは言った。

「信じるというのではない。そうとわかっている」

「それを奥さんにも言わなかった？」

「ああ、言ってない」

「どうして？」

「そうさな、生きていれば、口には出さないことだってあるだろう」

ピートはうつむいて自分の手を見た。その手をトミーも見て、ほう、と思わされた。大きく頑丈な手をしている。しっかりした大人の手だ。

「じゃあ、あの親父が、神の手伝いをしてたってことか」ピートはゆっくりと首を振った。

「そうではない。あの夜、おれの身に起こったことを言ってるだけだ」

「だろうな。いまの話は耳に入ってるってだけで――」ピートは、フロントガラスから前を見た。「どう考えたらいいかわからない」

トミーは、家の横に置かれたきりのトラックを見た。そのフェンダーが陽光を弾いていた。古ぼけた車体は、くすんだ茶色である。家屋の色と合わせたようにも見えた。トミーは、お似合いの色だと思いながらトラックをながめていた時間が、だいぶ長くなったような気がした。

「ルーシーはどうしてる？」トミーが足を動かすと、車のフロアに砂粒のこすれる音がした。「本屋に新刊が出ていた」

「よくやってる」ピートの顔が明るくなった。「あいつは、よくやってる。いい本だ。見本を送ってくれた。たいした妹だよ」

トミーは「おれが置いてやったコインを取ろうとしなかった」と言って、その昔、二十五セント玉が置かれたままに残っていたことを、ピートに聞かせた。

「だろうな。ルーシーなら一セントだって人の金を取らなかったろう」さらにピートはすぐ下の妹の話もした。「だがヴィッキーだったら、まるで違ったろうな。がっちり取っておいて、もっと寄こせと言ったはずだ」そう言って、トミーにちらりと目を向けた。「そう、あいつなら取ったろう」

「ま、そういう葛藤は常にあるよな。何をすべきか、せざるべきか」トミーは冗談にしてしまいたくなった。

ピートが「何だ?」と聞くので、また同じことを言った。

「ああ、おもしろいね」とピートが言い、トミーは子供を相手にしゃべっているような気もして、ついピートの手に目を戻していた。

しばらく黙って坐っていたら、車のエンジンが、こんこん、と音を立てた。ややあってピートが言った。「さっきお袋がどうだったかなんて言ったよな。そんなこと誰にも聞かれたことがない。でも、ほんとのこと言って、おれたち、母親に愛されたのかどうか、よくわからない。何かこう、大きなところで、わからないと思う人だった」彼がトミーを見るので、トミーはうなずいてやった。「でも、親父は愛してくれた。そう思う。おかしな親父だったが──いや、まあ、おかしくなってたんだが、おれたちは愛された」

トミーはもう一度うなずいた。

「いまのこと、もうちょっと聞かせてくれないか」ピートが言った。

「いまの？　何の話だっけ？」

「その……葛藤、とか言ったよな。何をして、何をするべきでないのか」

「ああ――」トミーはフロントガラスの先にある家を見た。ひっそり静まり、荒れ果てて太陽を浴びている。ブラインドが疲れた瞼のように下りていた。「たとえば、大きな話として――」トミーは戦時中に兄が見たということを語った。収容所を見学させられた女の一団。泣き出した者がいれば、憤然として、自分は悪くないと思った者もいる。「まあ、葛藤と言うのか、せめぎ合いなのかもしれんが、そういうものは常にあるんだろう――。そう、後悔、なんていうものを見せられる――何かしら人を傷つけることをしてから、たしかに悪かったと考える――ということで人間なのかな」トミーは車のハンドルに片手を添えた。「おれは、そう思う」

「親父は後悔していた。あんたの言ってること、そのまんまの人間だった。せめぎ合いだ」

「なるほど。そうなんだろうな」

太陽はすっかり高くなって、もう車内からは見えなかった。

「こんな話、したことない」ピートが言った。それでまたトミーは、いい年になった男が、まだまだ子供のようではないかと思った。すると胸の奥に、ちくん、と痛みが走って、それがピートにつながっているような気がした。

「こんな年寄りが、こんな話をしに、足を運ばせてもらってもいいかな。次の次の土曜日あたりに、また来ようか」

だがトミーには思いがけないことに、ピートは両手を固く握って、どんと膝に打ちおろした。「いいや、来なくていい。いいんだ」

「おれが来たいと思うんだよ」トミーは言った。そう言いながら、それは本心なのかとも思い、そうではないとわかっていた。といって、だから何なのだ。どっちでもいい。

「義務だから来るみたいな、そんなことはしてくれなくていい」これをピートは穏やかに言った。

トミーの胸の奥の痛みが増した。「そう言うのも無理はないな」さっきから坐ったきりの車内が暖まって、ふわりと寄せる臭気があった。

まもなくピートがまた口をきいた。「まあ、さっきは、おれを苦しめに来るのかなんて思ったが、そうじゃなかった。とすると、恩着せがましく来るわけでもないってことかな」

「そう思ってもらっていい」トミーは言った。だが、ここでもまた、本心は違うだろうと思っていた。いま隣に坐っている大人のような子供のような男には、もう会いに来たくない、というのが正しい。
しばらく二人とも黙っていたが、ピートがトミーに顔を向けて一つうなずいた。「わかった。じゃあ、また」と言いながら車を降りていく。「ありがとう、トミー」と言った。それでトミーも「こっちこそ、な」と言った。

*

運転している帰りの道で、いわばタイヤの空気が抜けたような感覚があった。つまり、彼自身が、いままでずっと空気圧のようなもので支えられていたのに、その空気が抜けたと思ったのだ。車を走らせながら不安が募った。よくわからないのだが、絶対に言うまいと心に誓ったことを——あの火事の夜に神が来たということを、しゃべってしまった。なぜなのか？　母親の標識になっていたものを、ああまで激しく壊していたやつに、何かしら差し出したくなったからだ。あいつに言ったからといって、どれだけの意味があるのか、そこまではわからないが、それで張りを失ったような気がした。とにかく言わないはずのことを言ってしまって、許しがたい損失を出したかもしれなかった。そんな恐ろしいことをしたのに、「で、そうと信じてるのか」と言われた。

自分が自分でなくなったような気がした。

彼は静かに「私が何をしたのか」と言った。これは神に問いかけたつもりだ。「どこにおられるのか」とも言った。しかし、この車は何ら変わることなく、ピート・バートンの体臭をほんのりと暖気に残したままで、ひたすら路上に走行音を上げていた。

いつもより速度を出して走った。どんどん過ぎていく大豆の畑、トウモロコシの畑、また茶色の地面も、かろうじて見えているだけだった。

家に帰ると、シャーリーが入口の階段に坐っていた。その眼鏡が日射しにきらりと輝いて、彼女は狭い通路に乗り入れる夫に手を振った。「シャーリー」と、車を降りて呼びかける。「シャーリー」すると彼女は手すりにつかまりながら立ち上がり、心配げな顔になって夫に寄ってきた。「シャーリー、ちょっと話がある」

手狭なキッチンの、手狭なテーブルに向かって、夫婦が坐った。まだ蕾《つぼみ》の牡丹が背の高いグラスに生けてあったのを、シャーリーが脇へのけた。トミーは午前中にバートンの家へ立ち寄ってどうなったのかという話をした。妻は鼻に掛かる眼鏡を手の甲で押し上げながら、何度も首を振っていた。「あら、そうだったの。気の毒だね」

「いや、ところがな、シャーリー、それだけじゃない。ほかにも言っておきたいことがある」

というわけで、トミーは妻の目を見つめた。眼鏡の奥の目は青い。近頃は青がくすんできたが、白内障の手術をしてからは、ちらちら光るような箇所もある。その目を見ながら、ピート・バートンに語ったのと同様に、しっかりした詳しい話として、あの火事の夜に神が来たと感じたことを妻に聞かせた。「だが、いまにして思えば、ただの空想だったんだろう。そんなことがあるわけないんだからな。おれの錯覚だ」彼は手のひらを大きく上に向けて、首を振った。

妻がじっと見てきた。そういう実感があった。その妻の目がいくぶんか大きくなり、目元がふっと和らいだ。妻は乗り出して彼の手をとり、「でもねえ、トミー」と言った。「そうじゃなかったなんて、どうして言えるの？　あの夜に思ったとおりだということだって、あるかもしれないんじゃないの？」

それでトミーの胸に落ちるものがあった。いままで二人で生きてきて、この妻にさえ言うまいとした秘密は、意外にすんなりと受け止めてもらえることだった。これから妻に言わなくなること――つまり彼に疑念が生じた（神は来なかったという信念に、ふと傾いた）ことが、それに代わる第二の秘密になるだろう。彼は手を引っ込めて「そうかもしれないな」と言った。ちょっとだけ付け足すように、本当のことも言った。「愛してるよ、シャーリー」それから天井に目を向けた。一瞬、二瞬、妻の顔を見ていられなかった。

# 風車

いまから何年か前のこと、朝の光が射している寝室で、パティ・ナイスリーがつけておいたテレビは、日射しの当たる角度によっては、画面に何が映っているのかまったくわからなくなっていた。まだ夫のセバスチャンが生きていた頃である。パティは仕事に出る支度をしていた。さっき夫の様子を見て、きょうはもう出かけても大丈夫だと思った。夫は病を得たばかりで、いまだ彼女は――そう、夫婦ともに――どういう結末を迎えることになるのか、よくわかっていなかった。いつものようにテレビはモーニングショーを流していて、パティは寝室でばたばた動きながら見るともなしに見ていたが、パールのピアスを耳たぶにつけようとしたところで、女性アナウンサーの声がした。「では、コマーシャルに続いて、ルーシー・バートンの登場です」

パティはテレビに近づいて、目を細くした。ほどなくルーシー・バートンが――小説を書いたのだというルーシーが画面に出て、パティは「うわ、何なのよ」と言ってしまった。

寝室のドアまで行って、「シビー」と夫を呼んだ。セバスチャンが寝室に来て、パティは「あ、ほらほら、シビー」と言い、夫をベッドに寝かせて、その額を撫でつけた。ルーシーがテレビに出たことを覚えているのは、どういう女だったのか夫に話して聞かせたからだ。ルーシー・バートンは、すぐ近くのイリノイ州アムギャッシュという町で、とんでもなく貧乏に育った。そういうことをパティは言った。「あたしはハンストンの学校に行ってたから、直接には知らないのよ。でも、へんなもんが伝染《うつ》るから逃げろ、なんて言われてる子供たちだった」なぜ知っていたかというと、ルーシーの母親が縫いものをする人で、パティの母が針仕事をさせることもあったからだ。三人娘が母に連れられて、何度かルーシー・バートンの家へ行ったことがある。狭苦しい家で、へんな匂いがした！　そのルーシー・バートンが、いまテレビに出ている。なんとまあ、作家になってニューヨークに住んでいるというのだ。パティは「あら、きれいになっちゃって」と言った。

夫は興味を持ったようだ。おもしろがって、こんな話に耳を傾けていた。しばらく聞いてから、ルーシーは兄や姉とは違っていたのか、というような質問をした。どうなのかしら、とパティは言った。あの三人を知っていたとまでは言いがたい。しかし、おかしなことがあるもので、パティの上の姉リンダの結婚式には、ルーシーの両親がそろって呼ばれていた。さっぱりわからないことだ。あの父親というのは自前のスーツを着ることすら考えられないような人だったのに、そんな夫婦がなぜ姉の結婚式に出ていたのだろう。するとセバスチャンは言った。その時点では、お母さんの話し相手になってくれる人がいなかったからじゃないのか――。なるほど、その通りだ、とパティは思った。事の真相がわかれば、パティの顔が真っ赤になった。夫は優しい言葉を掛けて、妻の手をとってくれた。

ほんの数カ月とたたずに、セバスチャンがいなくなっていた。三十代も半ばを過ぎてからの出会いだったので、二人で暮らしたのは八年にしかならなかった。子供はない。あんないい人はいない、とパティは思っていた。

＊

この日、パティは車のエアコンを「強」にして走っていた。余分な体重のせいで、すっかり暑がりになっている。もう五月の下旬で、いい陽気になって――誰もが口をそろえて、いい陽気、と言っているのだが――パティにしてみれば、ただ暑い、ということでしかない。走る道から見る畑には、トウモロコシがわずかに何インチか立ち上がり、あるいは大豆が明るい緑色になって地面にへばりついていた。そのうち町に着いて、曲がりくねった街路を行くと、沿道の家のベランダに、牡丹が弾け飛びそうに咲き誇る風景が見受けられた。パティの好きな花である。そして学校に着いた。ここでパティは高校生の進路指導をしている。駐車して、バックミラーで口紅を見てから、髪の毛を手でふわりと持ち上げ、よっこらしょと車を降りた。同じ駐車場で、アンジェリーナ・マンフォードも車を降りようとしていた。この人は中学の社会科を教えている。つい先だって、夫に出て行かれていた。パティは大きく手を振り、アンジェリーナも振り返した。

パティが使っている進路指導の部屋には、いくつも書類フォルダーがあって、小さなフレームに入れた甥や姪の写真がならんで、もちろん各大学のパンフレットがそろっている。そんなものがキャビネットの上、机の上に、整然と置かれていた。また机にはスケジュール帳も出ている。きのう来るはずだったライラ・レーンという女生徒が、まだ来ていなかった。部屋のドア――開いている――にノックがあって、すらっとした可愛らしい子が立っていた。「どうぞ」パティは言った。「ライラね？」

この子が入室して、不穏な空気も入った。だらしなく坐った少女の視線を、パティは恐ろしいものとして感じた。長いブロンドの髪を持ち上げて一方の肩に回す、という仕草があって、その手首に刺青《いれずみ》が――とがったバラ線のような模様が――小さく走っていると見えた。パティは「いいお名前ね、ライラ・レーン」と言った。すると少女は「ほんとは叔母と同じ名前になる予定だったみたい」と言った。「だけど間際になって、うちの母が、そんなの、やなこった、ってことで」

パティは書類をそろえて、机の上でとんとんと弾ませた。

少女は伸び上がるように坐り直すと、出し抜けにしゃべりだした。「その叔母ってのが、いやなやつで、こっちの親戚なんて何とも思ってなくて。あたし、会ったこともないです」

「叔母さんなのに？」

「全然。その父親が死んで、っていうのは、つまり、うちの母の父が死んで、そのときだけは帰ってきたけど、すぐいなくなったらしくて、あたしは会ってないです。ニューヨークに住んで、えっらそうに、一人だけ違うと思ってる」

「では、成績を見てみましょうか。なかなか優秀なのね」パティは生徒の雑な言葉遣いを好まなかった。敬意に欠けるのはよくない。この生徒を見て、また書類に目を戻した。

「いい評価点じゃないの」

「第三学年は飛び級でした」という返事には突っかかるような語気があったが、それなりにプライドがあってのことだろうとパティは思った。

「よかったじゃないの。じゃあ、ずっと前から優等生だってことね。飛び級なんてのは、ちゃんと理由があってのことでしょ」と、調子を合わせるつもりで眉を上げてみせた。だが、ライラは部屋の中を見まわして、パンフレットやら、パティの甥や姪の写真やらを見てから、しばらく壁のポスターに目を向けていた。子猫が木の枝にぶら下がって、その下に「いまだ、頑張れ」というブロック体の文字が出ていた。

ライラは、ようやくパティに目を戻した。「は、何です？」

「だからね、飛び級なんてのは、ちゃんと理由があってのことでしょ」

「そりゃそうに決まってんだけどさ」少女は長い脚を大きく揺らして、だらけた姿勢に戻っていた。

「それはよしとして――」パティはうなずいて言った。「将来のことは、どう思ってるの？　成績はよさそうなんだから――」

「これって、子供？」少女は横目を走らせていて、ちょこっと写真を指さした。

「甥と姪なのよ」

「だよね。自分の子はいないんでしょ」少女はにやりと笑うように言った。「どうして子供いないの？」

パティは、自分の顔がわずかに気色ばんだかもしれないと思った。「そうならなかったのよ。で、あなたの将来のことだけど――」

「ならなかったのは、しなかったから？」少女は笑った。歯が不健康だ。「みんな言ってるよね。でぶのパティはしたことない、旦那とも、誰とも、全然ない。まだ男を知らないんだって」

パティは書類を机の上にばんと置いた。顔が真っ赤に燃えるのがわかった。一瞬、視界がぼやけて、壁の時計の音だけが聞こえた。これから口を突いて出ることを、まさか自分が言うとは、どんな破天荒な夢にも思っていなかった。この少女をにらみつけて、こんなことを言っていた。「さっさと出てけ。きったない小娘のくせに」

少女は一瞬だけ面食らったようだが、まもなく「うわ、ほんとに、そうなんだ。やばーい」と、笑い声を押さえるような手つきをして、その笑いが引き延ばされ、奥深くもなるように聞こえて、ホラー映画の怪物が口から分泌物を垂れ流すのに似ているという気がした。「あ、ども」と、すぐに少女は言った。「すいませーん」

いきなり、わけもなく、この娘の正体がわかった。「叔母さんてのは、ルーシー・バートンね」とパティは言った。「あんた、よく似てるわ」とも言ってやった。

少女は席を立って出ていった。


パティは、進路指導室のドアを閉めて、姉のリンダに電話をかけた。姉はシカゴの近郊に住んでいる。パティは顔に汗をにじませ、脇の下もじっとり濡れたように感じた。

姉が電話に出て、「リンダ・ピーターソン＝コーネル」と言った。

「あたしだけど」

「だろうと思った。番号表示に学校の名前が出たから」

「あら、そんなら――ま、いいわ、あのね」と、パティはたったいまの出来事を姉に伝えた。一気呵成《かせい》にしゃべったが、自分が少女に言ったことは黙っていた。「こんなの信じられる？」と言って締めくくったら、姉の溜息が聞こえた。ほどなく姉が口をきいて、よくもまあ思春期の子供相手の仕事なんかできるもんだねと言うので、そういう話じゃないでしょと答えた。

「ところが、そうでなくもないのよ。ライラ・レーンだか、ルーシー・バートンだか、どっちがどっちでもいいんだけどね」ふと間ができて、またリンダが言った。「あのさ、パティ、まじめな話、ルーシー・バートンの姪が、そういうゴミみたいなやつだってことは、ちっとも意外じゃないって言いたいわけよ」

「どうして、そういう話になるの？」

「だからね。ほら、覚えてない？　あいつら、ゴミだったじゃない。あ、それで思い出した――いとこだか何だか、そういう親戚みたいのもいたよね？　男の子はエイベルっていう名前で、いやはや、たいした子だったわ。〈チャトウィンズ・ケーキショップ〉の裏手で、廃棄食品の回収箱に入っちゃって、まだ食べられるものを漁ってた。そんなにお腹空いてたのかしら。なんでああいうことしたんだろ。とにかく悪びれもせずやってたんだわ。たしかルーシーがいたこともある。ぞっとしたわよ。いま思い出してもぞっとする。ドティーっていう痩せこけた子もいたよね。そう、エイベル・ブレインと、妹のドティー・ブレイン。よく覚えてるもんだと自分でも思うけど、忘れられないわよ。ゴミを漁って何か食べようっていうんだから、前代未聞だと思った。エイベルって、見た目にはいい子だったけどね」

「あらま」パティは言った。火照っていた顔が冷めてきた。「でもルーシーの両親には、結婚式に来てもらったんじゃないの？　ほら、最初の結婚」

「どうだったかしらね」

「また、とぼけて。なんで結婚式なんかに？」

「呼んじゃったからでしょ。ほかに話し相手がいないと思った人が呼んだんだわ。ああ、もう、忘れてよ。あたしは忘れた」

「でも、忘れたなんて言いながら、そっちの名前のままじゃないの。ピーターソン。そういう名前の男と、たった一年で離婚したのに」

「だって、あんな旧姓に戻る気あるわけないでしょ。あんたがナイスリーのままでいるのが不思議だわ。可愛いナイスリー・ガールズなんて言われたわよね。ああ、やだやだ、気色悪い」

満更でもなかったのに、とパティは思った。

するとリンダが別のことを言った。「あんた、最近、いまだ天にましまさない我らが母に、会いに行った？　どうなの、このごろ、惚《ぼ》けちゃってる具合は？」

「きょう、午後から行こうかと思って。二、三日、顔を見てないからね。ちゃんと薬のんでるか見とかないと」

「どうでもいいんじゃない」とリンダが言うので、そうでしょうけどねとパティは言った。

「ねえさん、きょう、ご機嫌ななめ？」

「そんなんじゃないわよ」リンダは言った。

＊

金曜日の午後の町で、パティは給料の小切手を銀行へ持っていき、それから舗道を歩くうちに本屋をのぞいたら、店頭の目立つところに、ルーシー・バートンの新刊が出ていた。

「あらま」パティは言った。するとは店内にチャーリー・マコーリーがいたので、すぐに店を出ようかとも思った。死んだセバスチャンのほかに、パティが心を惹かれた唯一の男なのだ。好きだった。よく知っているわけでもないのに、ずっと何年も気にしていた。小さな町では、たがいに知っているようでいて知らない。そういうものだ。かつてセバスチャンの葬儀で、ひょいと振り返ると、最後列に彼が一人で来ていて、もうパティは落ちた――というのはつまり、ころっと恋に落ちてしまって、それ以来、彼のことが好きだった。チャーリーは本屋に孫を連れてきていた。小学生くらいの男の子だ。たまたま目を上げた彼が、パティを見て、にっこり笑った顔をうなずかせた。彼女は「あら、こんちは」と挨拶してから、本屋の主人にルーシー・バートンの本のことを聞いた。

回想録だという。

回想録？　パティは本を手にして、ざっと拾い読みをするつもりだったが、チャーリーが間近にいると思うと、文字がぴょんぴょん跳ねるような気がした。ともかくレジに行って、この本を買った。店を出ようとしてチャーリーを見たら、向こうから手を振ってくれた。チャーリー・マコーリーは、パティの父親であってもおかしくない年齢だ。もし父が生きていたとしたら、その父よりは若いのだろうが、パティとくらべれば少なくとも二十歳は年上のはず。若い頃にベトナムへ行った経験がある。どうしてパティが知っているのか、よくわからなかった。奥さんはまるっきり美人ではなくて、ひょろっと痩せている。

パティの家は、町の中心からは街路を幾筋か隔てて、大きくもないが、小さくもない。

セバスチャンと二人で買った家だ。正面にベランダがあり、側面にも小さなベランダがある。小さいベランダに寄って牡丹がずっしりした花を咲かせ、アイリスも見頃になっていた。窓からアイリスが見えるキッチンで、彼女は戸棚からクッキーの箱を出した。〈ニラ・ウエハース〉が箱に半分くらい残っていた。これを居間へ持っていって、坐って、全部食べた。それからキッチンへ戻ると、ミルクをグラスに入れて飲んだ。母に電話して、あと一時間くらいで行くと言ったら、母は「あら、うれしー」と言った。

二階に上がると、陽光が窓から射して、廊下にあふれていた。あっちにもこっちにも埃の集まりができている。「あちゃ」とパティは言った。ベッドに腰かけて、同じことを何度か言った。「あちゃ、ちゃ」

ハンストンの町までは、車で行って二十マイル。パティが耕地を横に見ながら走っていると、まだ太陽はまぶしく照っていた。トウモロコシが植えられた畑があり、茶色いだけの地面もあり、いま耕されている最中の土地もあった。そのうちに風力タービンが見えた。地平線に百基以上も立ちならんでいる。この一帯に白い巨大な風車が林立してから、もう十年近くになるだろう。すごいものだとパティは思った。いつも思う。白く長い腕が風に回る速度は一致しているが、あとは不揃いに動いている。たしか訴訟が起こされているらしい。訴訟なんてものはよくある。鳥や鹿や農地に害が出ているという訴えのようだが、パティは風車の味方をしたくなっていた。ひょろっとした腕が、大空を背にしてふわふわ動きながら、エネルギーを生産している——。というあたりを通過して、また畑ばかりになった。まだ背の低いトウモロコシと、青々とした大豆。このへんのトウモロコシ畑でのことだったが、十五歳になった頃には、たっぷり葉の茂った夏の畑で、男の子にぐりぐりと身体を押しつけられていた。そいつらの唇は大きなゴムみたいで、ズボンの中にふくらむものがあって、彼女は息を荒くしながら首筋にキスをさせて、自分からも身体をこすりつけた。でも——本当は？——いやで、いやで、いやでたまらないのだった。

町に着いた。ここでパティが育った時代から、ほとんど変わっていない。昔ながらの黒い街灯が、上端に箱型の照明器をつけて立っている。二軒のレストラン、ギフトショップ、投資会社、衣料品店——どこも同じ緑色の日よけを張り出して、白黒の看板を掲げている。いま母が住む家へ行くには、パティが育った家の前を通過しなければならない。きれいな赤い家で、黒いシャッターがついていた。広いベランダにはブランコ式の椅子がある。幼い頃は、その椅子に母と二人で何時間でも坐っていた。母のお腹にすり寄って、その服地をくしゃくしゃにして、頭の上で母の笑い声がしていた。あの家に、父だけは死ぬまで暮らしていた。父の死から一年たって、パティは夫にも死なれた。いまでは子だくさんの一家が所有する家になっていて、いつもパティは——通過するたびに——目をそむけていた。

この町を抜けて、一マイルも行くと、母の住む小さな白い家がある。その前に車を乗り入れると、正面側のカーテンから外をのぞく母がいた。横へ回って通用口の鍵を開けるパティに、こつこつと杖の音が聞こえた。パティは大きな体型になったが、その反対に母は小さく縮んでいた。このごろ母を見ると、そう思う。「はい、来たわよ」パティは身をかがめて、母の顔の高さで空中にキスの音を立てた。また背を伸ばして、「食べるもの持ってきたわ」

「そんなの、要らないのに」母はタオル地のバスローブをはおっていて、その帯をぎゅっと締めた。

パティは、持参のミートローフ、コールスロー、マッシュポテトを出して、冷蔵庫にしまった。「食べなきゃだめよ」

「一人で坐って食べるなんていやだ。あんた、一緒に食べてってくれない?」大きな眼鏡をかけた母が見上げてきた。ずり落ちて鼻眼鏡になっている。「ねえ、頼むよう」と言われて、パティは束の間だけ目を閉じてから、うなずいた。

パティが食卓の用意をしている傍らで、母は椅子に坐って、ローブに隠された脚を広げ、パティを見上げていた。「うれしいねえ、来てくれて。ちっとも会ってないもんね」

「三日前に来たわよ」パティは言った。カウンターへ行こうとしたら、母の薄い髪が――

頭の地肌が透けて見えて――心の映像として残った。その心が崩れそうになる。またテーブルへ行って、椅子を寄せた。「やっぱり話し合わないとね。〈ゴールデン・リーフ〉に入所してもらうこと。そういう話したでしょ？」

母は困惑した表情を浮かべて、首を振った。パティは「きょうは着替えしたの？」と言った。

母はローブの膝に目を落として、またパティを見上げた。「してない」母が言った。

＊

パティが夫になる男と出会ったのは、セントルイスで会議に出たときのことだ。会議のテーマは、収入の低い家庭の子供たちへの対応、というものだったのだが、それ自体はセバスチャンとは関わりがなかった。たまたまホテルの隣室に泊まっていて、彼も会議に用事があったとはいえ、機械設備の技術屋として来ていた。「あら、またお会いしましたね」とパティは言った。部屋を出たら、ちょうど彼も出てきたのだ。夜には、部屋に入ろうとして、同じように見かけていた。どうしてなのか、何だかよくわからないのだが、まったく気を遣わなくてよい人だと思った。すでにパティは抗鬱剤の副作用で体重が増えつつあった。あと何週間かに迫った結婚式を急遽《きゅうきょ》取りやめにしたという過去もあった。セバスチャンは、なかなか目を合わせてしゃべらなかったが、見かけはよかった。すらっと背が高くて、痩せた顔で、髪の毛が長めだった。眉毛が濃いので、目の上で横一線になったようだ。その目は奥に引っ込んでいた。ともかく好感があった。会議の最終日までには、うまいこと彼のメールアドレスを聞き出していた。取り交わしたメールは忘れられないものになった。ほんの何週間かのうちに、彼がこんなことを書いた。「このまま友人でいるとしたら、僕について言っておきたいことがある」それから数日後に、またメールが来た。「いやな経験をした。ひどいことだ。それで普通の人と違うようになった」当時の彼はミズーリに住んでいた。パティがイリノイ州カーライルに来ないかと言うと、意外にも彼は承知した。それから一緒になった。もちろんパティが知っていたはずはないが、ともかく彼は子供時代に何度も繰り返して継父からの性的な虐待を受けていた。それでセバスチャンは人と関わることが難しくなっていたのだが、かなり早い時期に、彼はパティをじっと見て、事情を語って聞かせた。パティを愛してる、でも、できない、と言った。できればいいんだが、どうしてもだめだ――。だからパティも言った。「いいのよ、あたしだって、いやだと思っちゃうんだから」

手を握り合うだけの初夜になって、それ以上に進むことはなかった。彼はひどい夢に悩まされて、とくに結婚した当初には激しかった。ベッドカバーを蹴飛ばして、うわごとの叫びを上げた。こわいくらいの声だった。興奮状態で目を覚ますことはわかるので、とりあえず落ち着くまで肩に手を添えてやっていた。それから額をさすった。「大丈夫よ、ね」と言ってやった。彼は拳を握りしめ、天井を見つめていた。ありがとう、と言った。彼女に顔を向けて、ありがとう、パティ、と言った。

「ねえ、ねえ、だからさ。どうなの、あんた?」母がミートローフをフォークで突《つっ》いて口に入れた。

「どうともないわよ。あしたの夜は、アンジェリーナに会う予定。あの人、旦那に逃げられちゃってさ」パティは、ミートローフにマッシュポテトを載せ、その上にバターを載せた。

「それって誰のことだっけ?」母はフォークをテーブルに置いて、わからなくなったような目をした。

「アンジェリーナよ。マンフォード家の娘」

「あー」母はゆっくりと顔をうなずかせた。「あー、そうだ。その母親がメアリ・マンフォード。そうそう。たいした人じゃなかった」

「誰が? アンジェリーナはすっごくいい人よ。お母さんもいい感じだった」

「そりゃ、感じはいいんだけど、たいしたことはなかった。もとはミシシッピの出じゃなかったかな。こっちでマンフォードの息子と結婚した。それが金持ちの家でね。女の子がずいぶん生まれた。金には困ってなかった」

パティは口を開けた。母に聞いてみようかと思ったのだ。そのメアリ・マンフォードが、ほんの何年か前に、七十いくつの年になってから、金持ちの夫と別れたことを、母は覚えているだろうか。だが、それは言わないことにした。アンジェリーナと仲が良くなったのはなぜかということを母には言わない。どちらにも母親に捨てられた経験があるということ。

あいつを殺したいと思った、とセバスチャンが言ったことがある。本気で思いつめたという。「そりゃ無理もないわね」彼女は言った。母親も殺したいと思ったと彼は言った。「それも無理はない」とパティは言った。

母の家の小さなキッチンを見回した。みごとに掃除が行き届いているのは、オルガというパティより年上の女が、週に二度、来てくれるおかげである。だが、いま坐っているパティから見ると、目の前のテーブルはリノリウム製の天板の四隅にひび割れが出ているし、窓のカーテンは青い地色が相当に薄らいでいた。またパティの位置からは、廊下の先の居間の一角に、青いビーンバッグチェアが見えていた。あんな昔のものを、いまも母は捨てようとしない。

その母がおしゃべりしている。いまの母にはありがちなことで、よく昔のことを言いたがる。「〈ザ・クラブ〉でダンスの会があった。あーあ、楽しかったねえ」母は小休止して、感に堪えないように首を振った。

パティは、また平たく切ったバターをポテトに載せて、そのポテトを食べてから、皿を押しのけた。「ルーシー・バートンが回想録を書いたわよ」

「え、何だって？」と母が言うので、パティは同じことを繰り返した。

「あ、そうそう」母が言った。「そう言えば、あの一家はガレージに居候してたじゃないの。そのうちに家主のじいさんが死んで――どういう縁続きだったのか知らないけど、その家に住むことになったんだわ」

「ガレージ？　あたしも行った覚えはあるけど、ガレージへ行ったんだっけ？」

いくらか間を置いて、母が言った。「どっちだったかねえ、もう忘れちゃった。でも手間賃が安かったから、それで仕事させたんだよ。縫いものの腕は確かだった。でもって料金は格安ときてる」しばらく間ができて、また母は言った。「ルーシーをテレビで見たことがある。もう何年か前だった。ご大層に、本を書いたとか何とかで、ニューヨークに住んで、あんなのが、まあ、気取っちゃって」

パティは深く不安な息をついた。母がコールスローを取ろうとして、わずかにバスローブの前がはだけ、薄っぺらくなった胸が、ちらりと見えた。それから数分後にパティは立って、テーブルの上を片付け、手早く皿を洗った。「じゃあ、薬をチェックしとこうか」と言うと、母がいやがるように手を振るので、バスルームへ行ってみたら、一日ずつに小分けした錠剤は、パティが前回に来てから全然減っていなかった。薬箱を持っていって母に見せ、どれも欠かさないことが大事なのだと、すでに言ったように言い聞かせると、母は「わかった」と言って、パティが差し出す薬を服用した。「必要なんだからね」パティは言った。「卒中になったら困るでしょ」認知症の進行を抑える薬のことは黙っていた。

「卒中なんて、しょっちゅうあるもんじゃないよ」

「はいはい。じゃ、また来るわね」

「一番いい娘になってくれたよ」戸口で母が言った。「元気になる薬でだいぶ太ったけど、いまでも可愛いわ。ほんとに行っちゃうの？」

駐めた車まで歩きながら、パティは「もう、何なのよ」と、つい口に出して言っていた。

日没の直後だった。パティが帰り道の半ばまで来ると――風車を通過したあたりで――

満月が出ようとしていた。父が死んだのも満月の夜だった。パティの心の中では、月が丸くなるたびに、どこかで父が見ているという気がする。ハンドルを持つ手の指先だけを動かして、父への挨拶にした。そっと小さな声で、愛してるわよ、父さん、と言った。これは夫に言ったようなものでもある。なんとなく心の中では、この二人が混ざっていた。どちらも上のほうから彼女を見ている。月なんてものは、どうせ一つの岩みたいな——そんなような大きな塊なんだろうが、たっぷりと丸く見えてくれれば、あっちに二人がいるのだと思っていられる。待っててね、と小さく言った。もし死んだら、また父と夫に会えると思うからだ。いや、思うというより、わかっている感覚に近い。おまえが母親の面倒を見てるんだ、えらいな、と父が言うので、ありがとう、と小さく答えた。いまの父はそう言ってくれる人になっている。死んでからそうなった。

家に帰ると、照明をつけておいた分だけ室内が心地よかった。一人で暮らしていると、何やかや生活の知恵が出てくる。部屋の明かりはつけておく。ところがハンドバッグを置いて、居間を突っ切って歩いたら、ぞっとする暗い気分が落ちてきた。ひどい一日だった。ライラ・レーンという生徒に愕然とさせられた。あの子が通報したらどうなるだろう。きったない小娘と言われた、などと校長に苦情を持っていったとしたら……。あいつならやりかねない。そういう娘だ。また、きょうは上の姉に電話をして、どうにもならなかった。

二番目の姉に電話しても仕方ないことはわかっている。ロサンゼルスに住んでいて、まるっきり話そうとしない。そして母は、母だ……。

「でぶのパティ」という言葉を、口に出してみた。

カウチに坐り込んで、室内を見回した。どこの家なんだという気がしなくもない――。まずい兆候、ということは経験上わかっている。ミートローフの味が口によみがえった。

「さて、でぶのパティ、もう寝ましょう」と、また口に出して言って、立ち上がり、歯のフロッシングをして、歯磨きもして、顔を洗った。それから顔にクリームを塗って、いくらか気分が上向いた。スマホをさがしてハンドバッグの中を見たら、ルーシー・バートンの小さな本があった。ここに入れておいたのだ。夕暮れの都会のビルに照明がついている、という表紙だった。これを読み始めた。ほんの数ページ読んだだけで、「あらまあ」と言った。「どうなってんの」

＊

翌朝。土曜日のパティは、二階にも一階にも掃除機をかけて、ベッドのシーツを替えて、洗濯をして、郵便物を見ながらカタログやチラシを廃棄した。それから町へ出かけ、ふだんの買い物をして、ついでに花も買った。自宅用に花を買うなんて、ひさしぶりのことだ。

この日はずっと、黄色っぽいキャンディ（たとえばバタースコッチみたいなもの）を口の奥に入れているような感じがしていた。この甘さを噛みしめる感覚が、ルーシー・バートンの回想録から来ることはわかっている。パティは何度も首を振り、「ふふっ」と言っていた。

午後になって、母に電話すると、オルガが出た。いまは週に二度の割合で来てもらっている。これを毎日来るように変更してもらえるかと言ったら、すぐには返事ができないとオルガが言うので、わかったと言った。それで母に代わってもらったが、母は「どなた？」と言った。「あたしよ、パティ。あなたの娘。愛してるわよ、ママ」

一瞬の間があって、母は言った。「ああ、あたしもだよ」

もうパティはまっすぐ立っていられなくなった。愛してるなんて母に言ったのは、いつが最後だったかわからない。子供の頃はさんざん言っていたのだから、あの日の朝にだって言ったのかもしれない。パティが高校生になった年で、もうガールスカウトに行かなくてもいいと母が言った朝だった。「ああ、いいのよ、パティ、そろそろ自分で決めてもいいんじゃないの」母はキッチンに立って、紙袋に入れたランチを娘に持たせようとしていた。いつもの母だった。この日、パティは急に差し込むような腹痛があって――パティにはありがちな、ひどい症状だったが――学校を早退した。うちに帰ったら、いつも両親が寝ている部屋から、とんでもない声が聞こえた。母が泣くような喘ぐような悲鳴を上げている。ひっぱたくような音もしていた。パティが二階へ駆け上がって見たものは、母が男に――スペイン語のデレイニー先生に――またがっている姿だった。母の胸が揺れて、男は母の尻をぺたぺた叩きながら、顔を上げて母の胸に吸いつき、母があられもない声を上げている。その母の目を、パティは忘れられなくなった。野性の目になっていた。出てくる声を止められない。このときパティが見たのは、母の乳房と、娘を見てしまっている目だった。それでも口から出る声は止まらなかった。

パティは自分の寝室へ逃げていった。数分後にデレイニー先生の足音が階段を下りていって、室内用のローブをまとった母がパティの部屋に来た。「あんた、絶対、誰にも言うんじゃないよ。もっと大人になったら、きっとわかるから」

母の胸があんなに大きいとは、考えたこともなかった。縛りを解かれて、ぶらぶらと男の上で揺れていたのだった。

何日かのうちに、家庭はめちゃくちゃになった。それまでは平穏無事で、パティが何の意識も持たないくらい普通だった家庭に、すさまじい場面が展開された。パティは見たことを口外せず――そもそも言葉にならなかったろう――ただデレイニー先生の授業には出なくなっただけなのに――ああ、まったく突然に――母が暴発したように告白して家を飛び出し、小さなアパートで暮らしだした。パティは一度だけ行ったことがある。部屋の片隅に青いビーンバッグチェアが置かれていた。母親と教師の不倫ということで、町は噂で持ちきりとなり、パティは首だけ切り離されて身体とは違う方向へ動いているような気がした。わけがわからない。そういう気色悪い感覚が、いつまでも続いた。三姉妹が見ている前で、父親が泣いて、わめいて、人間らしい表情がなくなった。以前の父はこんなではなかった。泣きもせず、わめきもせず、硬い顔でもなかった。父がそのようになって、いままでの家庭は――いわばボートで池に出て、のほほんと浮いていたようなものだったということで――あっさり消えてなくなり、思いもよらない変なものになった。町の噂はやまなかった。末娘のパティには耐え忍ぶ時間が長かった。クリスマスには、もうデレイニー先生は町を去り、パティの母は一人で取り残されていた。

パティが同級生の男子とトウモロコシ畑へ行くようになり、さらに時間がたって大人の関係ができるようになってからも、あの母の姿が脳裏を去ることはなかった。シャツを脱ぎ、ブラをはずし、その胸が揺れて、男の口に吸いつかれていた――。だめだった。パティには耐えられなかった。自分が高まってくると、それ自体が恐ろしい恥さらしだと思えてこわくなった。

＊

アンジェリーナは、いくらか年上なのに、ほっそりした体型のままで若く見えた。ところが、〈サムズ・プレース〉の鏡に二人が映ったら、ちらりと見ただけでも、パティは年の差以上に自分のほうが若いではないかと思った。アンジェリーナにやつれた感じが出ていた。パティはまずルーシー・バートンの本のことを話題にしようと思っていたが、席に着いたとたんに、アンジェリーナの緑色の目がじんわり涙に濡れたので、パティはテーブル越しに手を伸ばして、この友人の手をとった。アンジェリーナは指を一本上げて、ちょっと黙っていてから、やっと話ができるようになった。「あたし、どっちも嫌いなのよ」と言うので、パティもわかると言ってやった。「こないだなんか、おまえは母親が大好きなんだろう、って言うから、びっくりして、まじまじと顔見ちゃった」

「あら、まあ」パティは、ほうっと息を洩らして、椅子に寄りかかった。

つい何年か前に、アンジェリーナの母は、七十四歳にもなってから町を出て——つまり夫を捨てて——二十歳近くも年下のイタリア男と再婚した。そういう事情なので、パティは大変な同情をアンジェリーナに寄せていた。でも、いまは別のことを言ってしまいたくなった——。あのね、ルーシー・バートンの母親ってのは、ひどい人だったのよ、それから父親も――なんともはや、これがねえ……だけどルーシーは両親を愛したんだって。母親を愛し、母親もルーシーを愛したんだって！　人間なんて、わけわからないもんなのよ、アンジェリーナ、だから、めちゃくちゃ頑張ったって、愛は不完全なのよ、アンジェリーナ、それでいいじゃない。

というようなことを言いたくてたまらなかったが、もし言えばつまらない（ほとんど馬鹿らしい）ものに聞こえるだろうと思って、パティは相手の話を聞くだけにした――。アンジェリーナの子供たちは高校生になっていて、いずれは家を飛び出していくだろう。イタリアへ行った母親は娘たち（五人姉妹）にメールを送ってくる。アンジェリーナだけは母親に会いに行ったことはないが、いよいよ今年の夏はイタリアに行ってみようかと思っている。

「そうよ」パティは言った。「そうだわ、行きなさいな。だって、ねえ、お母さんも年が年なんだから」

「まあね」

いまアンジェリーナが自分の話をしたくなっていることにパティは気づいていて、だからどうだとも思わなかった。気づいたというだけ。そのあたりは承知している。誰だって、まずは自分のことが大事なのだ。唯一の例外は夫のセバスチャンで、まずパティを大事に考えてくれた。パティも夫のことに一生懸命だった。そういうことが――人生の伴侶を愛するということが――外界からの保護膜になってくれる。

しばらくして、もう白ワインの二杯目も減ってきてから、パティはライラ・レーンという生徒の話をしたが、でぶのパティとか、男を知らないと思われてるとか、そのくらいしか言わなかった。「それからさ、ルーシー・バートンが、また本を書いて――」

「ちょっと待って、なに言ってんのよ。あなた、いまだって可愛いんだから。そんなことありゃしないって、パティ。そんなこと誰も言ってない」

「わからないわよ」

「あたし、一日中、子供の声を聞いていて、そんなの聞いたことないもの。あなたなら、いまからだって出会いがあるかも。いい女だわ。ほんとよ」

「興味があるとしたら、チャーリー・マコーリーくらいかな」と言ってしまったのは、ワインのせいだ。

「やだ、いい年の人じゃないの！　それに、まずいのよね」

「まずいって、どうまずい？」

「どうって、ただ、ずっと前にベトナムに行ったってことで――まあその、ひどいPTSDになってる」

「そうなの？」

アンジェリーナは、ちょこっと肩を揺らした。「という話だわよ。誰に聞いたんだっけ。だいぶ前に聞いた。よく知らないけど。でも奥さんていう人がねえ――あ、パティにも望みあるんじゃないの」

パティは笑った。「だって、いい奥さんだと思ったけどね」

「とんでもない。かりかりしちゃって、いやな人だわ。じゃあ、パティ、いっそのことチャーリー誘って、車でも転がしたらどうなの」

よけいなこと言わなければよかった、とパティは思った。

だがアンジェリーナは無頓着だった。いま話題にしたいのは、自分のこと、夫のこと、それだけなのだ。「――あたし、こないだの晩、電話で、ずばり聞いちゃったのよ。離婚手続きはどうするの、なんてね。そしたら、そこまでしたくないって言うから、それっきりにした。別居はしても離婚はしないっていうのが、あたしにはわかんないけど――。あ、パティ！」

駐車場に出て、アンジェリーナが抱きついてきたので、ちょっとだけ、ぎゅっと抱き合った。車に乗り込みながら「じゃあね」と言うアンジェリーナに、パティも「ええ、じゃあね」と返した。

パティは慎重な運転をした。ワインのせいで神経が過敏になっている。抗鬱剤を服用するので、それだけでも飲酒はいけないことになっている。だが、いまパティの心はふくらんで、その中を多くのことが通過した。セバスチャンのことを考えて、あの夫が言ってくれるまでパティも知らなかったことを、ほかに知っていた人はいるのだろうかと思った。彼の身に覚えがあって人には言えないようなこと。そんな事情が外に表れることもあったろうか――。あった、と思う。セバスチャンと衣料品の店へ行った日のことだ。店を出ようとすると、店員同士の若い声が聞こえた。「いまの女の人、犬を連れてるみたいだった」

ルーシー・バートンの回想録を読むと、人間は他者より優位を感じていようとするものだと書いてある。なるほどそうだ、とパティは思った。

今夜は、月がパティの背後に回っていた。バックミラーに映り込むので、その月にウィンクしてやった。姉のリンダのことを思い出した。思春期の子が相手の仕事なんてよくできるものだと言っていた。パティは運転席で首を振った。そんなことを言うのは、リンダが何もわかっていないからだ。わかっているのはセバスチャンだけだった。そういう夫が死んでから、パティは心理療法を受けた。女性の療法士に打ち明けてみようと思ったのだが、その人はネイビーブルーのブレザーを着て、大きな机の向こうに坐って、ご両親の離婚についてどう思いますかと質問した。ひどい気分だとパティは答えた。これ以上は来たくないと思って、その口実に迷ったが、結局、もう治療費が続かないということにした。

どうにか帰り着いて、車を駐めようとした位置から、つけておいた屋内の明かりが見えたところで、ルーシー・バートンの本に書いてあったのは自分のことだと思った。そう、あの本は、パティをわかってくれている。黄色っぽいキャンディの甘さが、まだ口に残っていると思った。ルーシー・バートンはさんざん恥ずかしい思いをした。そうでなかったはずがない。そこから立ち上がった。パティは「ふふっ」と言って、車のエンジンを止めた。しばらく運転席に坐っていてから、やっと車を降りて、家に入った。

*

月曜日の朝、ライラ・レーンの学級担任に、手紙を預けた。また進路指導室へ来なさいと書いておいたのだが、次の時間になって実際にライラが来たのだから驚きもした。「どうぞ、お入りなさい」パティは言った。

入室した生徒に「じゃ、坐って」と言うと、この娘は警戒の目つきをしながら、すぐに言葉を発した。「謝れってことですよね」

「いえ、違うのよ。このあいだ、あたし、きったない小娘、なんて言っちゃった。だから来てもらったの」

少女がとまどったような顔をした。

パティは言った。「先週、そういうこと言ったわよね」

「でしたっけ？」ライラはそろそろと腰を下ろした。

「そう」

「覚えてないです」少女に敵意は見られなかった。

「どうして子供がいないのか、男を知らないんだ、でぶのパティ、とか何とか言われたんで、お返しにそう言ったわ」

少女は疑わしそうにパティを見ていた。

「きたなくなんてないわよね」パティは様子を見て、少女も様子見なので、またパティが言った。「あたしはハンストンの育ちで、父は飼料用トウモロコシの農場で管理職だったの。お金には困ってなかった。裕福と言ってもいいかな。お金はあった。あなたのことを――いえ、誰であっても――きったないとか言うのはおかしいわね」

少女はちょこっと肩を揺らした。「きったないです」

「そんなことないわよ」

「あのう、怒ったんですよね？」

「そりゃそうよ。ああいう態度をとられたら怒るわ。でも、だからといって、言っていいことと悪いことがある」

少女の疲れたような顔には、目の下に隈ができていた。「どうでもいいと思いますよ。あたしだったら、そんなこと気にしないんじゃないかと」

「あのね、あなたは成績が優秀なんだから、その気になれば進学できるでしょう。そう思わない？」

少女は怪訝《けげん》な顔になった。また肩を揺らして、「わかんない」

「あたしの夫だった人は、自分がきたないと思ってた」

少女がパティを見た。一瞬おいて「そうなの？」と言った。

「そうよ。いやなことがあった人だから」

少女は大きな悲しげな目をしてパティを見た。そうしておいて、ほうっと長い息を洩らすと、「あーあ」と言った。「そうですか、悪いこと言っちゃいました。先生のこと」

「あなた、十六歳だっけ？」

「十五です」

「十五ね。あたしが大人なんだから、もうちょっと気をつければよかった」

すると少女の顔に涙がつつっと落ちたので、パティのほうが驚いた。少女は手で涙をぬぐった。「あの、疲れてるんです。それだけです」

パティは立って、指導室のドアを閉めた。「あのね、ライラ、いいかな、あたしは何かしてあげられると思うよ。進学だってできるじゃない。お金なんてどうにかなる。これだけ成績優秀なんだもの。だって調べてびっくりしたわ。上々の出来なんだから。あたしは、そんなに良くなかったけど、親が学費を出してくれて、どうにかなった。あなたなら、どうにでもなる。行かせてあげられる」

少女はパティの机に突っ伏した。肩が震えていた。しばらくして目を上げたが、その顔は濡れていた。「すみません。やさしくしてもらうと、なんだか――つらくてたまらない」

「いいのよ」

「よくないです」また少女は泣いた。ひくひくと一定して声が洩れた。「ああ、やだ」と言って、涙をぬぐおうとする。

パティはティッシュを持たせてやった。「いいんだってば。どうにかなるんだから」

＊

太陽が明るかった。この日の午後、パティが上がる郵便局の階段も、たっぷりと日を浴びていた。局の中にチャーリー・マコーリーがいて、「おや、パティ」と軽くうなずいた。

「あら、チャーリー・マコーリー。よくお会いするわね。元気?」

「なんとか生きてるよ」彼は出口へ行きかかっていた。

パティは郵便箱を見て、届いていたものを出した。もう彼はいなくなったようだった。だが彼女が外へ出ると、彼が階段に坐っていたので――この先は意外だったが、驚くほどではなかったかもしれない――彼女もならんで腰を下ろした。「あらやだ、坐ったら動けなくなっちゃいそう」セメントの階段は、日が照っているというのに、ズボンを通しても冷たかった。

チャーリーは肩を揺らした。「じゃあ、坐ってればいいよ」

その後、それから何年も、この場面を思い出すことになった。郵便局の階段にチャーリーと坐って、時間の流れの外にいたようだったことが、パティの心によみがえったのだ。道路の向かいが金物屋で、その裏手にある青い家屋の側面に午後の日射しが当たっていた。とくに心に残ったのは、白く立ち上がる風車だった。ならんで立って、ほっそりした長い腕を一斉に回しながら、てんでな動きになっているのだが、どうかすると、どれかの二基がそろって回ることがあり、大空を背景に、ぴたりと同じ角度を見せていた。

しばらくして、チャーリーが口を切った。「このごろ、どうなの？」

彼女は「ええ、大丈夫」と言って、彼に顔を向けた。彼の目にどこまでも奥があるようだった。それほどに深いのだ。

いくらか間を置いて、チャーリーが言った。「やっぱり中西部の女は、大丈夫なんて言うんだね。でも、大丈夫じゃないこともあるよな」

彼女は何とも言わずに、彼を見ていた。喉仏のすぐ上に剃り残したひげがある、と思った。白いひげが何本か残っている。

「もちろん大丈夫じゃないことなんか言わなくていいんだ」いま彼はまっすぐ前を向いていた。「何をどう聞き出そうとも思わない。いま言いたいことは、ただ――」彼はまた目を合わせてきた。うっすら青い目、と彼女は思った。「――いつも大丈夫なんてわけがないよな。そううまくはいかない」

あら、と言ってしまいそうになった。手を重ねたくなった。彼は自分のことを言っていると気づいたのだ。あら、チャーリー、と言いたかったが、そっと静かに坐っているだけにした。メインストリートを車が一台行き過ぎて、また別の一台が通った。「ルーシー・バートンが、回想録を書いたわ」今度はパティが口を開いた。

「ルーシー・バートンか」チャーリーはまっすぐ前を見つめて、その目を細めていた。

「バートンの子供たち。ああ、一番上が息子だった、あれねえ」彼はわずかに首を振った。

「ああやって育ったら、何ともはや、気の毒になあ」彼はパティを見た。「じゃあ、悲しい本なんだろ?」

「そうでもないのよ。あたしは、そうは思わなかった」パティは考えて言った。「読んだら気持ちが上向いた。そんなに孤独じゃないんだという気がした」

チャーリーは首を振った。「いや、違う、人間はいつだって孤独だ」

かなり長いこと、太陽を浴びながら、なごやかに黙って坐っていた。それからパティが言った。「いつも孤独ってことではないわ」

チャーリーは首を回して彼女を見た。何とも言わなかった。

「ひとつ聞いていい?」パティは言った。「あたしの夫って、変なやつと思われてたのかしら」

チャーリーは考えるように間を置いた。「まあ、たぶんな。ここいらの人間がどう思うか、おれの耳になんか入ってくるもんじゃないが、おれから見れば、セバスチャンはいい男だった。つらかったのかな。つらさを抱えてたのか」

「そう。そうだった」パティはうなずいた。

「大変だったろうな」

「そう思ってくれるんだ」太陽が青い家に明るい光を浴びせていた。

しばらく時間がたってから、チャーリーはまた首を回した。何やら言いかけたように口を開いたのだが、その首を振って、また口を閉じた。それが何だったのか定かではないが、パティには言おうとしたことがわかるような気がした。

彼女はぽんと彼の腕に手を当てた。日当たりに二人で坐っていた。

# ひび割れ

リンダ・ピーターソン＝コーネルは、その女を見た瞬間、ああ、この人ね、と思った。一週間の会期中、わが家の客となる。イヴォンヌ・タトルという名前だそうで、やはり写真フェスティバルの関係者であるカレン＝ルーシー・トスに案内されてきた。リンダが玄関に出て行くと、この案内役は静かに付き添って立っていた。イヴォンヌは背が高い。ややウェーブのかかった茶色の髪が肩まで届いていた。その顔立ちも、十年前なら、かなりの美人と言えたかもしれない。いまでは目の下に皺ができて、青い眼差しの印象を弱めていた。また、どう見ても四十は超えているだろうに、ちょっと化粧が濃すぎる（ちなみにリンダ自身は五十五だ）。それにイヴォンヌが履いているサンダルは踵の高いウエッジヒールなので、ただでさえ長身の女がなおさら背伸びしたようになっている。たぶんイヴォンヌはたいした家庭の子供ではなかったのだろうとリンダは思った。靴を見ればお里が知れるものだ。

リンダが夫のジェイと暮らす家には、その庭園にアレクサンダー・コールダーが制作した彫刻が二点あって、大きく明るい青々としたプールの片側にならんでいる。また屋内には、居間の壁にピカソが二点と、エドワード・ホッパーが一点、それから来客用のエリアに降りていく廊下の突き当たりに、フィリップ・ガストンの初期作品が一点掛かっていた。

「どうぞ」リンダは客の先導をして、この廊下を歩きだした。角を一つ曲がってから、長いガラスパネルの通路を行くと、ようやく客用のスイートがあった。リンダは顔で合図をしてメイドを下がらせると、イヴォンヌが何かしら言い出すのを待った。だがイヴォンヌはきょろきょろ見回すだけだった。車輪つきスーツケースの取っ手を握りしめ、この家について一言も発しなかった。もし壁の絵画がわからなかったとしても――そういう写真家だったら驚きだが――家だけでも何か言うことはありそうなものだ。つい何年か前に改装したばかりで、担当した建築士がインスピレーションのある仕事をしたのだった。客室は総ガラス張りである。

「ドアは、ないんですか？」やっと言ったのはそんなことだった。

「ないんです」リンダは言った。プライバシーはご心配なく、と言ってやってもよかった。主人夫婦は上階の正面側にいるのだし、裏の庭園には建物がないのだから、のぞく人もいない。だが、リンダはそこまで言わずに、廊下の向かいのバスルームを案内した。この空間もドアがなく、底面はV字形で、シャワーカーテンのような間仕切りになるものはない。シャワーのノズルが壁から突き出ているだけだ。フロアに傾斜があるので水はけは良い。

「こんなのは初めてです」とイヴォンヌが言うので、皆さんそうおっしゃいますとリンダは答えた。この間ずっと、カレン＝ルーシー・トスは、黙ってイヴォンヌに付き添っていた。夏のフェスティバルに来る写真家としては、この人こそ最も名前が売れていて、毎年の常連でもある。またイヴォンヌ・タトルに講座を一つ持たせようという意見の出所であることも、リンダは知っていた。それを主催者側も承知したのだが、フェスティバルの水準からすると、イヴォンヌの実績では本来なら不足であるらしい。しかし、運営の都合として、カレン＝ルーシーの存在は欠かせない。しかし、運営の都合と受講生に人気があるし、作品は有名だ。また、カレン＝ルーシーの夫は、三年前に、フォート・ローダーデールの〈シェラトン〉から飛び降り自殺をしていた。いまのカレン＝ルーシーは、何にせよ勝手気ままが通るようだ。ぶっきらぼうでも許されるらしい、とリンダは思った。「この家の中までいらしたのは初めてでしたね」と言ったら、やはり長身で茶系の髪の――というところはイヴォンヌと姉妹のようでもある――カレン＝ルーシーは、こってりしたアラバマ訛りで「そうね」と返しただけだった。

それからイヴォンヌとカレン＝ルーシーが出ていって、リンダは二人が道を行く後ろ姿をキッチンの窓から見ながら、やけに熱心に話し合っているようだが、わたしのことを言っているに違いないと思った。あの女が羨ましい（という感情は抑圧されることもなく、ちゃんと意識に出ていた）。カレン＝ルーシーは有名で、子供がいなくて、まだまだ美人で、夫もいなくなっている。リンダの夫は、昔はたいした知性派だとも思えたが、いまのリンダから見ると、あっさり消えてもらいたい男である。

＊

写真フェスティバルを催しているのは、シカゴから一時間ほど離れた小さな町だ。図書館があって、学校があって、教会があって、ウインドーにガラスの密閉容器をならべた派手な赤い店舗の金物屋がある。またカフェが二軒、レストランが三軒、および夜にはライブの演奏が聞かれるバーが一軒ある。町の中心あたりの住宅は、大きくて、古くて、手入れが行き届いている。いまごろの季節だと、各戸のポーチが、大きな植木鉢のゼラニウムやペチュニアでにぎやかだ。町で見られる樹木は、背の高いオーク、あるいは黒クルミ。またハニーローカストやチョークチェリーの枝がわさわさ揺れて、公園や校庭で子供が遊んでいなければ、木々のささやきが聞こえるほどだ。アッシュの葉がかさこそと鳴ることもある。私立の高校もあったが、だいぶ昔に経営が破綻し、ついには閉校に追い込まれた。

その教室が現在でも（部分的には）写真フェスティバルの役に立っている。校舎へ行く道沿いには、こんもりと木が茂っていて、途中の家屋は枝葉の隙間から見えるだけだ。おとぎ話に出そうな雰囲気の町になっている。イヴォンヌ・タトルがそんな感想を述べて、カレン＝ルーシーも賛成した。そうこうして開会式のある建物まで着いたところである。

大会のディレクターをしているジョイ・ガンターソンは、黒髪をくるくる巻いていた。小柄で、おやっと思うほどに痩せている。この女がイヴォンヌに歓迎の挨拶をした。カレン＝ルーシーの知り合いなら、大喜びで受け入れたいとも言っている。そんな言葉を交わしながら、ジョイ・ガンターソンは何度も天井を見上げるような目をしていた。ジョイが離れていってから、そのことをイヴォンヌが言って、「あら、そうだっけ」とカレン＝ルーシーが言ったところへ、六〇年代の服装をしたような女が近づいてきた。浅い筒型の帽子をかぶり、短めのコートを着て、ハイヒールと同色の小ぶりなハンドバッグを持っていた。女は腕を広げ、カレン＝ルーシーに抱きついた。このあたりでイヴォンヌにも、じつは女ではなく男だとわかった。「あたし、カレン＝ルーシーにぞっこんなの」と、男はイヴォンヌに言った。するとカレン＝ルーシーは口をすぼめて、「こんな可愛らしいお人形みたいなボーイフレンド、どっこにもいないよねえ」と言った。

「ならんでると姉妹みたい」二人の女に男が言った。化粧した顔に髭の剃りあとが透けて見える。顔立ちはなかなかのものだ。よく整っている。

「姉妹ですもの」イヴォンヌが応じた。「生まれてすぐに引き離された」

「そう、容赦なく」カレン＝ルーシーも言った。「やっと再会したのよ。ちょっと、あなた、かわいい手首にすてきなハンドバッグを掛けてるじゃないの」

「お名前は？」イヴォンヌが言った。

「トマシーナ。ここではね。うちに帰ればトム」きれいな仕草で肩を持ち上げてみせた。女っぽく遠慮がちに、ちょこっと浮かしたのだった。

「なるほど」イヴォンヌは言った。

＊

リンダは、何とも言わずに、夫がいるベッドにもぐり込んだ。このごろはリンダも一緒になって映像を見ることはめずらしいが、だからといってジェイからの発言もなかった。ジェイが膝で保持するノートパソコンの画面に、イヴォンヌが映っている。だいぶ遅くなって帰ったイヴォンヌを、夫婦が居間で待っているということはなかった。いま彼女はキーの束をベッドに放り出した。ふうっと息をついたのも音声回路から聞こえた。それから彼女は手を腰に当てて、あたりを見回してから、バスルームへ行った。ここでもカメラが彼女の動きをとらえて、シャワーのノズルをじっと見つめる様子が映った。これを見ている二人には、イヴォンヌに見つめられているような感覚が生じる。その目つきに押されて、リンダにぞくりと怖さが走った。だがイヴォンヌは――リンダには意外だったが――シャワーを浴びようとはせず、トイレを使って、顔を洗って、歯を磨き、また客室へ出て行って、しばらく立ったまま、もう夜の暗闇としか見えないガラス壁に目を向けていた。ようやく小型のスーツケースを開けて、着ている服を脱いでいった。案外、若い体型だとリンダは思ったが、身長があるとそう見えるのかもしれない。乳房もしっかりした形を保っているようだ。太腿は――光線の具合で、やや解像度が粗くなっているが――なめらかな肌に見える。パンティだけになった身体に白いパジャマを着ると、髪が低い位置でまとめたポニーテールになっていることもあって、夫婦から見ると娘みたいな年齢にさえ思われた。もちろん、そんなはずはない。すでに中年に達した女が、はるばるアリゾナから来ている。その女が携帯を手にして、相手を呼び出す音が、ジェイの膝にあるパソコンから静かに流れた。

「小さい声でね」と言うイヴォンヌの声が聞こえる。「いま荷物をほどきながら、スピーカーホンで音を出してるの。このゲストハウスというか、客室というか、何だかともかく、一応、離れみたいにはなってるけど、やっぱり念のためってことで」

「あら、やだ、ちょっと」これは明らかにカレン＝ルーシー・トスの声だ。「大丈夫？」

「あんまり」イヴォンヌの声がくぐもったように聞こえる。顔を向こう向きにして、スーツケースの中身を出しているのだった。「ここ、気色悪いわ。とてもじゃないけど寝られそうにない」

「睡眠薬でも飲んだら？　そこの夫婦は、たしか先代からの財産を引き継いだらしいわよ。旦那のほうの父親がプラスチック業界の人らしくて——それが何だか知らないけどね。いまの変人夫婦もプラスチックなんだわ。で、あんた、薬あるの？」

「ええ、ある」イヴォンヌは電話しながら、ベッドに腰かけて、バッグの中をさぐった。薬瓶を出して、目を細めるように見てから、その蓋を開ける映像を、リンダとジェイは見ていた。バッグからはワインも二本出てきた。飛行機の機内販売にあるような小瓶だった。一本の栓をひねって、ぐいっと傾ける。「あなただって疲れたでしょ。あたしは大丈夫。それはそうと、あのトムというか、トマシーナというか、あれで奥さんは平気なの？」

「そうみたいよ。家の外で、子供のいないところで、やってるかぎりは」

「あたしなら、いやだな」

カレン＝ルーシーは、「それでも、ほんとに愛してるんなら、どうかしらね」と言った。

「だったら、まあね。よくわかんない。正直、わかんないわ。じゃあね、おやすみ」

「ええ、じゃあね」

リンダは夫の横顔を見た。「シャワー、浴びなかったわね。長旅の日だったのに」

ジェイは指を一本立てて口に当て、うなずいた。リンダは起き上がって、この部屋を出た。いつものように、廊下をはさんだ別室で寝るのだ。娘にひどいことを言われ、その娘が出て行ってから、夫とは寝室を別にしていた。

＊

七年前、この町で少女の失踪事件があった。高校二年生、チアリーダー。聖公会の同じ教会へ行く他の家庭でベビーシッターを務めていた。事情聴取の対象となる人も多く、もちろん町全体が沈痛な気分に落ちた。メディアへの深い憤りがあって——というのも、町に大量の取材班が押し寄せて、おびただしい数のカメラが殺到し、毛皮みたいな風防のついた大型マイクも、空気をすくい取りそうなパラボラを載せたトラックも来たのだから——これではたまらないという憤慨としては、ほぼ町民がまとまっていたのだが、たとえば自動車学校の指導員が怪しいというような説が流れた日には、その時々に賛否の陣営ができあがったり壊れたりして、すっかり町が割れていた。そのうちに、あれは家出なのではないか、じつは家庭内が大変だったんじゃないのか、などと言う人も出て、当事者たる夫婦や子供たちに、なおさら混迷と恐怖を強いることになった。二年ほど、そのような町になっていた。

この間、リンダ・ピーターソン＝コーネルは、胸の奥に暗闇が丸い穴をあけたような、わけのわからない思いをして暮らした。夫が新聞の記事を読んだり、テレビの報道を追ったりするのを見ると、どっと発汗するということが何度もあった。きっと自分の精神がおかしくなったのだと思った。こんな症状が出て、心も乱れるという理由がわからない。ようやく事件が遠のいて、ほとぼりも冷めたという頃に、彼女も当時の感情を忘れていった。たまに思い出すこともあったが、かつてのような強烈な反応に見舞われることはなかった。そして思い出すたびに、あたしも馬鹿だわ、と思った。どうという困ったこともないのだ。まったく、あんなのとは違うんだから、まだましだ。ああ、良かった。


フェスティバルが始まって二日目の晩、リンダが夫と居間にいて本を読んでいると、帰ってきたイヴォンヌが、玄関から下の階へ降りようとしながら、ちらりと手をかざして、「おやすみなさい」と言った。

「どうですか？」ジェイからも声を掛けた。「講習は、どんな具合です？」

「ええ、どうにか」という返事が上がってきた。「午前クラスの担当になったんで。じゃ、おやすみなさい」と、また言った。シャワーの水音が、うっすらと聞こえてきたが、それほど長いことではなかった。さらに二時間ほども、夫婦は居間で本を読んでいた。

真夜中に——睡眠薬で遮蔽《しゃへい》されたような意識の中で——リンダは夫がシャワーを使う音を聞いた。めずらしいことでもないのだが、何となく気になった。いつもそうだ。とくに今夜は七年前の感覚を思い出してしまった。でも、あれはもう昔のことだとわかっているので、それだけは安心して、また眠ることもできた。

＊

カレン＝ルーシーとイヴォンヌは、毎晩、生演奏つきのバーへ行った。そのたびにトマシーナも誘ったのだが、そのたびに遠慮すると言われた。自室に直行して、妻子に電話してから、翌日の講習にそなえるということだ。

「あれで写真家としては悪くないのよ」カレン＝ルーシーが言った。「もし写真に心を傾けてくれたら、相当に良くなるかもしれない。でも、そこまでしないのよね。じゃあ、ここへ来るのはなぜか、その心はというと……」

二人がうなずいて、テーブル上のバスケットからコーンチップをつまみながら、首の動きがそろった。「ま、大変な心だよね」

「まったく。奥さんもね」

「ほーんと」カレン＝ルーシーは手を口に当てた。「イヴィー、あたしは裏切られたのよ。うらーぎられた。わかってよね」

イヴォンヌはうなずいた。

「言いたいのは、それだけ」

またイヴォンヌがうなずいた。

「あたしの心は割れちゃった」

「でしょうね」

「割れたの。彼が割った」カレン＝ルーシーは、コーンチップを一つ、テーブルに弾き飛ばした。

しばらく時間がたってから、イヴォンヌが言った。「あのジョイって人だけど、話をしながら、なんだか目の動きが定まらないのよね」

「ああ、あれねえ。もう何年も前だけど、彼女の息子が若い女を殺して、自宅の裏庭に埋めちゃったの。それから、やっと母親に話したんだわ。これ、ほんとの話よ」カレン＝ルーシーはうなずいた。「息子は終身刑になって服役中。これから先、長いのか短いのかわかんないけどね。ジョイは夫と離婚した。財産の取り分はなかったみたい。それまでは裕福だったらしいけど、ごっそり持ってかれちゃった。いまのジョイは町外れでトレーラーハウスに住んでる。暖炉もあってね、息子とならんで撮った写真が置いてあるわ。愛情たっぷりの手つきで息子の胸を押さえてる、というのは制服の番号を隠すため。だから写真だけ見てると、ダークブルーのシャツを着てるって感じだわね」

「うわ」イヴォンヌは言った。「何とまあ」

「そうなのよ」

「で、その息子って、当時は何歳だったの」

「十五かな。十六だっけ。二年近く誰にも言わなかったんで、訴追されたときには大人あつかい。埋めてから放ったらかしだった。もっと早く言えば、終身刑までは行かなかったかもね。でも、とにかくそういうことになって、仮釈放もなし」

「犬が掘り返す、とか？」

「そんなこと、なかったわよ。そのくらいは深く掘って埋めたんじゃないの」カレン＝ルーシーは指を二本立てた。「二年よ。それだけ黙ってて、じつは、ママ、話がある、なんてことになったんだわ」

「被害者の家族は？」

「引っ越した。ジョイと別れた夫もいなくなった。もう息子とは縁を切るってことらしい。

自分だけ手を引いて、きれいになりたいのね。ジョイは、毎月、面会に行くわ。ジョリエットの刑務所」

イヴォンヌはゆっくりと首を振って、髪に手をくぐらせ、「ふう」と言った。

しばらく黙ってから、カレン＝ルーシーが言った。「でもさ、イヴィー、あんたも子供がいたらよかったわね。あんなに欲しがってたのに」

「まあね。そうだけど」

「いい母親になったろうね。そう思う」

イヴォンヌは友の顔を見た。「こんなもんよ。人生なんてのは、こんなもん」

「そうよね。そうなのよねえ」

＊

朝になって、というのは到着してから四回目の朝に、イヴォンヌ・タトルは、キッチンにいるリンダに近づいた。リンダはコーヒーカップを洗っていて、もう出かけたと思っていたイヴォンヌが背後に立っていたので、びっくりした。「白いパジャマを見ませんでしたか？」イヴォンヌが疑問をぶつけた。

「あなたのパジャマなんて、見てないけども」リンダはカップを水切り台に置いた。

「でも、ないんですよ。いえ、あの、どこか行っちゃったんですが、そんなこと普通はないでしょう。ということなんで」

「どういうこと？」リンダは手についた水気を布巾でぬぐった。

「ですから、いつも枕の下に突っ込んでおくパジャマがないんです」イヴォンヌは腕を広げた。審判がセーフと言うような格好だ。「ないんです。どこかにあるには違いないんで、まず聞いてみようかと思って。たとえばメイドが洗おうとしたとか何とか」

「メイドはそんなことしてませんよ」

イヴォンヌはしばらく相手の顔を見ていた。「はあ」

リンダに怒りが湧いてきた。こらえきれない。「この家に泥棒なんていませんのでね」

「ちょっと聞いただけ」イヴォンヌは言った。

＊

フェスティバルが終わろうとする週末に、開会のレセプションがあった元高校の同じ部屋で、写真展があった。片側に講師陣、反対側に講習生として作品がならんだ。イヴォンヌは、カレン＝ルーシーおよびトマシーナと三人で、部屋の一方に寄って立ち、ゆっくりと見て歩く人々をながめていた。「こういうの、いやだな」イヴォンヌは言った。

トマシーナが、ハンドバッグを掛ける手首を替えた。「ねえ、カレン＝ルーシー、あんたは自分の作品をじろじろ見られるのって平気？ ほら、あの女なんか、こう首をかしげて、何なんだって見てるじゃないの。ひび割れた皿の写真が何だって思ってるのよ」

カレン＝ルーシーが言った。「あたしの頭がひび割れだってことよ」

トマシーナは、愛情たっぷりの笑顔になった。「やだ、笑わせてくれるわ。あたしが割れそう」

「かわいくて持ち帰りたくなるわね。──あ、ちょっと、ほら、芸術大好きおばさんじゃないの。うしろ姿でわかる。優雅に暮らしてる人ね。さあ、買った買った」カレン＝ルーシーは、くるりと向きを変えた。

「それって、あたしが泊まってる家の奥さんじゃないの」イヴォンヌが言った。「逃げよ」

カレン＝ルーシーも「じゃ、急いで」と言った。

太陽がまぶしいくらいに明るくて、三人とも目を細めながら、木張りのベランダに立った。トマシーナは、サングラスに手を伸ばした。「外に出ると暑いわね。こんなだとは思わなかった。あたし、ストッキングはいてるから」

「いいんじゃない」イヴォンヌは言った。「いい感じよ」

「感じがいいのは、いつもよね」カレン＝ルーシーが、トマシーナに向けて投げキスの音を立てた。「ほんと、暑い。二匹のウサギがウールのソックスにもぐり込んで交尾してるよりホットだわ」

うしろから男の声が聞こえて、三人はぎくりとした。「えーと、みなさん」という声の主は、ジェイ・ピーターソン＝コーネルだった。すぐあとからドアを出たらしい。「もう展示会はよろしいんですか？」彼はカレン＝ルーシーに手を差し出した。「ジェイです」と言って、一瞬だけ陽光が眼鏡にきらめき、その奥の目が見えた。「お目にかかれてうれしいですよ。いい作品ですね」

「それはどうも」カレン＝ルーシーは言った。

「どうですかな、ご一緒に何か冷たいものでも？」

カレン＝ルーシーは「すみません、先約があって」と言った。

「そうでしたか」ジェイは次にイヴォンヌに向けて、「今週、あまりお見かけしませんでしたね」と言った。「この町は、いかがだったでしょう？　トゥーソンみたいな都会にくらべれば、つまらなくありませんか？」

「いいえ、いい町だと思いますよ」イヴォンヌは背中に冷や汗が落ちるような気がした。

「じゃ、行こ。――では、ジェイさん、失礼します」カレン＝ルーシーが階段を下りようとして、あとの二人も続いた。林の中の小道を、三人が一列になって、町へ向かった。しばらく黙って歩いて、教会の付近で土地が開けた。

「一杯、飲みたい」イヴォンヌが言った。

バーの店内で、トマシーナが言った。「さっきの人、あたしには知らん顔だった。でしょ？」

「そりゃそうだわ」カレン＝ルーシーが言った。「できそうな相手じゃないと無視なのよ」

「なんでだか、気色の悪い男だわ」イヴォンヌは言った。

「そりゃあ、気色悪いからよ」カレン＝ルーシーが、マドラーの先をイヴォンヌに向けた。

「見た目はそうでもないけどね。普通かな」イヴォンヌはチップを一枚とって、またバスケットに戻した。

カレン＝ルーシーは、ほうっと長い息を洩らした。「あたし、若い頃、さんざんウエートレスしてたんで、ね、わかっちゃったこともあるのよ。男の目ってやつ」カレン＝ルーシーは、マドラーを頬骨につんつんと当てた。「で、あいつから見れば、ね、あんたは上背があるだけで若くもない。そういうこと。あたしだって似たようなもんだけど、あたしは何度か賞とった実績があるから、こいつは壁に掛けてやろうと思われる。でね、イヴィー、いずれ賞をとるようになったら、ま、なると思うけどさ、そうなったら、あんただって、つまーんないピカソとならんで壁に掛けてもらえるわ。でも、いまのところ、あいつはあんたのパンティの匂いを嗅いで、白いパジャマを枕の下に突っ込んで寝てるだけ」

イヴォンヌは、ふむふむと頷いた。「ありがとう──。まじめな話、ありがと」

「そう、まじめな話ね」

「うわあ」トマシーナが言った。「いやなこと聞いちゃった」

カレン＝ルーシーは、トマシーナの横顔を、しみじみと見つめた。それから手を出して、彼の手に重ね、「あんたは心配ない。いまのままでいいよ」

＊

リンダとジェイは、泊めている客に話をしようと、居間で起きて待っていた。この客は、だんだん帰りが遅くなっている。そして帰ってくると、「あ、おやすみなさい」としか言わず、ウエッジヒールのサンダルを履いた足で、すたすたと傾斜路を下りていく。

写真展へ行った日の晩に、ジェイは「おれたち、突き放されてるな」と言った。

リンダは夫に目を向けることもなく、雑誌のページをめくった。「最初に見た瞬間、あなたなら連れて逃げたくなるような女だと思った」

ジェイは笑った。「そうかい？　ちょっと尻の軽そうな、庶民の女って感じか？」

「見た目だけじゃないでしょ」

「そりゃそうだ」

この夫が興奮気味であることは、すぐにわかるようなものだ。あれから夫と一緒に寝室や浴室のイヴォンヌを盗み見ることはなかった。イヴォンヌが白いパジャマがないと言ってきたことも黙っていた。そしてイヴォンヌが泊まるのも最後となる晩に、リンダは夫と居間で待っていて、ようやく真夜中近くにイヴォンヌが帰ってきた。「朝な夕なに、頑張ってますね」ジェイが声をかけた。

「そうなんです。おやすみなさい」イヴォンヌは、それだけ言って、下の階へ消えようとした。

「あ、ちょっと、来てもらえませんか」ジェイは坐ったままである。その隣にリンダもいて、膝の上に新聞を広げていた。

一瞬の間を置いて、下へ降りかかったイヴォンヌが戻ってきた。「はい？」

「ご家族は？」ジェイは言った。「離婚しました？」

「わたしが、離婚？」

「そのようにお尋ねした」

「そんな」イヴォンヌはおでこに手を当てた。「よく言いますね。中年女と見ると、そうやって話を始めるんですか？」

「離婚経験があるようにお見受けするが」

イヴォンヌは、ささっと首を振った。「じゃ、失礼します。もう休みますので」

「もう一週間以上、うちに泊まってますよね」これはリンダが言った。「ちゃんと話をしたことは一度もありませんよ。素っ気なくされてると思うのは仕方ないでしょう。わが家を開放して迎えたのに」

「まあ、そうですね。すみません」いまのは効いたようだ。さほどに肝は太くないとリンダは見た。母親が育児法にこだわって、あたふたする性分が遺伝したという口だろう。イヴォンヌは居間へ入ってきた。「そんなつもりじゃなかったんですが、毎晩、くたびれて帰ったものですから」

「どうぞ」ジェイは気軽な調子で、椅子に顔を向け、坐るように勧めた。

イヴォンヌは腰を下ろした。もともと脚の長い女が、低い椅子にすっぽり収まったので、コオロギのように膝が突き出していた。いい心地ではあるまいとリンダは思ったが、だからどうという気にもならなかった。

「ええと、たしか、アリゾナにお住まいとか。もう長いの？」リンダは言った。
「そうですね。大人になってからは、だいたいそんな感じで」
「うちの娘は、ニューメキシコへ行こうなんて考えてましたが、結局、東部へ出まして
ね」ジェイがにこやかに言った。「いまはボストンに住んでます」
「はあ。おいくつですか？」
「二十三。親から自立したつもりで楽しんでますよ。そういう年なんでしょう」ジェイの
顔は笑ったままだ。「娘と双子で、息子もいましてね。そいつはプロヴィデンスに住んで、
これまた気楽な一人暮らしです」
「このところ、カレン＝ルーシーが、すばらしい仕事をしてるわね」リンダが言った。
「ですよね」イヴォンヌは乗り出そうとしたが、曲げた膝が邪魔になり、また深く坐って、
膝が割れる形になった。いい格好だとしか言えない。「あの地震テーマの連作。すごい人
だと思います。ひび割れた皿とか」イヴォンヌは感心したように首を振り、坐り直そうと
していた。
「芸術家には競争もありますね。仲間がライバルだったりもする」ジェイは言った。「で
も、自分の作品が成功していれば、寛容にもなっていられますね。それで当然かもしれま
せんが」

「あなたは、もともと寛容な人だろうと思いますけど」リンダは言った。イヴォンヌの顔に警戒心が出ていると思った。「じゃあ、ワインでもお持ちしましょうか」自分の気持ちがよくわかる。いままでに何度もジェイの成功例はあったが、いまほどリンダが共犯めいた心地になったことはなかった。

それから二十分ほどで、リンダはもう失礼すると言って、先に寝室へ引き上げた。じっと聞き耳を立てていると、ほどなくイヴォンヌが下の階へ降りて、部屋へ行った様子がわかった。夫の部屋のドアも静かに閉まったようだ。リンダはいつもの睡眠薬を飲んだ。


夢の途中で、どこからか悲鳴が聞こえた。恐ろしい声だ。するとジェイが「あのな」と言った。部屋の入口に立って、話しかけようとしている。もう照明がつけられていた。

「ちょっとした手違いがあった」

あわてて起き上がりながら、玄関のベルが鳴ったと思った。「あたし、いま夢を見ていて——」

「いや、いい。おれが話す」ジェイの顔は笑っているが、何だかおかしい。表情に締まりがなく、その顔がじっとり汗ばんでいた。彼女はローブをまとい、夫のあとから玄関の階へ降りた。夫がドアを開けると、二人の警官がいた。その背後に、もう一人警官がいて、婦人警官もいた。白いパトカーが二台来ている。対応は穏やかだった。「客室を見せていただけますか？　イヴォンヌ・タトルという人を泊めていましたね？」

ジェイは、「いいですとも。リンダ、ご案内して」と言った。

客用のエリアへ降りていくリンダは、口の中が乾ききったような気がしていた。寝室は真っ暗だった。リンダが部屋に入りかけ、つい電灯のスイッチに手を伸ばしたら、それを婦人警官が制止して、「だめです。すべてそのままに」と言った。また男の警官が、「奥さんは、上の階にお戻りください」と言った。

リンダはくるっと振り向いて、ジェイに呼びかけた。

二人の警官がキッチンで手を腰に当てて配置につき、ジェイはゆっくりと首を振っていた。「初めから、おかしな女だと思ってたよ。ただ、これ以上は、弁護士に相談しないと話したくないが、よろしいでしょうな。ノーム・アトウッドという顧問弁護士がいる。その男が何と言うかな。こんなのは異常だ。まるで馬鹿げている。郡当局だって私に訴訟を起こさせたいわけじゃなかろうに」

ある警官が言った。「では、弁護士さんにも署までお越しいただいて話しましょう」

「まったく」ジェイは薄笑いを浮かべた。「警察は何でも疑って抜け目ないつもりなんだろうが、これは言語道断でしかないね」

「イヴォンヌはどこ？」リンダが突発的に言った。すでに男たちは家を出ようとしている。

「郡の病院へ行ってますよ」警官の一人が言った。

「おれがレイプしようとしたと言ってるらしい」ジェイが情報を追加した。

「イヴォンヌが？　そんなことを？　でたらめだわ」

「そうとも。でたらめだ」ジェイは冷静に言った。「じゃ、すぐ戻るからな」

婦人警官が、もう一人の警官と残った。リンダは「まだ用なの？」と言った。

「お掛けください、奥さん。いくつか伺いたいのですが」穏やかな質問があった。イヴォンヌのことを聞きたいようだ。どんな女だったか、ということ。

「ひどいもんですよ！」リンダは言った。

ひどい、と言うと？

「無礼な人でした。いつだって知らん顔みたいで」ふとパジャマの一件を思い出して、つい口に出した。「わたし、泥棒あつかいされたんですよ——パジャマを盗んだんじゃないかって」これに婦人警官が気の毒そうにうなずいて、男の警官は何やらメモを取っていた。

「ご主人にも、そういう態度でしたか？」

リンダは何も言わなければよかったと思ったが、もう遅い。これ以上はしゃべりませんと言ったが、警官はていねいな姿勢に終始した。客室の捜索令状が出るだろうという説明があった。そうなれば証拠として、たとえばシーツや枕カバーのようなものが、差し押さえられるかもしれない。

＊

翌朝、ジェイは自宅の寝室でぐっすり眠っていた。ほとんど夜明けになって、ノーム・アトウッド弁護士が連れ帰ったのだ。ジェイの容疑は第三級暴行罪ということで、保釈金を払って出てこられた。おそらくイヴォンヌの精神状態が普通ではなかったので、容疑がかかったのだろうと弁護士は言った。なにしろ午前三時にTシャツとパンティだけで道路を駆けていって、付近の家のドアをたたいたという。手首に軽い打ち傷があったことも、争った形跡と見られておかしくはなかった。それでも合意がなかったことを立証するのは難しいだろうと、ノームは言った。合意の有無というのは、目撃者がいなければ、常に立証は困難である。

リンダは裏庭に坐り込んでいた。青く光るプールの脇にいて、じっと動かない。それからポケットの中で鳴った電話に応じた。

娘が言った。「馬鹿じゃないの、ママ。二人で馬鹿なことやってるわ。あたし、もう二度と帰らないからね」

　リンダは立ち上がり、居間へ行って、カウチの端に寄って坐った。ふわりと心が離れて、自分を見ているような気がした。また若くなって、学校の女生徒仲間と歩いている感覚がよみがえったのだ。トウモロコシの畑、大豆の畑。そのあたりを通過して延々と歩いた初夏の夕暮れ。世界には青々とした生命感が息吹《いぶ》いていた。沈む太陽の光が大空を輝かしい色彩に染め上げて、素肌を出した腕に風があたった。みんな自由で、素朴なままで、笑いがあった――。

　ノーム・アトウッドから連絡があり、彼女は午後から車でレイトンへ行き、自身の弁護士と会うことになっていると言われた。配偶者には秘匿特権があるという説明も受けた。ジェイから何かしら聞いたことがあるとしても、あえて不利な証言として明かさなくてもよい。ただし、自分で見たことについては、証言台に立って宣誓の上、見たままを言わされることになるだろう。リンダは、カウチに坐ってそんなことを聞きながら、どうにか理解しようとしたのだが、全身の各部が機能停止になったような気がした。いわばギアがニュートラルになっていた。室内を見回すと、壁に掛けたホッパーの絵が、超然として何も語ろうとしないので、まるで現時点にふさわしい特注品のように、これは自分のことだと思えた。つまり大問題だが意味はない。いわば家の側面に陽が当たるのを描いただけ。それ自体に意味はない——。彼女は立って、ダイニングルームへ移動し、長いテーブルを前に坐った。つい何年か前に、娘が父親のコンピューターで見てしまったものがある。それで娘がさんざん悲鳴を上げることになった。お父さんが、この家で、いろんな女としてるのに、お母さんは黙ってるの？　そのほうがよっぽど悲惨だわ。吐き気がする。

始まりは内緒のゲームだった。大胆に挑発する新しいリンダ・ピーターソン＝コーネルになって、夫婦の倦怠を打破しようという装置だった。夫から見てたいした女になろうとした。

＊

リンダが北イリノイで育った娘時代に、父親は飼料用トウモロコシの農場でマネージャーをして羽振りがよかった。母親は専業主婦で、頭の中が取り散らかったような女だったが、根はやさしかった。一家の姓はナイスリーといった。リンダには二人の妹がいて、可愛いナイスリー・ガールズと評判の三姉妹だった。楽しい子供時代を過ごしていたと言える。ところが、ある日、突然に——学校にいたリンダには、あまりに突然なことだったが——母が家を出て、薄汚い安アパートに暮らしだした。リンダには思いもよらない一大事であり、母に死なれたよりもひどかった。ほんの何カ月の後に、もう帰ってきたがった母を、父が断固として許さなかった。母は安アパートから住み替えて、一人でちっぽけな家にいるということで——また（自由を追いかけたことが伝染性の悪疫であるかのように、みんな怯えて寄りつかず）母が知り合いの誰とも会うことがなくなって、そしてまた父の味方についた三人娘が母とは疎遠になっていて——というようなすべてのことが、リンダの人生では、ほかに比べものがないくらいの強烈な事件となった。リンダは高校を卒業した翌週に、ビル・ピーターソンという地元の若者と結婚し、たった一年で離婚したのだが、ピーターソンという名前だけはそのままにした。ウィスコンシンの大学へ行ってから出会ったジェイは、頭が良くて、すごい金持ちの男だったので、これなら爪弾きされて一人になった母という忘れがたいイメージを捨てて、まったく新しい生活に飛んでいけそうな気がした。

いま、リンダがダイニングテーブルの片側に寄って坐っていると、玄関のベルが鳴ったのだが、本当に聞こえたのかどうか、とっさに迷った。もう一度鳴った。カーテンの隙間からのぞいたが、誰もいない。そろそろとドアを開けたら、がりがりに痩せたジョイ・ガンターソンがいて、「あの、リンダ、どうしても来なくちゃと思って」と言った。

リンダは、「そんなことない」と言った。「いいのよ、来なくたって。あなたとは違うのよ、わかる？　わたしは違うの。帰って」

「あのね、リンダ、あたしだって――」

「わたしなら、トレーラーハウスに住むみたいに落ちぶれやしないわよ」と言った自分に驚いた。まさか言うだろうとは、どこにどうという予感さえもなかった。ジョイも驚いたようだ。リンダより背の低い女の顔面に、困惑の表情が出た。

どちらにも驚きがあったということで、とっさにリンダはドアを閉めることもできなかったのだろう。ジョイが首を振りつつ言いたいことを言うだけの時間が生じた。「あの、違うのよ、リンダ――住むところがどうこうじゃない。そんなことはわかると思う。誰よりも愛する人が刑務所に入れられたら、自分まで閉じ込められたようになるの。実際の居場所なんて関係ない。誰が本物の友だちかもわかるわ。予想とは違うと思う。ほんとだわよ」

リンダはドアを閉めて鍵を掛けた。

夫の寝室の入口まで行った。仰向けになったジェイが、ぐうぐう鼾《いびき》をかいて寝ている。眼鏡を掛けていないと、顔が裸になったようだ。夫の寝顔を見たのは、ひさしぶりのことだ。ドアを閉めて下の階へ戻った。弁護士に会ったら何と言おうか。ノームの話では、イヴォンヌがどこまで訴える気なのかという問題もあるらしい。イヴォンヌ次第という部分が大きい。

リンダは家の中を静かに歩きまわった。いま自分の心は、受け入れがたいものを受け入れようとしている。そんな意識があった。いまごろカレン＝ルーシー・トスはどうしているだろう。きっとイヴォンヌと一緒にいる。すでに警察がイヴォンヌに所持品として返せるものを回収していった。イヴォンヌの居所を、リンダは聞かなかった。キッチンの流しに白いマグが二つあって、コーヒーを飲んだ汚れがついていた。誰が飲んだのか、どうして流しに置かれたのか、リンダにはわからなくなっていた。それを洗いながら、立っている脚の力が抜けそうになった。法廷に居並ぶ陪審員を思い浮かべた。イヴォンヌが、いつもの厚化粧で、証言に立つ姿も目に浮かんだ。それからカメラのことを思いついた。どうして、いままで思い出さなかったのだろう。――女性が裸になって、シャワーやトイレを使うところを、あなたも見ていたのですか、いなかったのですか。そのようにご主人が見ていることを、いつごろから知っていたのですか……。

＊

レイトンに向けて車を走らせ、町を出て何マイルかのガソリンスタンドで停まった。丸裸になったような恐怖心から、セルフサービスは避けて車内にとどまり、係員に給油してもらったのだが、急にトイレに行きたくなった。サングラスをしたまま併設のコンビニに入って、セロハン包装のドーナツ、ケーキ、ピーナツ、キャンディがならんでいる棚を抜けた。トイレが汚いことには愕然とした。こんなに不潔な公衆トイレを使ったのは、いつ以来のことだろうと思ったが、いまは何がどうだと言っている場合ではないとも思った。というように心がごちゃごちゃになっていたので、また店内を歩いて戻ろうとしていたら、カレン＝ルーシー・トスと正面衝突しそうになって、双方がびっくりした顔を突き合わせた。やはりサングラスをしていたカレン＝ルーシーが、その眼鏡をはずすと、案外、老けたような目だとリンダには思えた。悲しげでもあり、まだまだ美しさも残っていた。

「ああ、びっくりした」リンダは言った。

「あたしも、びっくり」

なるべく人のいないところまで、二人で移動した。長身のカレン＝ルーシーが、下を向くように話しかける。「まったく嘘偽りのない話ですけど、あたしも何年か前、ひどい目に遭いましてね。だから、そう、ひとの辛さがわかるようになったなんて思うことがあるんですよ。それだけは結果として恵まれたのかもしれませんが、ともかく、ご主人の行動で、友人がこわい思いをいたしました。大変だったようです」

「彼女は、どこに？」

「わたしが空港まで送りました。地元へ帰って、ちゃんと診察を受けないといけませんので」

「でも、あのね」リンダは言った。「わたしには何が何だか」

カレン＝ルーシーのきれいな目が小さくなった。「じゃあ、言いますけどね、すっとぼけて知らん顔なんてできませんよ。ご主人について何かしら知らないわけがないでしょう。もしイヴィーが訴えたとして――当然そうするべきだと思ってますけど、あなただって証言することになるんです。それが義務ってもんで――」

「夫のことは何も知りません」リンダは冷たく言い放った。サングラスを通して見るカレン＝ルーシーは、ずっと遠くを見るように窓の外を向いていた。きれいな目が赤くなるのをリンダは見た。

カレン＝ルーシーがゆっくりと首をうなずかせた。そして静かに言う。「そうね、まったくだわ、ごめんなさい」彼女は視線をリンダに動かしたが、まだ焦点は遠くにあるような目だった。「夫のすることに目を光らせるなんて、あたし、そんなこと人に言える立場じゃなかったわ。ガラスの家にいて石を投げる、っていうものだわね。だから、ごめんなさい」

まず予想外のことだろう。もはや永遠に閉ざされたと見えたところに、また入場許可が出るとは、普通には考えられないことである。ぽかんと突っ立っていたリンダにも、そのように思えていた。あの日、コーンチップに陽が当たっているコンビニの店内で、ああいう共感の言葉を聞いた。たとえカレン＝ルーシーが夫の精神状態を知らなかったとしても、リンダの場合は夫のことを知りすぎるほどに知っていたのだから、もったいないくらいの言われようだと思った。そして、そういう言葉を聞きながら、その後の展開となることを予感した。つまり、イヴォンヌ・タトルも、カレン＝ルーシーも、二度と町へ来ることはなかった。裁判にもならず、盗撮カメラについて問われることもなかった。リンダには夫との暮らしが続いて一種の解放感も出た。いつでも――二人で夜のニュースを見ていても、郊外へ散歩に出ても、レストランでおしゃべりしていても――結局、たいした面倒にならなかったのは、ひょっとして（というか、ある程度は）よく出来た妻のおかげだったと彼が忘れずにいたからだ。そして、もう女の問題はなくなった。客用の部屋は、せいぜい日当たりのよい書斎とでもいう趣で、もう二人とも足を踏み入れず、その部屋の壁にカレン＝ルーシーの「ひび割れた皿」の写真が掛かっていた。

この日のリンダは、そうなることの本質を直感した。サングラスをはずして、相手の女の目をじっと見た。女の手をとりたくなった。その頬を撫でさすりたい思いまで切迫した。

このカレン＝ルーシーという女が、かつての可愛いナイスリー・ガールと区別しがたくなったのだ。それまでずっと大事に育てられ、愛されていると思っていたのに、いきなり背後から一撃を食らったように、学校から帰ったら母親がいなくなっていた日の、あの可愛い娘と同じだった。

# 親指の衝撃論

女の到着を待っている間に、チャーリー・マコーリーは、夕暮れが迫る窓の外を見ていた。煤煙で黒ずんだ駐車場の塀には、その上端に沿って、バラ線がコイル状に巻かれている。ゴミだらけになったモーテルの敷地でしかないのに、その外界にとっては脅威なのか、それなりに資産だからか、まるで臨戦態勢のような構えだった。こうして見ていると、さっき通りかかったデパートのウインドーに夢として飾られていたものなどは、所詮は虚《むな》しいだけなのだと思わされる。いま彼はピオリアから三十分ほどの郊外にあって、女と会う都合で見つけた町にいる。虚しいというのはつまり、たとえば家庭用の除雪機を買う、きれいなウールの服を妻に買ってやる、ということは普通にあるとしても、そういう人間が一皮むけばドブネズミも同然で、必死に駆けまわってゴミを漁り、交尾を求め、レンガの割れ目に巣くって、きたならしく棲息するだけなのだから、この世界に生きて果たせることは、ただ糞便を垂れるのみ、ということだ。

だが、窓から見る風景の左寄りに、メープルの木が立って、その梢が見えていた。いくぶん赤みがかった黄色の葉が二枚だけ、枝から遠慮がちに出ている。よく十一月まで落ちなかったものだ。この木の背後に、昼間の残光があった。沈む夕日が、大空に向けて、惜しげもなく光彩を振りまいている。チャーリーは大きな手を頬に当てた。昔のことを思い出したのだが、どうしていま思いついたのかわからない。小高い丘の斜面にかがみ込んで、マリリンと二人でクロッカスの球根を植えた日にも、こういう秋の光が射していた。どちらも大学生になった年だった。マリリンはすっかりその気で、目を見開いていた。クロッカスの球根を植えるなど、彼にはまったく無縁のことだった。また彼女も、息詰まるほど夢中になって、こんなこと初めて、と言っていた。この日の午後に、町で園芸用の移植ごてを買った。これを持って彼女の寮の裏手にある丘を上がり、大学の森の手前に広がる秋草の原っぱに来ていた。「ここでいいわね」彼女は真剣そのものだ。ひどく大事なことらしいのは彼にもわかっていた。十八歳で初めて花を植えるという。彼と一緒に植えている。初めての恋だから——。長いウールのコートを着た彼女はたしかに頑張っているようで、これには彼の心も動いていた。二人で小さい穴をいくつも掘って球根を埋めていった。彼女は球根に向けて「じゃあね、グッドラック」と言ったりもした。いま思えば、あきれ返るようなことだ。馬鹿もいいところで、ああいう向かっ腹の立つような無駄なやさしさが、あの女の本質になっていた。しかし、あの日、秋らしい土の匂いをたっぷり吸い込み、こてを手にして地面に膝をついていた彼には、愛おしいものを守ってやりたい気持ちが押し寄せ、静かな感動をもたらしていた。まったく、わけのわからない女で、マリリンの顔は仕事を終えた達成感に輝いていた。そのくせ心配げに「ちゃんと出ると思う?」と言った。いやはや心配性なやつだ。彼は出るだろうと言ってやった。そして出ることは出た。少しは出たと思うが、そのあたりの記憶は曖昧だ。はっきり思い出せるのは、いままでずっと忘れていた一つのことだけ。無邪気な秋の日に、まだまだ子供だった、ということ。

チャーリーは窓のブラインドを閉めた。プラスチックの細長い薄板が、とうに古びて汚れている。そのコードを引くと、プラスチックがぱたぱたと不揃いに閉じた。

パニック——。流れに逆らう川魚のように、彼の内部で、パニックが前後に揺れた。いきなりホームシックになった感覚は、親戚に預けられた子供のようだ。部屋の備品が大きく暗く異様に見える。匂いも特殊だ。何もかも違うと思えてたまらず、まわりから襲われそうな気がする。帰りたい、と彼は思った。帰りたいという願望があって、しかも自分の家に帰りたいのではないのだから、願望に締めつけられて息が詰まりそうになる。いまなおマリリンと住んでいて、同じ街路のすぐ先に孫たちもいるという、イリノイ州カーライルの家に帰りたいのではない。やはりカーライルにあった子供時代の家でもない。新婚の夫婦として暮らしたマディソン郊外の家でもない。どの家を懐かしんでいるのかわからないのに、このまま年齢を重ねたら、ますますホームシックが強くなりそうに思う。そして、いま現在のマリリンという女はどうにも許容しがたいので――それでいて遠くへ飛んでしまったような彼の心でも、つくづく哀れだと思える女なので――これから自分がどうなっていくのかわからない。不安という流れを泳ぐ川魚は、すぐ近くに孫がいるカーライルのいまの家に、ほんの束の間だけ上がってから、また泳ぎだして、彼がいまでも広々した緑の土地を楽しむことがあるゴルフ場へ向かい、さらにまた艶のある濃い色の髪をして、ここへ来るかもしれないし来ないかもしれない女のところへと泳いでいったが、どの一箇所もしっかりした行き場とは思えなかった。

モーテルのドアに、そっとノックの音がした。

「こんちは、チャーリー」女が笑顔を見せた。目の表情はあたたかい。彼をすり抜けるように室内へ進んだ。

瞬時に先が見えた。そういう本能が、彼の若い頃に研ぎすまされてしまって、いまも身についている。危難を察知する能力だ。

それでも男には見栄がある。うなずいてから、「トレーシー」と言った。

彼女は部屋の奥まで進んだ。泊まりがけのつもりでバッグを持ってきたらしいので――

それで当然だとも言えようが――はかなくも一瞬だけ、彼はうれしくなったのだが、彼女がベッドに腰かけ、また笑ってみせたので、また彼には先が見えた。

「コート、脱ぐか?」

彼女は肩を揺すってコートから抜けた。

「チャーリー」

ここは要注意だ。いささか誘われるものはあった。これから打撃を受けそうな生命体としては、本能の自衛力を行使することになる。ということで彼女の頬の上部を観察した。皮膚にぽつぽつと穴がある。荒れていた青春時代については彼も承知しているが、その痕跡として毛穴が乱雑になったのだ。いま彼が手にしたコートにも特有の匂いがあった。だいぶ薄まっているとはいえ、ねっとりした癖のある匂いだ。そのコートを、デスクチェアの背に掛けた。クロゼットに入れたのでは彼のコートに近すぎる。また彼女がまともに目を合わせてこないことを、彼は見逃していなかった。ごまかすことは――というか勇気に欠けることは――何よりもいやだと彼は思っていた。

狭い部屋の中で、なるべく彼女から距離をとろうとすると、反対側の壁にもたれて立つことになった。

ようやく彼女が顔を向けた。どうせそういうもんだから、と言いたげな顔だった。「お金、もらうわよ」ベッドの上掛けに手を置きながら、ほうっと深い息をつく。その手の指の一本ずつ、親指にも、指輪があった。いまなお彼には心の声が聞こえているのだから、いまさらながらに不思議だった。――チャーリー、よく聞け、どう見ても不愉快であって当然の女だろう。それなのに、そうと思わない。階級の優越意識が何になる。そんなものが男を守ってくれるのは束の間だ。そうと知らずに一生を終える男がいくらもいる。チャーリーは違うだろうに。

「いくらだ」

「十……」

彼は動こうとしなかった。ベッド脇の小テーブルで、いきなり彼の携帯が振動した。トレーシーがのぞいて、「奥さんでしょ」と知らせたが、無感動な報告にすぎない。

チャーリーは歩み寄って、これをポケットに入れた。つかんだ手の中で携帯が震えて、すぐに止まった。彼はベッドに坐ったままのトレーシーに言った。「だめだな。無理だ」

「そんなことないでしょ」彼女が意外な面持ちになるので、そのことが彼には意外だった。

「いや、だめだ」

「お金ならあるじゃないの、チャーリー」

「妻も子も孫もいる。そういうことだ」

彼はシャンペンを買っておいた。この女が好んでいる。すでに備品のプラスチックバケツに氷を入れて冷やしてあって、これが机の上にあると見た彼女の様子を、彼は見ていた。彼女が哀れな目を向けてきた。「まったく女心を泣かせてくれるわ——誰よりも」

あはっ、と彼は笑った。「馴染みの客の誰よりも」

「だって、ほんとだもの」彼女は立ってシャンペンに寄っていった。「あんまり鈍くさいこと言わないでよ。お客さんはいるとして、あんたはそういうのじゃないんだから」

「もちろん客はいるだろうさ」

「でも、馴染みだなんて……言うことが古いわねえ」

「もう、いいじゃないか」

「いいってことはないわよ」

「よせ、トレーシー。おれたちは昔ながらのありふれた芝居にさしかかってる。だが、どうも気が進まない。芝居のせりふも音楽もわかりきっていて、それを——」彼は手のひらを開いてみせた。「したくないってことだ。その気がない」

女の顔に苦しげな表情がちらついたのを見て、彼はにんまりとした。こいつとの間には愛もある、ということは常に感じていた。だが、すっきりした安心感が、するりと室内に入ったようだ。こんなに楽になれるとは思わなかった。まともに整ってきた——。生活の乱れを整える。医者が言いそうなことだ。いや、性生活の乱れか。そういうものを整理する——などと思いついて、自分でおかしかった。これは愉快だという気持ちも、ぽつりと小さく動いていた。彼が生まれる前の、はるかな過去の人間も、こんな昔からの言い方をしてわかっていたのかもしれない。そっちの生活を整える——。

ポケットの中で、また携帯が振動した。引き出して画面を見ると、マリリンという文字が青く浮いていた。

「はずそうか？」心得た言い方をされた。これまでに何度も出た質問なのだ。そのへんの気心は知れている。

彼はうなずいた。

彼女がまたコートに身を入れて、彼は部屋のキーを一つ持たせた。

「ロビーにいればいい。えらく狭いが——」と言ったが、彼女は車の中にいると言った。ラジオも聴けるし、それでいい、ということだ。こういうところは初めから上出来な女だった。それもまた商売柄だろう。だが、ある日、本名を教えられてからも——ちゃんと服を着て、机の椅子に坐って、「本名を言いたくなっちゃった」とのことで——その証拠に運転免許まで見せられたのだったが、それからも上出来な女でいてくれた。免許を見せてからの彼女は、お金のことは言いっこなし、という態度をとったのだが、あれから考えて、そろそろ請求してもよいと思ったのかもしれない。だいぶ貸しがあるというのだろう。彼女が出ていってドアが静かに閉まった。ブラインドの隙間からのぞいて車に乗るのを見届けたい、と思う心を彼は抑えた。

さっきの希望的な感覚が、まだ彼に残っていた。もう大丈夫だろう――いや、すでに大丈夫と言ってよさそうだ、と思うと心地よかった。これなら生きていける。いままでにはなかった気分だ。

電話の妻は泣き声になっていた。「チャーリー？　電話なんかしてごめんね。ほんとにごめん。せっかく楽しんでるはずなのに――あの、楽しくはないのかもしれないけど、ともかく大事な時間に――」

「おい、どうしたんだ」さほどの緊急事態ではあるまいと彼は思った。

「だって、あのね、また意地の悪いこと言うのよ、あの人――。あたしは感謝祭に孫娘が着る服の様子を見に行っただけなの。そしたらジャネットの言いぐさが、ね――お願いします、じゃなくて、言っときます、この際、言っときますけれど、ちょっと来すぎなんじゃないですか、あたしの家なんです、スティーヴィーはあたしの夫なんです、もう少し放っておいてくれてもいいじゃないですか、なんてそういうこと言うのよ。スティーヴィーだって、そんな様子を知らないわけじゃないのに、あの息子、ちっとは根性ってもんがないのかしら――」

チャーリーは聞く気がしなくなった。こういう場合、口には出さないが、確実に子供の味方をしたくなる。嫁さんにも肩入れしてやりたい。彼はベッドに腰かけた。

「チャーリー?」

「聞いてるよ」と言った拍子に、うっかり鏡を見ていた。だいぶ以前から、自分の姿を見ても、これが知っている人間だとは思えなくなっている。

しばらく通話してから、どうにか電話を切れるくらいに妻をなだめた。電話して悪かったと妻が繰り返し、いくらか気が晴れたとも言うので、「そうか、よかったな、マリリン」と答えた。

一人になった部屋で、さっき中断していた思考を取り戻した。心が大きく静まるような感覚。この現象については、とうの昔に、心の中で名前をつけていた。親指の衝撃論。かつて子供だった夏の日に、祖父の家で屋根材を打ち付けていて、発見したのだった。うっかりハンマーで親指をたたいた場合には、ほんの一瞬だけ、たたいた力のわりには、たいして痛くないと思う。そういう虚偽と混乱と感謝の、ほっとする一瞬があってから、がつんと本物の痛みが襲ってくる。戦地にいた頃は、そういう事例が、頻繁に、さまざまな形で生じたので、おれの見識もたいしたものだと思ったりした。比喩としてぴったりだ――。

いろいろなことを戦地で知ってしまった。どれ一つとして、心理相談では言われないことだった。そういう相談で、きょうも彼は来ている、とマリリンは思っている。

＊

チャーリーは立ち上がった。体内にうずいた欲望は、ただの肉欲である。それが抱え込む意味は大きく、また彼にはめずらしいことではない。腕を組んで、クイーンサイズのベッドの前を行ったり来たりした。そのベッドカバーは丈夫な繊維でできていて――よく知っている感触として言えるが――ちょっとやそっとで傷むようなものではない。行ったり来たり彼は歩いた。行ったり来たり。この動きを何時間も続けたことがある。いくらか感情らしき熱を帯びた。

慰霊碑が建った当時、彼は関心を持たなかった。そう、チャーリー・マコーリーには、どうでもよいことだった。ところが、ある日――ケサンの激戦の記憶が集中砲火のように降りそそぐ夜を何度もすごしてから――彼は一人でバスに乗り、はるばるワシントンに出て、ベトナム戦争の戦没者慰霊碑を訪ねた。すごいものを見た。声もなく、我にもなく、彼は泣いた。泣きながら黒い花崗岩の壁に沿って歩き、覚えのある名前を見て、ざらついた指先で文字をたどった。そのあたりにいた人々が――おそらく旅行客だろう、人のいる気配はあったが――彼に敬意を表して放っておいてくれた。それが感触としてわかった。泣いていて敬意を持たれる！　こんなことがあるのかと思った。

カーライルの町に帰って、マリリンに「行ってよかった」と言った。すると「それならよかった」と言われただけなのが意外だった。その夜、あとでまた彼女は言った。「ね、チャーリー、そういう気持ちになったら、いつでも行けばいい。そんな旅費くらい出せるじゃないの」人間はときに驚くようなことをする。やさしくなることもそうだが、いきなり言うべきことを言ってのける。

おれは言うべきことをうまく言えない、と彼は思った。

いつぞや息子夫婦とデパートへ行った。ジャネットがスエットシャツを買いたがっていたのだが、チャーリーは二人について歩いただけで、どうという関心もなかった。息子は乗り気になっていて、チャーリーがひょいと目を向けると、息子は真剣に考えながら何やら妻に言っていた。ジャネットは美人とまでは言えないが気立てはいい。こんなところを見たら――つまり、息子が小さな日常の対話に関わっている現場を見たら、がくっと膝を突きそうな衝撃を覚えた。こういう息子になった！　いい大人になったものだ。安っぽいキャンディやらピーナツやら何やらわからないもののサーカス小屋みたいな匂いがするデパートで、まともな家庭人として、どんなスエットシャツがいいかと相談に乗ってやっている。この息子が父の視線に気づいて、明るい顔をした。「あれ、どうしたの？　帰りたくなった？」

やっと言葉を思いついた。クリーンだ――。息子には汚れたところがない。

「いや、平気だ」チャーリーはわずかに手を挙げた。「急がなくていい」

彼はチャーリーであって、その昔にとんでもなく汚れた男であり、また彼はチャーリーであって、ほかの誰でもないのだから、うまく息子に言ってやることはできなかった――。おまえは、まともな、しっかりした人間だ。しかも、おれとは関係なく、そうなった。子供時代はバラ色とは言いきれなかったろうが、それを乗り切ってくれた。たいした息子だ。たまげたやつだ。というような感想がどんなものであれ、そのことを、たとえ水で薄めたような言い方でさえも、彼は口にできなかった。会うにしても別れるにしても、挨拶として肩をたたいてやることすら、彼にはできていなかった。

＊

モーテルの部屋のドアを開けて、彼は戸口から駐車場に目をこらした。もし彼女が気づいたら戻ってくるだろう。そして、その通りに車を出て歩いてくる彼女を見ながら、向こうも見られていることを意識しているだろうと思った。しかし、彼が実際に見ていたとまでは言いきれない。ふわりと寄せた秋の匂いに気を取られていたのである。空気がひんやりして、肥沃な土の匂いに包まれるような、興奮に近いものを感じていた。危ない、危ない、と彼は思った。そして一歩下がって、彼女を入れてやった。

このときトレーシーはコートを脱ごうとしなかった。坐った場所も、ベッドではなく、机の前の椅子だった。いままで心の中での準備をしていた、ということは顔を見ればわかった。「あのね、チャーリー。あの、冗談じゃなくて、あたし、お金が要る」

「そのようだね」

「だったら、頼むわ」

ひねくれて、と言ってよいのだろうが、それくらいの貸しはあると言い出されるのを彼は待った。すると、この女を知ってから初めて、その目が涙ぐむのを見た。「おいおい、トレーシー、どうしたんだ。ほら、言ってみろよ」

「うちの息子――」

じんわりと、それでいて、すとんと腑に落ちるように――という実感がチャーリーにあって――だいたい様子がわかった。息子がドラッグで困っている。十の千倍くらいの数字で借金がある。そうとわかる雰囲気が、大きく翼を広げた黒い怪鳥のように、この部屋に舞い降りた。彼はずばりと聞いた。

彼女はうなずいた。涙があふれ、頬に落ちて、止まらなくなった。いままでに泣き顔を見せられたことはなかったが、へんな魅惑があると彼は思った。マスカラが流れて衣服にべっとりと色をつけ、トルコ石のような色をしたナイロンのブラウスにも、黒一色のスカートにも、ブーツにまでも垂れたのだ。彼の妻は化粧をするということがなかった。

「なあ、トレーシー、まあ、あのな」彼は片方の腕を広げた。彼女が寄ってきたがるように思われて、そうなったかもしれないところだが、その前に彼は言った。「トレーシー、こんなことしてたら、自分がおかしくなるぞ」

彼女には心底口惜しいものがあったようだ。首を振って、指輪だらけの手をぎゅっと握りしめていた。「あんたなんかに何がわかる。知ったふうなこと言って――お生憎《あいにく》さま、何にもわかってやしないくせに」

おかげで彼が助かったのでもある。「無理だな」と、あっさり言えた。「一万ドルなんて、おいそれと出せるものか。それだけ口座から下ろしたら、マリリンにもわかるだろう。どっちみち出そうとはしていないが」

すると彼女の緑色の目が、息巻いて広がる暗い鼻の穴のようになった――と、彼が見るかぎり、そのように思えた。馬が鼻の穴を動かすように、後方へめくれ上がって見えた。

「金の工面ができないと、息子が死んじゃうのよ」もう涙はなかった。はあはあと息が荒くなっている。

チャーリーはじわじわとベッドに腰かけ、彼女と向かい合った。ようやく静かに口を開いて、「息子がいるなんてことも知らなかったぞ」

「そりゃそうでしょ。言わなかったもの」

「なぜ言わなかった？」純然たる質問である。不可解だから聞いた。

「どうかしら」彼女は指輪をした指を一本立てて、顎にあてた。取って付けたような熟考の仕草だ。「もし事情を話したら、それだけ低く見られると思ったから、かな」

「トレーシー、困った子供なんてのは、どこにでもいるさ」ことさら拗《す》ねたがる彼女の言い方がわずらわしかった。腕をナイフでこすられるような気分だ。「低く見られるだと？」

「そうだわよ。あんたみたいな男が、よくもまあ人のことを──」

「よせ。くだらん、いいかげんにしろ」彼は立った。

彼女は静かに言った。「そっちこそリベラル白人みたいに人を哀れむのはやめてよね」

ぎりぎりのところで──チャーリーは何でもぎりぎりだ──彼女の顔を引っぱたきたくてうずうずした手の動きを止めた。彼女はぷいっと横を向き、彼は謝りもしなかった。こんな態度が似合う女ではない。どこか芝居がかっている、と彼は思った。

ある従軍牧師がいた。とにかく、いい男だった。「神は我らとともに泣く」と言っていたが、言われて怒るやつはいなかった。ケサンでの夜があって、新しい牧師が来た。これはインチキなやつだ。芝居がかっていた。「イエスは、あなたがたの味方」と言って、むやみに聖職者らしい気取りがあった。イエスを錠剤にして一人で売り歩いているような男だった。

*

病院へ行ったこともある。そうしたら、あとでグループ療法に来ませんかと言われた。ほかの人の話を聞くのも参考になります、とのことだった。だが行ってみれば――いまだに思い返すと頭が重くなる――折りたたみの椅子を円形にならべて坐るのだが、若い人だと軍用の作業服を着ていた。だいたい若い人が来ていた。よく出てきた話は、イラクの町へ進入したこと、眠れないこと、飲み過ぎること。チャーリーは付き合っていられないと思った。まだニキビ面の若者さえもいる。こんな若い連中に命令を発したこともある彼としては、また同じような顔を見るのはたまらなかった。ぞっとした。こいつらが嫌だった。こんなところに来たのでは、彼が死にそうな思いをする原因を悪化させるだけでしかない。恐れていたことではあるが、じつはグループを運営する側にも、しっかりした方策はないということが彼には見えた。もともと、これといった方策はないのだ。語り合う。それだけは確かだ。シガレット休憩があって、また語り合う。三回目のミーティングで、休憩時間になったとき、もう彼は出ていって、いよいよ恐怖感にとらわれた。

ロビンという女に会ったのは、その名前のネット広告を見てのことだ。それでカーライルから車で二時間走ってピオリアへ行き、その町では老舗のホテルのロビーで顔を合わせた。ホテルは改装を終えたばかりで、ガラスを多用して人工の滝を設けたロビーに光がきらめき、彼がロビンと地階のバーに坐っていると、右手側でエレベーターが行儀よく鳴る音が聞こえた。静かに話をするうちに、彼は——ああ、神のなせる業《わざ》か——ほとんど幸福に近づいた。ここまで近づけるとは、とうに絶えてなくなっていたことである。薄い茶系の肌と緑色の目をした黒人女性が、落ち着いた構えを見せていた。さりげなく身にまとった存在感が光に映えてゆらめくようで、これを見ている彼は、二本の前歯の隙間も、まつ毛の上に引いた黒のアイラインも、人の話に「そうですね」とうなずいて相槌を打つ様子も、すぐさま気に入っていた。いま四十歳で、二人の娘がいる。ロビンが見てやれないときの娘たちは祖母の世話になっているという。彼は川が見える最上階の部屋をとっていた。しっかり時間に目を光らせる女は、予定を過ぎると、超過ですと言って一時間の追加をした。だが、さらりとした人当たりの良さがあったし、そんな肌触りは生身の女としての甘美な奔騰があっても変わらず、しかも見せかけだけの情熱ではないという感触も初めから彼にはあって、これでよいと思っていることができた。大事なことだ。

「どうして、こんなことを?」と彼は聞いた。「吹っ切れるものじゃなかろう?」とも言った。

「人にもよるけど、案外そういうものよ。お金のため」彼女は身体を起こし、わずかに肩を上げてみせた。「単純なこと」そう言って坐った背中に、きれいな背骨の線が浮いて、彼は息を呑んだ。

その後、何度か月が替わってから、モーテルで会えばいいと彼女は言った。ピオリアから三十分ほどの距離にある。高級なホテルをやめて節約すれば、出合いの回数を増やせるはずだ。ただ彼のほうが都合をつけられないので、そのように場所を変えてから、浮いた金は彼女への割増にしてやった。そうこうして恋愛にいたったた。彼は当初から好意を抱いていたが、彼女もまた愛していることを告げて、本名を教えた。すっかり服を着て、この椅子に坐って、トレーシーと名乗ったのだ。そうなってから七カ月になる。がむしゃらな恋愛になってしまった。これは好ましくない。

＊

トレーシーがバスルームに立って、壁のスリットからひょいひょいとティッシュを引き出していた。チャーリーがベッドに坐っていると、壁面に白く張りだしてくる紙を抜くように見える。モーテルの客がティッシュを箱ごと持ち出すのを防ぐ仕掛けなのだ。彼女は顔をぬぐって、フェイスタオルで洗って、口紅を塗り直し、部屋に戻ってきた。彼の安心感もまた戻った。もともと遠くまで行っていたわけではない。そろそろ事は終わりだ。それでよい。と思ったところでトレーシーが——いやはや人間とは予想外の挙に出るもので——突拍子もなく滑稽なことを言った。「てっきり救ってもらえると思った。そういう人柄なんだろうと」

これを彼は聞き返して、彼女はやや警戒ぎみに同じことを言った。彼はベッドに坐って大笑いした。耳障りな音になったが、まもなく笑いは止まって、彼は袖で顔をぬぐいながら、ようやく「そんなものはない」と言った。彼女が向ける顔に、うっすらと気を悪くしたような色が浮いていた。彼は重ねて「そんなもの、なくした」と言った。

とうの昔のような気がするが、人柄が何より大事だと思われていた日々もあった。規範の概念として最高位に祭り上げられていた。いまでは科学の考えが強まって、人柄がどうこうという説は滝に落とされたように分が悪く、人間は遺伝的に決定されたことになっている。もし不安な症状が出たとすれば、そのように決まっていたことである。あるいはトラウマになる出来事があって決められることもある。人は強いのでも弱いのでもない。それなりに決められただけである——。そう、彼に人柄などはない。高潔な人格者ではない。いわば宗教の卑俗な面を見せつけられて、棄教したようなものかもしれない。たとえばカトリックに巣くっている小児性愛および相次ぐ隠蔽の事例を、またヒトラーやムッソリーニと協調した教皇の存在を、知ってしまったようなものだ。チャーリーはもともとカトリックではない。数少ないカトリックの知人は、いまでもミサへ行っている。輝かしい外装が剝がれ落ちるのを目の当たりにして、よく行けるものだと彼は思う。カトリック教会は崩れつつある。いや、プロテスタントにしても、よく働き、よく生きる人間像は、もはや崩れてきた。人柄なんていう言葉を、いまでは誰が口にするだろう。

それをトレーシーが言った。人柄だそうだ。彼女を見やると、まだマスカラの黒っぽい色が目元を汚していた。「なあ、トレーシー」と彼は言って、大きく腕を広げた。

静かに、彼女は言った。「あたし、トレーシーじゃないのよ」さらに一瞬の間をおいて、「あの免許証はにせもの。言っといてあげるわね。全部でたらめ」彼女は前傾して、ささやくように言った。「でたらめ」

うっかり声が洩れた。そういうこともある。いつの間にか出ているのだが、人前でそうなると、こわいと思われる。あるとき図書館にいたら、若い男がはっと目を上げたので、自分でもわかったのだ。唸るような声を出していたのだ。そうしたらマリリンが、馬鹿な女で、そっと小さく「この人、戦争に行ったんです」と教えていた。

若いやつには、この話が通じなかった。

いまの若い連中は、彼が行った戦争の名前さえ知らないことがある。たいした戦争ではなかったとでも言いたいのか。あの戦争を恥辱と思う国が、人前に出せない駄々っ子を見せないように、背中に隠してしまったのか。あるいは歴史とはただそういうものなのか。

彼には何とも言えなかった。それにしても、いまどきの若い者が完璧な歯並びをした口で「あれ、すいません、何でしたっけ」などと言い、それから申し訳なさそうに嘘でごまかした卑屈な顔で、チャーリーの年格好を見ながら、「それって、あの、第一次イラク戦争？」などと言うと、もうチャーリーは泣きたくなって、わめきたくなって、どなりたくなった。「おれたちがあんなことをしたのは何だった、何だった、何だった」

いまだにアジア人を忌避したい精神を抜けられない。

怯えた目を向けてくる女も嫌いだ。

「よし、わかった」チャーリーは立った。「ここは出よう」

彼女はバッグを肩に掛けて待機した。怯えた目をする女ではない。どうという目も向けてこなかった。

コートを取ろうとしたら、クロゼットのハンガーがぶつかり合った。盗難防止のために、金属製ハンガーの上部がポールに巻きついて離れないようになっている。「準備いいか?」コートに身を包みながら、明るく言ってみた。それから彼女が先に立って出るように道を譲った。あいかわらず警戒してしまうのがおかしい。この期に及んで――いまでは愛を感じるよりは、そうと頭でわかっているだけのこと――愛する妥当性がなくなったのに愛しているとは厄介だ。わずかでも理由があるとしたら、この女に救われたということ。やっと息のできる余地を女にあたえられた。いや、女のおかげで自分にあたえることができたと言うべきだろうか。彼女を見ているかぎりは、いつものような気分になる原因が何一つなかったのである。いまだ欲望が残存して、目の前にいられると困るようでもあるが、ともかく事は終わるのだから、神に感謝したいくらいだ。いまなお安息の余地は開けていた。

「車で、あとから走ってきてくれ」

彼は町の中心に戻っていった。あのモーテルに来るというだけで、ほとんど土地勘のない町である。見知っているのは、メインストリートのデパートと、朝食付きの宿屋くらいなものだ。この宿屋はヴィクトリア時代のような建物に、いつでも「空室あり」の看板が出ているが、さっぱりした淡青色の家は、照れ屋だが根はやさしい子供のように、いつでも人を迎えたがっているようだ。彼は行くべき銀行の支店がどこにあるのか知らなかったけれども、そのうち見つかるというつもりで走った。一度だけバックミラーで後続車を確かめると、彼女は唇を噛んでいるようだったが、いつもと同じだと思って、もうミラーは見なくてもよいことにした。すっかり沈んだ太陽が右手方向にある。もう一度、これでよいのだと思った。古びた教会を通過するところで、あとから来る一台がないのなら、路肩に停車して、しばらく見ていたいような気もした。

彼にも祈りたいと思うことはある。そう思うことが、ぞっとするほど嫌だ。妻の姿を見たくないようなものだ。彼が育った家庭はメソジスト派の教会へ行っていたが、どうというご利益があったとも思えず、乗り物酔いの記憶と結びついているだけでしかない。マリリンと結婚してからは、彼女が行きたいというので会衆派の教会に付き合ったこともあるが、子供たちが思春期を迎える頃になって、そんな習慣はどうでもよくなっていった。もう耐えがたいと彼が言うと、彼女も強いて反対はせず、それきり行かなくなった。教会にも引き留めようとする人はいなかった。だから孫の洗礼式と、パティ・ナイスリーの夫の葬儀を別にすれば、チャーリーは長らく教会の中へ入っていなかった。

しかし、近頃は、教会で祈りたいと思うようになった。もう膝を突いてしまいたいくらいなのだが、では何のために祈るのか――。赦しを乞いたい。ほかに祈るべきものはない。

チャーリー・マコーリーにはそれしかない。このチャールズ・マコーリーという人間は、子供が健やかであるようにとか、もっと妻を愛せるようにとか、そんな馬鹿らしい贅沢な祈りをする者ではない。ない、ない、ない——。チャーリー・マコーリーが膝を突いても祈りたいのは、もし神がまだ赦してくれるなら赦してほしいということだ。

それにしても嫌なことだ。まったく胸がむかつく。

もう一つ信号を通過したら、右手に銀行の看板が見えた。駐車場に車を入れると、まだ営業中であることがわかって、奇妙に達成感のようなものがあった。彼女の車が背後に来たのを見て、片手を出した合図で、ここで待つように伝えると、彼女が一度だけうなずいた。十分ほどしてから、彼は現金の封筒を二つ持って出てきた。かなり分厚い手触りがある。これを彼女が半開にした運転席の窓から差し入れた。彼女は礼を言うつもりだったのか、もっと窓を開けたのだが、彼は首を振って言わせなかった。「これっきりだ。もしまた何か言ってきたら、とっつかまえて、この手で始末してやる」彼は冷静に言い渡した。「トレーシーか、レーシーか、シッティか、プリティか、どんな名前でもいい。わかったな？　どうせまだ不足なんだろうが」

彼女は車を走らせて去った。

すると震えが出た。まず手が震えて、それが腕にも太腿にも広がった。マリリンから盗んでしまった。どういうことだ。今度ばかりは、いままでとは違うように思った。いまの彼は働いて稼ぐということがない。もちろん彼女にもない。愕然とする。妻から金を盗んだ。彼は車に乗って、また運転できると思えるまで、座席に坐っていた。

もう上空の残光もほとんど薄らいでいた。危ない時刻だ。すでに黄昏《たそがれ》とも言えず、夕闇が濃くなっている。するすると夜が降りていた。それでいて夜の時間帯ではない。寝つくまでには何時間かある。あとは睡眠剤で、うまくいけば五時間くらい眠れる。

朝食付きの宿屋は、表通りからの見た目よりも大きな家だった。彼は裏手の駐車場に車を置いて、正面にまわった。さっぱりした風が顔に当たる。ずっと以前に使っていたウィッチヘーゼル配合のアフターシェーブローションを思い出した。表階段を上がると、いくらか軋む音がして、いくらか好感を持てた。ここなら本物の衝撃が来たときの居場所になってくれる。本能としてそう思った。ここなら安全かもしれない。彼のような男でも置いてもらえるかもしれない。すると果たして、応対に出た女は、彼と同年配か、もう少し上くらいの、きりっと小柄な、きれいな肌をした人だった。とっさに彼は、こわがられるだろうか、と思った。だが実際にはそうでもなく、彼女はしっかり見つめ返して、テレビのない部屋でよろしければ、と言った。もしテレビが見たくなったら、この共用の居間で見てもよいそうだ。ほかの客は自室へ引き上げているらしかった。

テレビは見なくていい、と言ったものの、実際に部屋へ行ったら、ここで坐ったきり待つのもどうかと思って、また部屋を出た。女が「ええ、いいですよ」と彼にリモコンを持たせながら、「キッチンが片付いたら、わたしも来てかまいませんか？」と言った。かまわない、と彼は応じた。女は「番組はおまかせしますから」とも言った。ふと何となく、というだけのことだが、彼女にもつらい過去があって、いまなお響いているのだろう、という気がした。この年になって、そうでない人がいるものか——。いや、案外いるのかもしれない。彼のように音のない騒音を頭の中に引きずって、その残響に苦しむということがない人も、結構いるのではないかと思うのだ。

彼はカウチに坐って、キッチンで彼女が立てる物音を聞いていた。腕組みをして見ているテレビは、イギリスのコメディ番組だ。こういうドラマは馬鹿らしく、現実離れしているのがよい。イギリスのコメディなら安全だ。しゃべる言葉のアクセント、がちゃがちゃと鳴るティーカップ——。そうやって彼は待った。もう来るだろう。きょうみたいな衝撃のあとには、生々しい痛みの波が押し寄せる。ああ、来そうだ。

女主人がするりと入ってきた。そして部屋の一角で大きな椅子に坐るのを、彼は目の隅でとらえた。「あら、完璧」と呟くように言ったのは、テレビの選局のことだろうと彼は思った。

この人に聞いてみたい気もした。「もし偽名をでっち上げて、それをトレーシーにするとしたら、もとの名前は何だったたと思う？」

ああ、そろそろ来る。間違いない。どうなるのかはわかっていた。いままでもあったことだ。来てしまえば終わりにもなる。——と思ったのに、なかなか来なかった。

痛みというのは、人に何と言われようと、慣れて平気になるものではない。だが、このとき初めて——いや、本当にいまになって初めてなのか——痛みよりずっと恐ろしいものがあるのではないかと思った。痛みをまったく感じなくなった人間。そういう男たちを見たこともある。目の奥に空白が広がっていた。何もないという特徴がある。

チャーリーはちょっとだけ坐り直して、テレビにじっと目を凝らした。そして待った。彼の内部に、クロッカスの球根のような希望が生じていた。待って望んだ。祈ったと言ってもよい。ああ、イエス、来させたまえ。神よ、どうか願わくば、あれが来るように、どうかして、あれが。

ミシシッピ・メアリ

「なつかしいわよ。お父さんに、そう言っといて」メアリは娘に持たされたティッシュで目をぬぐった。「そうしてくれる？　ごめんねって言っといて」

娘は天井に目を向けた。イタリアのアパートは、えらく天井が高い。海の見える窓を見やってから、母に目を戻した。この母が老けた。小さくなった。アンジェリーナには、そう思えてならなかった。また、へんに茶系の肌になった。「やめてよ、ママ。もうやだってば。あたし、たっぷり一年も貯金して、飛行機代を払ったのよ。そうやって来てみたら、こんな――なんて言ったら何だけど――こんな薄汚い二間のアパートにいるじゃない。再婚したっていう男は、ああ、やっぱり、あたしと変わらないような年なんだわ。そんなこと考えないようにしてたんだけどさ。だって考えたいわけないじゃない。ママ、もう八十でしょ」

「七十八だよ」メアリは泣きやんでいた。「彼にしても、あんたと同い年ってことはない。

六十二だもの」

アンジェリーナは言った。「はいはい、七十八ね。卒中と心臓発作をやってる」

「よしなよ。昔の話だ」

「そんなこと言いながら、お父さんにはなつかしいって知らせたいんだ」

「なつかしいんだもの。お父さんだって、そう思うこともあるだろうに」メアリは椅子のアームに肘をついて、手に持ったティッシュをだらしなく揺らした。

「ママ、わかってないのね。ほんとにもう、わかってない」アンジェリーナはソファの背にもたれかかり、両手を頭に置いて、指先を髪にくぐらせた。

「どなっちゃいやだよ。そういう育て方してないだろ」母は大きな黄色の革のハンドバッグに、ティッシュを突っ込んだ。「たしかに、わかった気なんてしてないんだ。わかんないことはいくらでもあった。それはそう。あんたの言うとおり。だけど、アンジェリーナ、どなるのはやめてよ。聞こえた？」この末の娘には、というのは五人姉妹の末っ子で、メアリが（内心では）一番かわいがっていた娘には、妊娠中から小さな天使を腹に抱えているような気がして、アンジェリーナという名前をつけた。いまメアリはまっすぐ坐り直して、この娘に目を合わせた。娘といっても、とうに中年女になっている。そのアンジェリーナは、視線を返してこなかった。メアリが坐っているコーナーチェアの位置からは、教会の尖塔に日射しが当たって見えた。その日射しを、しばらく見ていた。

「父さんは、どなってばかりだった」アンジェリーナは、布張りのカウチに目を落としていた。「どなるなと言ってどなられたんだから、いまさら育て方も何もないわ。そんなように——どなる人がいて育っちゃったんだもの。父さんはどなってた」

「どなる人《イエラー》ねえ」メアリは胸に手を当てた。「『黄色い老犬《オールド・イエラー》』っていう映画があったっけ。何ともはや悲しい映画で、あんたら連れて見に行っただろ。タミーなんて、ひと月寝られなくなってた。あの犬、草っぱらに連れ出されて殺されるんだったよね？」

「仕方ないわよ。ラビッドだったんだから」

「ラビット？」

「ラビッド。狂犬病だった。ああ、ママ、こんなこと言ってたって悲しくなるだけ」アンジェリーナは一瞬だけ日を閉じて、カウチに手をぽんと弾ませた。

「そりゃ、そうだよね」これは一致した。「で、ほんとに貯金はたいて飛んできたの？お父さんからの援助は？　あたし、どなるなと言ってどなってやしない。それより何か気晴らしに出ようよ」

アンジェリーナは言った。「外国に来ると、何もかも大変だわ。イタリア人て、英語をしゃべったら沽券《こけん》に関わると思ってるみたい。こっちへ来てから、そう思わなかった？

何もかも大変だ、とか？」

メアリはうなずいた。「まあね。そのうちには慣れるけどね。来た当座は、パオロが一緒でないと、角の店でコーヒーを注文するのもいやだったもの。あたし、母親だと思われちゃってさ。夫婦だってわかってからは、笑われてるような気がした。皿にコインを置いて払うんだなんてことも、パオロに教わった」

「ママ」

「え、なに？」

「だから悲しくなるのよ。それだけ」

「どのコインを置くかわかんないと悲しい？」

「ちがうわよ。彼の母親と思われること」

メアリはここで考えた。「それにしても、なぜ母親と思われるか。あたし、アメリカ人。彼はイタリア人。そこまで考えなかったんだね」

「ママは、あたしの母親じゃないの！」アンジェリーナが暴発するように言ったので、またメアリは泣きそうになった。自分のしたことでどれだけの被害が出ていたか、じんと焼けるような感覚で見えてしまったのだ。このメアリ・マンフォードという女は、誰かを痛めつけようとする悪気があって事を起こしたことは、ただの一度もなかったのである。

＊

教会を行き過ぎた先のカフェで、窓際の席に坐った。このカフェは海を見おろす岩場に建っている。八月下旬の太陽が、見境もなく照りつけて光った。こっちへ来て四年になるメアリも、この村の美しさには、いまだに頭をひっぱたかれるような衝撃を覚える。だが、いまのメアリは心配でならなかった。長女のタミーからメールが来て、アンジェリーナが夫婦の問題で困っていることは知らされていた。だから、二人で話せるとなったら、すぐにでも聞いてみようと思っていたのだが、何となく口に出せなかった。アンジェリーナが言い出すのを待つしかない。メアリは大型のクルーズ船を指さした。ジェノヴァへ行こうとしている。アンジェリーナがうなずいた。窓は開いていて、ドアも開いていた。メアリは、アプリコットジャムのコルネットを食べてから、娘の腕に手を置いて、静かに「ユー・ワー・オルウェイズ・オン・マイ・マインド」と歌いだした。するとアンジェリーナは顔をしかめて、「まだエルヴィスにいかれてるの？」

「そうだよ」メアリはまっすぐ坐り直して、両手を膝に載せた。「パオロが全曲ダウンロードして、スマホに入れてくれた」

アンジェリーナは口を開けて、すぐ閉じた。

この末娘も老けたものだと、メアリはまた横目で見ていた。口元や目尻に寄った皺は、メアリには見た覚えがないものだ。髪が薄い茶系なのは昔と変わらず、それを肩の下まで伸ばしているのも同じだが、メアリが思っていたほどの量感がない。また、えらく細身のジーンズをはいている！　それは会った瞬間に気づいた。「あのね」と、メアリは片手を海に向けて揺らしながら、「イタリアって、こういう開放感がいいのよ。ドアが開いて、窓も開いて」

アンジェリーナは「寒いわ」と言った。

「じゃあ、これ」メアリはいつも巻いているスカーフを娘に持たせた。「広げて羽織れば、あんたの細っこい鎖骨には充分だろ」

末っ子が言われたとおりにした。

「いまの暮らしのこと聞かせてよ」メアリは言った。「どんな小さなことでも」

アンジェリーナは青い麦わらのハンドバッグをかき回して、スマホを取り出した。これを向き合って坐るテーブルに置く。「双子を連れて、雑貨市へ行ったのよ。どんな掘り出しものがあったかというと、嘘みたいなんだけど、ちょっと待って、写真があるはずなんで」

メアリは椅子ごとせり出して、画面をのぞき込んだ。双子の一人がタミーの誕生日プレゼントに買ったという、かわいいピンクのセーターが見えた。

「もっと知りたい」メアリの願望がふくらんで、天空に届きそうになった。見せて、見せて、と心が叫んでいた。「あるだけの写真を見せてよ」

「六百三十二枚あるけど」アンジェリーナが画面に目を走らせて言った。

「どれも見たい」メアリはかわいい末娘に笑いかけた。

「泣いちゃだめよ」アンジェリーナが先回りして言った。

「涙は見せない」

「一粒でも落ちたら、すぐ中止だからね」

「よく言うよ」まったく誰がこの娘を育てたんだ、とメアリは思った。

＊

アパートへ帰ろうとする道で、太陽が雲に隠れると、光の具合が激変した。いきなり秋の日になったようで、ヤシの木や明るい塗装の建物とは色彩感がずれていた。このあたりに慣れているはずのメアリの目にも、そう見えたようだ。しかし、それよりもメアリは小さい画面でたっぷり見せられたものに心が混乱していた。自分がいなくなったイリノイに、いま進行中の暮らしがある。「このあいだ、可愛いナイスリー・ガールズのことを考えちゃった。〈ザ・クラブ〉っていう会館があったろう、それが頭にあって、ダンスパーティーを思い出したみたいだ」

「ナイスリー姉妹って、男にだらしなくてね」アンジェリーナは母に振り返るように言った。

「それはないよ。そんな馬鹿な」

「ママ」娘は足を止めて、母に向き合った。「そうだったのよ。少なくとも上の二人。平気で誰とでも寝てた」

メアリも足が止まっていた。サングラスをはずして娘を見た。「冗談じゃなく?」

「やだ、知ってると思った」

「あたしが知るわけないじゃない」

「だって、みんな知ってた話よ。ママに言った覚えもあるし」だがアンジェリーナはちょっと考えてから補足した。「パティは違うかも。たぶん違うと思う」

「パティ?」

「ナイスリーの末娘。あたしは親しくなってる」アンジェリーナはサングラスを鼻に押し上げた。

「そりゃいいわ。そりゃナイスだ。親しいって、いつ頃から?」

「四年になる。職場が同じなのよ」

四年、とメアリは思った。この天使みたいな末娘と会わなくなって、やはり四年になるだろう。いま娘に目をやって、また思った。小ぶりな尻に、きつそうなジーンズ――。もう中年女だ。やはり不倫してたりするんだろうか。メアリはいやいやと首を振った。「可愛かった頃のナイスリー・ガールズを思い出したのよ。その一人の結婚式に、お父さんと出たことがあった。〈ザ・クラブ〉で披露宴があって」

アンジェリーナは歩きだして、「なつかしいと思う？」と、また振り返るように聞いた。

「その〈ザ・クラブ〉っていうところ」

「まあ、そうねえ」メアリは息が詰まりそうになった。「そうとも言えないかな。あたしの趣味じゃなかったから」

「だけど、よく二人で行ってたじゃないの」さっと吹きつけた風が、アンジェリーナの髪を持ち上げ、毛先が肩よりも上がった。

「そうだった」メアリも娘のあとから歩きだし、すぐにアンジェリーナが振り向いて待ってくれた。「一方の壁が、ガラスのケースみたいになって、インディアンの鏃《やじり》か、そんなようなものが陳列されてたよね」

「趣味じゃないって言われるとは思わなかった」と、娘が言った。「あたしの披露宴の会場にもしたんだから」

「そりゃそうだけど、趣味じゃなかったと言ったら、なかったのよ。そういう趣味で育ってないもの、全然なじめなかった。新しいドレスを見せびらかして、馬鹿な女が集まって」あーあ、とメアリは思った。やれやれ、まったく。

「ねえ、ママ、覚えてるかな、あのナイスリー家の奥さん。どうなったと思う？」アンジェリーナは、サングラスに隠れた目で、母の顔をさぐった。

「さあ、どうなった？」いやな予感が胸にわだかまった。

「いいわ、何でもない。行きましょ」

「あ、ちょっと待って」メアリが小さな店に立ち寄るので、アンジェリーナも狭苦しい店内に入った。カウンターの奥にいた男が、「ボンジョルノ、ボンジョルノ」と言った。メアリは、娘を指さしながら、イタリア語で挨拶を返した。男は小さなカウンターにタバコを一箱置いた。これにメアリが「シ、グラーツィエ」と言い、さらに何か言ったがアンジェリーナにはわからなかった。男はぱかっと口を開けて笑った。黄ばんだ歯が何本か欠けていた。即座に言われたことがあって、母はくるりと振り向き、大きな黄色い革のハンドバッグがアンジェリーナにぶつかった。「あんたのこと美人だって。ベリッシマだ！」母はもう一度何か言って、それから店を出た。「母親似なんだろうって。そんなこと何年ぶりに聞いたかしらねえ。昔はよく言われたよ。お母さんに似たんでしょう、なんてさ」

「まだタバコやめないの？」

「え、まあ、一日に一本」

「あたしも昔はママに似てるなんて言われてうれしかったけどね」アンジェリーナは言った。「一日一本なら大丈夫なの？」

「まだ死んでない」メアリは、まだ死んでないのがびっくりだ、と言いそうになったが、この娘の前では死ぬという話はよそうと思っていた。

アンジェリーナは母親と腕を組んで、その母親は娘を引っ張り、自転車に乗った女に道をあけた。アンジェリーナは女を目で追って、「あの人、ママと同じような年よ。タバコ吸って、パールのネックレスして、ハイヒールはいて、荷物のバスケットを乗せて自転車漕いでる」

「ああ、あれね。こっちへ来た当座はびっくりしたわ。それから考えてわかった。車で〈ウォルマート〉へ買い出しに行く人の別バージョンなのよ。それが自転車に乗ってるっていうだけ」

アンジェリーナは、ふわあと大きな欠伸《あくび》をした。それが終わって、また口をきいた。

「ママは、びっくりしてばっかりだったよね」

＊

アパートに帰ってから、メアリはベッドに横になった。午後の昼寝だ。アンジェリーナは子供たちにメールをすると言った。窓から海が見える。「ここにコンピューターを持ってきたら」メアリは娘に言ったが、「そっちで休んでていいわよ」という答えが返った。

「あとで、あっちとスカイプでもしようか」

頼むよ、どうにか、とメアリは思った。頼むから、こっちへ来て、ここにいてほしい。かわいい末娘が――いままで一人だけ四年も会おうとしなくて、一年前から来ると言いながら来なかった娘、というか大人になった女が、いま隣の部屋にいると思うと、メアリの生活としては自然な気もしたが、そのくせ、この子がここにいるのは不自然でもある。それで頼むよと思ったのだが、もうくたびれていて……また頼むと言えば、いまごろジェノヴァで子供たちに会っているはずのパオロが楽しい再会になっているように頼みたくもあり、ほかの娘らが元気でいてくれるように頼むよと言いたくもあり、その他いろいろ頼みたくなることはあった……。

キャシー・ナイスリー。

メアリはそろりと起き上がって肘をついた。家庭を捨てた女。それを思い出したメアリにも熱い閃光が走った。小柄で、人好きのする顔立ちをした女だった。「ふん」と静かに言って、メアリはまた横になった。キャシー・ナイスリーは、見た目の笑顔とは裏腹に、メアリを歯牙《しが》にも掛けていなかった。いまにして思うのだが、あれはメアリの出自が低いから見下したということだ。その同じことを、夫の母親にも言われた。まあ、たしかに、とんでもない貧乏所帯で育ったには違いない。だが美少女だったメアリは、チアリーダーになって、マンフォード家の御曹司の目に留まった。その父親は農機の事業を手がける資産家だった。あの当時、自分に何がわかっていただろう。メアリはベッドに寝そべって首を振った。何にもわかっちゃいなかった。ゼロ以下だ。

ま、いまとなっては、と思いながら寝返りを打った。いくらかわかったこともある。キャシー・ナイスリーに一目置かれたことなどは、ただの一度もなかったのだ。メアリは振り払うように手を揺らした。あの家の娘の結婚式に夫婦で出たことはある。たしか長女だったか。そうだったと思う。昔のことだ。

いや、待て、待て。

いまメアリは思いついた。あのときのキャシー・ナイスリーは、もう家を出ていたのだ。結婚式で、不倫の噂がささやかれていた。それで何となく――なぜそうなるのかわからないが――ひそひそと噂がささやかれたせいで、メアリ自身の夫にも不倫が生じていたとわかった。あのアイリーンという太った女。とんでもない秘書だった。夫に白状させるのに何日かかかった。それからメアリは心臓の発作を起こして――あとはもう、自分の世界がぐらぐら崩れたのだから、キャシー・ナイスリーどころではなくなった。

寝たまま手を伸ばして、黄色い革製のハンドバッグを引き寄せ、スマホをさがしてから、イヤホンを耳に突っ込んだ。エルヴィスが「去りし君へのバラード」を歌った。メアリよりも二歳年上のエルヴィスは、メアリが生まれたミシシッピの小さな町の出身でもあるので、いつでも心の中では友だちのような気がしていた。もちろん会ったことはない。一家がイリノイの農業地帯へ引っ越したのは、まだメアリが赤ん坊の頃だった。父親の従兄がガソリンスタンドを営んでいて、仕事をもらえることになったのだ。それがカーライルという町にあった。あるとき二時間ほどで行ける場所でエルヴィスの公演があったようだが、まだまだ子育ての時期だったメアリはあきらめるしかなかった。ところがメアリは、他人には思いもよらないほど、エルヴィスのことを考えて暮らしていたのだった。そういう心の中の楽しみが――どうせ自分だけの、人には知られないことなので――結婚して間もなくできあがった。心の中ではエルヴィスの楽屋にも行っていた。その淋しそうな目を見つめて、理解者であることを知らせた。愚かなコメディアンがテレビの全国放送で「太った四十歳」と発言した際には、言われたエルヴィスを慰めてやった。心の中には二人だけの時間があって、彼は故郷の町やママのことを語っていた。彼が死んだときは、何日も声を出さずに泣いた。

でもパオロにだけは言った。エルヴィスとの幻想の生活があったこと。パオロは片目を半分閉じながら、じっと彼女を見ていて、それから大きく腕を広げて彼女を抱きしめた。自由だ。ああ、神様、ここに愛される自由があった！

目を覚ますと、娘が部屋の入口まで来ていた。メアリはベッドの片側をたたいた。「ここへおいで。あたしが寝てるとこ。こっちが彼の側だから」

アンジェリーナはぴかぴかの小型コンピューターをドレッサーの上に置いて、母親に添い寝した。メアリは「海をご覧よ。スペインまで続く海だ」と言った。アンジェリーナは目を閉じた。メアリはいくらか身体を起こして、「お父さんの頭、どうなの」と言った。

やんわりとげっぷが出て、さっき食べたコルネットのアプリコット味が戻った。

「まだ惚けてない」アンジェリーナは言った。「警戒はしてる」

「よかった」メアリは大きな黄色い革のハンドバッグからティッシュを一枚とって、口に当てた。「脳腫瘍はどうなったかと思ったんだけど」

アンジェリーナは目を開けて、自分でも身体を起こした。「あれから再発はなし。もし何かあったら連絡したと思わない？」

「どんなもんだか」これは正直な気持ちだ。

「あたしたち、そこまで意地悪くないでしょうに。また悪くなったら知らせる。いいかげんにしてよ」

「そりゃ、意地悪とは言わないけどさ。そんなんじゃなくて、ちょっと聞いただけ」メアリは、あたしも馬鹿だ、と思った。はっきりそう思ったら、娘が気の毒になって、また泣きそうになった。さらに身体を起こして、「いいよ、もう考えるのよそう」と言った。黄色い革のハンドバッグから、使用済みティッシュ入りのポリ袋を出して、手近なテーブル下のゴミ箱に捨てた。

アンジェリーナが笑った。「おかしな癖よね。そういうティッシュを溜めて持ってる」

それでメアリも笑った。かわいい娘の笑い声を聞いたら、一緒に笑いたくなった。「だから言ったじゃないの。娘が五人もいて、みんなで風邪引いてたりしたら、うちの中でティッシュを拾って歩くのも大変なんだよ」

「そうね、ママ。そうよね――」アンジェリーナは母の腕に頭を乗せかけた。すると母は、あいているほうの手で、ちょっとだけ娘の顔を撫でてやった。

＊

五十一年もたってから結婚生活を捨てようとする人がいるだろうか。まさか、このメアリ・マンフォードが……。彼女は首を振った。アンジェリーナが「どうしたの、ママ」と言った。もう一度、メアリは首を振った。まだ二人ならんでベッドに寝そべっている。五十一年もたってから結婚生活を捨てようとするだろうか。

そう、このメアリがしてのけた。五人の娘が大人になるまで待ったのだ。夫が十三年も秘書の女と——あれだけ太った女と十三年も関係していたと知って心臓発作を起こしてしまい、それが回復するまで待ったのだ。そうしたら、かれこれ十年ほど前に、パオロからの手紙を夫に見つけられ、今度は卒中に見舞われたので、その回復を待つことになった。まあ、あの夫がどなったこと。顔を真っ赤にして、青筋立てて、いまにも切れそうだと見ていたら、切れたのは彼女の頭の中だった。ずっと夫婦になっていて、この男の卒中まで引き受けてしまったのかと思いつつ、また待つしかなくなって、ついに出ていくわよと言ったとたんに、夫の頭に脳腫瘍が見つかり、それで死ぬことはないとわかるまで待った。というように、さんざん待っていたのだが、パオロもまた待ってくれた。だから——いま彼女はここにいる。

どうせ何もわからない。そういうものなのであって、わかると思っている人間は――どこかで予想外の珍事に見舞われる。

「いいお母さんだったわ」アンジェリーナは寝たままで黒いフラットな靴を脱いだ。靴はぱたっと床に落ちた。

「あら、どういう話？」

「いいお母さんだった。ちゃんと寝かしつけてくれた。あたしが十八になるまで、そうだったもの」

「かわいかったからね。いまだって、そう思ってる」

「こっち側に、ママが寝てるのよね？」

「そうだよ。嘘つかない」

アンジェリーナはふうっと息をついて、また母に添い寝する形になった。「ごめん。あした彼が帰ってきたら、あたし、いい人になってあげる。彼もいい人なんでしょ。やだ、あたし赤ん坊みたい」

メアリは「そうだね、そんな気にもなるだろうね」と言ったが、自分だったらそうはなるまいと思っていた。時計に目を走らせると、「あらま、もう水泳の時間だ」と言った。

アンジェリーナはベッドから降りて、髪を一方の肩に垂らした。「そう言えば、ずいぶん日焼けしたのね。ママがそんな色してると、おかしな感じだわ」

「海辺だからね」メアリはバスルームへ行って水着をつけると、その上にもう一枚着るものを羽織った。「じゃ、行こう。いやなら海に入らなくていいよ。ただ坐ってるだけでも、しゃきっとするから」

四時の太陽がとんでもなく明るく、高台の家々が日射しを浴びていた。白っぽい色彩、明るい黄色の花、ヤシの木……。メアリは、プラスチックの靴を履いて、岩場を進み、水際まで降りていった。羽織っていた服を脱いで、タオルを敷いた上に置き、ゴーグルをさがす。

「ママったら、ビキニだったの」

「ツーピースと言ってよ。だって、見てごらん。このあたりでワンピースを着てる人なんている？　あんたは別として」メアリはゴーグルをつけて海に入った。まもなく足を蹴り出して、泳ぐ姿勢になって進む。眼下に小魚が見えていた。毎日、泳ぐ。それが一日のうちで最も好ましい時間帯。たとえ娘が訪ねてきたとしても、その時間に変わりはない。水を跳ねる気配があって、彼女は止まった。アンジェリーナが髪を濡らして寄ってきている。

「ママ、おもしろいわねえ、その黄色のビキニ。またゴーグルまでつけちゃって。ああ、もう、たまらないわ、ママ！」というように二人で泳いで、笑って、横からの太陽が降りかかっていた。

日射しで暖まった岩に腰かけて、アンジェリーナは言った。「こっちに知り合いはできたの？」

「うん」メアリはうなずいた。「とくに親しいのはヴァレリアって人。手紙に書かなかったっけ？　いい人なのよ。広場で出会ったの。その前に見かけたこともあってね。おばあさんの隣に坐ってた。それがまあ、ヴァレリアがね、かわいらしい顔してるの、ほかに見たこともないわよ。あんたの顔くらいかな。そういう人が海辺にいて、おばあさんの隣に坐ってた。おばあさんの脚がね、百年も太陽を浴びて焦げたみたいな色なんで、えーっと思って見ちゃった。紫色の血管が、黒ずんだ皮膚というか、皮のケースみたいになった中に収まってるの。ああなるとソーセージだわよ。ああ、生命とは奇跡だ、なんて思った。そうなった脚でも、まだ血液を送ってる。そんなこと考えながら、おばあさんに話しかけてるほうの人を見たの。ひどく小柄な人でね、ヴァレリアって小さいのよ、相手の膝に寄りかかってるみたいで、また顔立ちがかわいくて――」メアリは首を揺すった。「そしたら、二日後に、教会の前でね、ぐっと寄ってくる小さな女の人がいたわけよ。いくらか英語がわかるの。あたしは、いくらかイタリア語がわかる。そうなのよ、すっかりお友だち。あんたも会ってみたら。たぶん喜ぶと思うよ」

「そうね」アンジェリーナは言った。「じゃあ、近いうちに、どうかしら」

「いつだっていいよ」

海に四隻の船が見えていた。ジェノヴァ航路の客船と、タンカーが三隻。

「彼は、やさしい？」

メアリは「うん、とっても」と言った。

「じゃあ、いいわ。よかった」アンジェリーナはいくらか間を置いてから、「息子さんたちは？」とも言った。「それぞれの奥さんも。やさしくしてくれる？」

「まったく文句なし」メアリは、もういいよ、と言いたげに手を振った。「だって、ほら、パオロがね、エルヴィスの歌を全部ダウンロードして、あたしのスマホに入れたのよ」と、これに手を伸ばしたメアリは、しげしげと見てから、また大きな黄色のハンドバッグに戻した。

「その話、さっき聞いた」とアンジェリーナは言ったが、いくらか言葉をやわらげて、「昔から、黄色が好きだったわね」母のハンドバッグに手を出して、「これ、いかにも黄色」

「好きなんだもの」

「それに、その黄色のビキニ。おかしいったらありゃしない」

はるか水平線に、もう一隻の船が見えた。メアリが指さして、アンジェリーナがゆっくりとうなずいた。

＊

彼女は風呂を沸かした。ずっと何年もアンジェリーナにそうしてやったものだ。小さい頃のように、母親が横でおしゃべりしていてもよさそうな気がしたが、アンジェリーナは「もう、いいわよ、ママ。すぐ出るからね」と言った。

ベッドに寝そべったメアリは――いまではベッドで過ごす時間が長いのだが――じっと天井を見ながら、この娘には徹底して飢えるということがわからないと思った。からからに干からびて五十年――。たとえば夫の四十一回目の誕生日。サプライズパーティーを企んだ。四十一歳の男をびっくりさせてやれと思って、そこまでは図に当たったのだったが、しかし夫は自分とダンスをしない、一度もしない、と思いあたる結果にもなった。あとで彼女は、夫には恋愛感情を持たれていないとも思った。娘たちがお膳立てしてくれた五十回目の結婚記念パーティーでも、夫にダンスをしようとは言われなかった。

その年、あとで娘たちが誕生日祝いをくれた。メアリは六十九歳だった。そのプレゼントがイタリアへの団体旅行だったのだ。この団体がボリアスコという小さな村へ行って、メアリは雨の中で迷子になった。そこに現れたのがパオロという英語のわかる人だった。男の年齢などは二の次だった。彼女は恋に落ちた。落ちたものは落ちた。男にも二十年におよぶ結婚生活があって、二十年が五十年にも感じられる長さだったが、その時点では一人になっていた。二人とも干からびていたということだ。

しかし、最近になって、よく夫のことを（もはや前夫だが）思い出して、なんだか気になっている。ともあれ五十年も暮らした相手だから、気にならないはずがない。なつかしくもなる。なつかしさに腹を抉《えぐ》られもする。さて、アンジェリーナはまだ自身の家庭の話をしていない。メアリははらはらしながら待っている。アンジェリーナの夫はよくできた男だそうだが、わからない、わからない。

＊

アンジェリーナは浴槽に浸かって、顔を上向かせ、髪にシャンプーをなすりつけた。母と海で泳いで幸福な日になったと思う。だが、いまは鉤爪のような足が支える古ぼけた浴槽で坐った姿勢になり、ちゃちなシャワーホースをしっかり持って、湯を撥ね散らかすまいとしていると、最悪の気分に見舞われるようだった。もう信じられないことばかり、という気がするのだ。母があんなに変わったということが信じられない。もう母が娘や孫から十マイルの距離に住んでいるのではないことが信じられない。長姉のタミーと似たような年齢のつまらないイタリア男と夫婦だということが信じられない。ああ、いやだ。髪を洗いながら泣きたくなった。いやだ、いやだ！　あの母がいなくなって、どれだけ悲しかったことだろう。毎日、毎週、しきりに母の話をした。聞き役になってくれたジャックも、最後には、そして突然に、いなくなった。——アンジー、おまえってやつは母親に恋してるんだ、おれにではない……。だから、こうして母に会いに来た。どういう結婚になってしまったのか言いたかった。あの母親に、恋の相手だと言われた女に——。

人の良さそうな顔をしたパオロが空港まで迎えに来てくれて、小柄な日焼けした老婆（これが何とまあ母親！）とならんで立っていて、とんでもない道に車を走らせ、ここまでの案内がなされた。アンジェリーナに母親と水入らずの時間を過ごさせようと、彼はジェノヴァの息子の家に泊まりに行ったのだが、だから何だというのだろう。アンジェリーナは何もかも気に入らなかった。つまらない村が風光明媚であることも、みすぼらしいアパートの天井が高いことも、イタリア人が偉そうな態度をとるのも気に入らない。いま心に浮かぶ風景は故郷のイリノイ。育った家からすぐにトウモロコシ畑が広がっていた。なるほど父はどなってばかりだった。それは間違いない。その父が、やたらに太った馬鹿な女と、十三年もの馬鹿な関係を持っていたことも間違いない。だがアンジェリーナの目で見れば、あれは悲哀と言うべきだ。もちろん苦痛もあったが、悲しくも哀れなことだった。だったら母はどうなのだ。どういう家出をしでかしたのかわかっていない。なぜわかっていないかというと、考えられる理由は一つだけ。あの母は、とぼけているようでいて、少々鈍いところがある。たいして考えの回らない人なのだ。

えんえん泣きやがって――。よく父がそんなことを言った。泣いていると、ぐっと迫ってきて、そんなことを言った。父は意地の悪い蛇みたいで（それでも父なのだから、彼女には愛する気持ちもあったけれど）侵入するやつには銃をぶっ放せばよいという男だった。そのように育ったのだ。もし生まれた子供が娘ばかりではなく、息子もいたとしたならば、似たような息子に育ったかもしれない。あの父がイタリアに来て、くだらない小さな村を訪れようとは思わずにいてもらいたい。こんな晩年になってから母の愛情を奪い去ったパオロという何の変哲もない男のことは知らないままでいてもらいたい。もし父の具合が悪くなって、今度こそ本当に先がないということにでもなると、あの父のことだから、どうにかして村へ来て、衆人環視の中で何の変哲もない男を射殺し、自分にも銃を向けて死ぬかもしれない。

なんだかイタリア風だ。いかにも狂乱。

「どうしてお父さんが娘の旅費の援助をするなんて思ったの？」ベッドに腰かけ、タオルで髪の水気をぬぐいながら、母に言った。

「だって父親だから。あたし、へんなこと言ってないだろ」メアリは、ひとつ頷いてみせた。

「脳腫瘍の夫を捨てた前妻に会う旅費を出そうとするかしら」

メアリの頭の中に電気が走った。かちんと来た。起き上がり、ヘッドボードを背もたれにして、まっすぐ坐った。「あたし、病気の人を見捨てたりしてないよ。そこが大問題だったのに、あんたたち、わかんなかったの？　ちゃんと病人の面倒を見て、これなら大丈夫と思ってから、自分の人生を前に進めたんだ」娘におかしな言いがかりをつけられたら、また卒中になりそうだよと思ったが、アンジェリーナはもう娘というほどの年でもなく、そろそろ巣立とうという二人の子持ちで、また自身にも何があったのやら、神経をとがらすかもしれない――。とはいえメアリはかっかと怒っていた。あまり怒りたくないと思って生きているだけに、いざとなると怒りに対処できない。「ジャックとはどうなったの？そっちの話は全然してないよね」

アンジェリーナはフロアに目を落とし、いくぶんか間を置いてから言った。「いやなことがあってね。いろいろ調整中。あんまり喧嘩が上手じゃないのよ」気を悪くしたように、ちらりと母親を見て、また目を落とした。「お父さんとは、喧嘩したってことじゃないでしょ。お父さんが一人でどなってるのを、ただ放っておいたのよね。それが建設的な喧嘩だとは思わないけど」

メアリはいくらか様子を見たが、怒りが収まることもなく、かえって頭が冴えていた。筋の通ったことが言えそうな気がした。「建設的だなんて、そんな喧嘩しやしないよ。だから、何だってての」

「その話はしたくない」アンジェリーナは下を向いたままだった。しょげ返った子供のようだ。十二歳の子がいじけているという姿だが、アンジェリーナはいじける子ではなかった。

「アンジェリーナ」と言った声が怒りに震えている、とメアリは思った。「ちょっと聞きなよ。いままで四年、あんたの顔を見なかった。ほかの娘は会いに来たけど、あんたは来なかった。タミーなんか二度も来た。あんたは、あたしに対して怒ってるってことだよね。だからって悪いとは言わない」メアリは坐り直して、足をフロアに出した。「あ、やっぱり、あんた悪いよ」

アンジェリーナが、ぎくりとして目を上げた。

「やっぱり悪いよ。大人なんだから——。あたし、あんたを子供の頃に捨てたわけじゃない。できるだけのことを全部済ませて、それから恋をした。だから、もし怒りたきゃ勝手に怒ればいいけど、あたしの気持ちとしては――」と言いかけたら、もうメアリの怒りがどこかへ飛んで、いやな気分になった。アンジェリーナの様子を見ると、つくづく心が萎《な》えた。「何か言ってよ、ねえ。何か言って」

だがアンジェリーナは何も言わなかった。どう言ったらいいかわからなかったのだが、それがメアリにはわからなかった。だいぶ長いこと、アンジェリーナは下を向いて、メアリは娘を見て、どちらも黙っていた。そのうちにメアリが静かに口を開いた。「この話したっけねえ。あんたが生まれて、お医者さんから手渡された瞬間に、ああ、この子だ、と思ったんだ」

アンジェリーナが母に目を向けた。わずかに首を振る。

「ほかの子には、そんなことなかった。そりゃ、生まれてくれれば、すぐ可愛いと思うわよ。だけど、あんたは別でね。はい、メアリ、お嬢さんだよ、って医者に言われて、あんたを抱っこして見たら、おかしなことがあるもんだね、ああ、この子だ、って思った。それで驚いたというのでもなくて、これが世界で一番あたりまえみたいな、そういうものだっていう気がして、ああ、この子だ、って思った。どうしてかわかんないけど、そうだった」

アンジェリーナは、母がいる側へ回って、ベッドにならんで坐った。「わかるように聞かせてよ」

「そうだね、あんたを見て思ったんだよ。どう思ったかって言うと、ああ、そうだ、あんただよねって――。この子だって思うよりは、わかったっていう感じ」メアリは娘の髪に手を添えた。まだ乾かない髪にシャンプーの匂いがした。「抱っこしてたら、わかったんだよ。この抱いてるものは――」

「小さなエンジェル」ここはアンジェリーナも唱和した。また黙って、しばらくベッドに二人で腰かけ、手を取り合っていた。結局またメアリが口をきいた。「あんた、大草原の女の子の本が好きだったねえ。あとでテレビでもやってた」

「覚えてる」アンジェリーナが母に顔を向けた。「でも、どっちかっていうと、寝かしつけてもらった記憶が残ってる。毎晩だった。あたし、ママに行かれるのがいやで、まだだめ、って言ってたのよね」

「くたびれた日だと、一緒になって寝ちゃった。あたしの頭の位置が下がると、あんた、いやがってたっけ。自分が下でないと気が済まなかった」

「だって、ママが子供みたいになるんだもの。ママが大人でいてほしかった」

メアリは「そうだね」と言った。また二人とも黙った。メアリは娘の手首をとって、

「いまの生まれたときの話、お姉ちゃんたちには言わないで。ほかの子にはそういうこと思わなかったなんて――。隠しごとは好きじゃないけど――あんたにだけ知っといてもら

いたくて」

アンジェリーナは背筋を伸ばした。「だとしたら、つまり――」

「つまりどうだなんて、わからないのよ」母は言った。「この世界で、何がどういう意味かなんて、わかりっこない。でも、あんたの顔見てどう思ったかってことはわかる。あんたのおかげで幸せだったこともわかってる。あたしの可愛い天使だってこともわかる」

(その先は口に出して言わず、ちらりと思っただけだった――。あんたが心の中でたっぷり場所をとったから、重苦しくなることもあったけどね)

＊

キッチンで、手頃な鍋を見つくろう、湯を沸かす、ソースを温める。そんなことを娘としていると、メアリは陶酔に近くなった。幸福感が静かに響く。幸福はパンのように食べられるものだという気がする。この娘とキッチンにいて、ごく当たり前のことを話している。子供のこと、アンジェリーナの教職のこと、そんな話をしているのが、もう素晴らしいことなのだ。食事スペースの照明をつけて、二人でパスタを食べて、ほかの娘たちの話をした。ワインを一杯飲んだ頃合いに、メアリは言った。「ほら、さっき言ってたナイスリー・ガールズのこと、びっくりしちゃったよ」

「あら」アンジェリーナがナプキンで口をぬぐった。「そういう噂話、聞きたい？」

「そりゃもう」

「チャーリー・マコーリーっていう人いたでしょ。覚えてないとは言わせない」

「ああ、いたいた。すっと背が高くて、いい男。でもベトナムへ行って、ひどい目に遭ったんだよね」

「そう。その人。ところが、ピオリアで娼婦を呼んでたってことがわかった。そっちへ行くときは、元軍人のグループ療法みたいなものに出てることにしたらしい。あ、待って、待って——それでね、どうやら女に一万ドルもくれてやったってことが奥さんにばれて、うちを追い出されちゃった」

「あら、やだ」

「そうなのよ。奥さんに追い出されたの。さて問題です、いまは誰とくっついてるでしょう」

「そんな、わかんないよ」

「答えは、パティ・ナイスリー」

「うそ」

「ほんと！　まあね、パティが自分から白状するなんてことはないけども、体重は落ちたみたいだからね。あの人が太っちゃって、生徒にはでぶのパティなんて言われてるって話したっけ？　もともとチャーリーには好意があったようだし、いい女っぷりだし、なんとなく友だち同士みたいな感じだったし、ま、そういうわけでね」アンジェリーナは思わせぶりにうなずいてみせた。「わかんないものよ」

「へえ、そうだったの」メアリは言った。「いやはや、すごい噂話を聞かせてもらった。学校で、でぶのパティなんて、そんなこと言われてるの？　面と向かって？」

「そうでもない。本人も知ってるかどうか。一度は言われてるはずだけど」アンジェリーナは皿を押しのけながら、ふうっと息をついた。「すごくいい人なのよ」

食事が終わった。メアリがソファへ行って坐り、すぐ横の座面を手でたたくので、アンジェリーナもワイングラスを持って坐った。「ちょっと話がある」メアリは言った。「いま言っておきたいのよ」

アンジェリーナはまっすぐ坐って、母の足元を見た。その足首が細くないということに、いまやっと気がついた。ずっと昔から母は足首が細いと思っていた。

「あんたは十三歳だった。図書館にいたのを迎えに行って、あたし、どなったよね――」メアリが急に声を震わせたので、アンジェリーナはその顔を見て「ママ」と言った。しかし母は首を振って、「いいから言わせて。あたし、娘にどなっちゃった。それだけ言っておきたい。ほんとに、どなっちゃった。なんでだかわかんないけど、どなったんで、あんたは怖がった。どなったのは、お父さんの浮気を知ったせいもあるけど、そんなこと言わなきゃわかんないよね。あんたに言ったのは——とんでもなく時間がたってからだった。でも、どなったことはどなったんで、あんたは怖がった。そこなんだよね」メアリは娘よりも遠くの窓に目を移した。その顔が動いた。「だから、ごめん、悪かった」

一瞬の間を置いて、アンジェリーナが言った。「それを言いたかった？」

メアリが目を合わせた。「そう。ずっと何年も、気に病んでた」

「覚えてない。どうってことないわよ」と言ったものの、アンジェリーナは覚えがあると思っていて、いま心の中で泣いた——。ママ、いくら男が最低だったとしても、だから何なのよ、ママが出てかなくたっていいじゃない、ママ——。かなりの間を置いてから、アンジェリーナは言った。「もう昔のことね。あのアイリーンがどうやらなんて。それでお父さんを捨てたの？　たっぷり時間を置いたから、もういいってことで？」こんなことを言いながら、自分の声が冷えていると思った。ワインのせいだろうか。母に向かう心が急冷した。

メアリは考えるように言った。「どうなんだろ、だから出たってわけでも——」

「そのあたりのことは、全然話してなかったわね」アンジェリーナは言った。

母が黙ったので、その悲しげな顔を見たら、ぐさりと刺されたような気がしたが、また母は言った。「ねえ、やっと来てくれたんだし、いま聞かせとくれよ。あんた、どう思うかな。あたし、もう言ったとおりで、パオロには恋しちゃったのよ。お父さんとは何だかんだで反りが合わなくって、でも、やっと——恋に落ちたの。ね、どう思う？」

「その人、銀行勤めだったわね。この家は——」アンジェリーナは室内を見回し、また「薄汚い」と言おうとしてやめた。そうとは言えない。おしゃれな部屋でもないとして——おかしな部屋だ。天井は高い。椅子の布張りはくたびれている。

母はすっと背筋を伸ばした。「いい家でしょ。海が見える。もしパオロの奥さんが金持ちじゃなかったら、あたしらには手が出なかった」

「お金があった人？」

「お金がある人。結構ある。そう、彼はあたしと似てるの。たいした家の出じゃなかった」

アンジェリーナは何も言わなかった。

メアリの話が続いた。「だから、こういうことよ。あたしは彼といると快適。恋をしているので、その人といれば快適。だけど、ほら、あんたのお父さんていう人は、金持ちの生まれだったでしょ。ずっと羽振りのいい暮らしだった。ほんとのこと言うとね、あたし、お金なんてどうでもいいの。お金がないのがありがたいくらいかな。お金がないから、あんたに会うこともできないってのは確かだけども」

「じゃあ、いまはルーツに戻ったってことね」アンジェリーナは皮肉めかしたつもりが、言ったとたんに馬鹿らしく思った。

「あたしの父はガソリンスタンドで働いてた。うちには何にもなかった。それは知ってるよね。パオロにも金がない。儲けるだけの才覚もない。そういうことならルーツに戻ったと言える」

アンジェリーナは投げ出して坐っている自分の足を見た。ほっそりした足首。「え、ちょっと待って」と、母の顔を見た。「それじゃ、ここは彼が奥さんと住んでた家？」

「そうよ。その奥さんが誰かと知り合って、どこかへ行っちゃって、この家が彼のものになったんで、あたしら二人、ありがたく住まわせてもらってる」

「なんだか、さっぱりわからない」アンジェリーナは、そう言うしかなかった。

「わかんないもんだね」

メアリは娘の手をとろうとした。ところが、はっと思いあたることがあって――いままでわからなかったとは、なんともはや愚かしいが――この娘は父を見捨てた母をまだ許していないのだと知った。生きているうちに許されることはないのだろう。いまさら長く生きるとは思わないが、やはり悲しくなる——。そのくせ、またしてもメアリの頭の中に、かちん、と怒りの電気が走っていた！

ああ、どうにか。

アンジェリーナが言った。「ママ、死なないでよね。それだけだわ。こうなったからには、あたし、もう老後の面倒は見てあげられない。ほんとならママの最期まで立ち会いたかったけどね。そう思ってたのよ」

メアリはじっと娘を見た。もう口元にしわの寄った女である。

「ママ、いま言いたいのは——」

「言いたいことはわかってる」さて、こうなると要注意だ。この娘というか女というか、自分の子であるだけに要注意。何よりも大事な愛娘《まなむすめ》に、うっかりしたことは言えない。いま死をこわがっているのではなく、そろそろ近いなという気がして、すぐにどうこうではなくても、いずれそうなると思っているとは言いにくい。それでいて、もう人生にくたびれて、へとへとで、ほとんど死にそうで、この先どうせ長くはない、と考えるとぞっとする。だから、あと何年かを求めて悪あがきする、そういう人の例をメアリは何度となく見てきた。自分はそうではない。気づかないだけかもしれないが、やはり違うと思う。くたびれたのは確かで、そろそろなんだろうとは感じるが、この娘にそんなことは言えない。それにまた実際には大変なことになるのだろう。この部屋に自分が横たわって、パオロがあたふた動いて、娘たちには会えなくなって、あの夫にも、というのは娘たちの父親にも、まるっきり会うことがなくなる、と思うとこわくないわけがない。また、もう一つ、いま娘に言えないと思うのは、この娘に、かわいいエンジェルに、どういう仕打ちになるかとわかっていたら、あんなことはしなかったかもしれないということだ。

でも人生はそんなもの！　ごちゃごちゃなもの！　ああ、アンジェリーナ、もう、どうにか――。

「お金も受け取らなかったじゃない。離婚したんだから、お父さんに払わせる分があったはず――イリノイ州の決まりとして、いくらか受け取れたでしょうに」

「でもさあ」と言ったメアリが、次の言葉をさがすのに手間取った。「恋をするってことは、何というか――」ふわふわと片手を上げて、「バブルみたいなもんだよ。頭で考えてないんだ。それにしても、なんでお父さんのお金をもらうの？　あたしが稼いだんじゃあるまいし」

アンジェリーナは、ママって馬鹿なの、と思った。

するとメアリがゆっくりと首を振りながら、「あたしも馬鹿だね」と言った。

「そうよ、もしお金もらってたら、あたしだって会いに来られる。それだけでも大違いだわ」

「まあ、そうだね。いまとなっては」

「それに、どうして自分に稼ぎがないみたいなこと言うの。娘を五人も育てておいて」

メアリはうなずいた。「お父さんにも、そっちの家にも、いつだって押さえつけられてる感じだった。まるで囲い者だよ。あたしも何かしら仕事を持てばよかったと、いまは思うけど、あの頃は思いもよらなかった。あんたたち夫婦が財産をどうしてるか知らないけど、何はともあれ、ずっと働いていたってことはさ、アンジェリーナ、それでよかったんだと思うよ。そうであれば夫婦関係はずっとフェアになる」

アンジェリーナは「ジャックなら、帰ってくるだろうけど」と言った。

「え、出てったの？　そんなの知らなかったよ」メアリはいくらか身体を引いて、娘を見た。

アンジェリーナは「その話はしたくない」と言った。「だけど、あたしにも悪いところはあった。それで、まあ、戻ることになってる。あたしが帰ったら、彼も来る」

「でも、出てった？」

「そうだけど、その話はしたくない」

メアリは、ぞっとする思いだった。おしゃべりな小さいエンジェルは、何でも話してくれる子だった。毎晩、寝かしつけたり、風呂を沸かしたり――ああ、とうに失せた昔のことだ！「あのさ」と、やや間を置いて言った。「あたしが口を出すことじゃないけども、ひょっとして女がいたとか？」

アンジェリーナが母親に向けた目は、いきなり石のように硬化していた。「いたわ」と言ってから、「あなたです」とも言った。

「え、何のこと？」

「だからね、ほかにいた女というのは、ママなのよ。あたし、ママが出て行ってから、それを乗り越えられなくて、ママの話ばっかりしてた。ママに恋してるんじゃないかってジャックに言われたわ」

「あら、そんな、いやだよ」

「出て行かれたのは、もう一年ちょっと前になる。あたし、去年の夏には、こっちに来ようと思ってた。だけど彼が戻るかもしれないって言ってたんで、ずっと家で待ってた。ようやく戻ることが決まったから、こうしてママに会いに来た」

メアリが抱き寄せようとするのにまかせて、アンジェリーナは母の胸で泣いた。だいぶ長いこと泣いていた。ひどく悲しがって泣き声を上げるので、だんだんメアリはあきれてきた。ようやくアンジェリーナが顔を上げて、鼻を拭いて、「さっきより落ち着いた」と言った。

しばらくの間、メアリは娘に腕を回し、二人でカウチに坐っていた。もう一方の手で娘の脚をさすった。「あのね」メアリは言った。「このジーンズを見たら、あんたが浮気中なんじゃないかって思った」

アンジェリーナが坐り直した。「何それ？」

「まさか、あたしのことだったとは」

「ママ、何の話してるのよ」

「そのジーンズ、あんたみたいな年の女には、ぴっちりしすぎてるよね。だから、これは事によったら、なんて思っちゃったのよ」

アンジェリーナは泣き顔のままで笑い出した。「このジーンズ、わざわざ旅のために買ったのよ。きっとイタリアでは女がセクシーなものを着てるんだろうと思って」

「ああ、そのジーンズ、なるほど」とメアリは言ったものの、ちっともセクシーとは思わなかった。

「これ、だめかしら」アンジェリーナはまた泣きそうになった。

「だめじゃないよ」

するとアンジェリーナが——もう、この子ときたら——けらけら笑い出した。「ほんとは、いやになってるのよ。もう野暮くさいったらない。これでママに格好良く見せようなんて思って、わざわざ買っちゃったんだわ。——そう言えば、ワンピースの水着も！」とアンジェリーナが言うので、二人で笑って涙が出た。それでもまだ笑っていた。だがメアリは心の中で思った。ずっと続くものなんて何一つありゃしない。だけど、いまこの瞬間を、アンジェリーナがいつまでも忘れませんように。

＊

ちょっと出てくる、とメアリは言った。教会前の広場で、坐れる場所を見つけて夜の一服を吸うつもりなのだ。とはいえ、こっちへ来てからのメアリは、まったくシガレットに手を出していなかった。買った店の男には、娘が来るから買ってやるのだと言った。

「いいわよ」アンジェリーナが言って、母は黄色い革製のハンドバッグを持った。それから数分後にアンジェリーナが窓の外を見ると、母は町を見渡せるベンチに坐っていた。海も見えているだろう。ちょうど街灯の下なので、母がイヤホンをしているのがわかった。その顔がわずかに上下動して、シガレットを口にくわえていた。すると母に近づいた女がいて、あれがヴァレリアなのだろうとアンジェリーナは思った。何とまあ、母がうれしそうな顔をした！　母もベンチを立って、その小さな婦人と、一方の頬に、反対の頬に、キスを交わした。母の手がものを言うように動いていた。シガレットを差し出してみせたりもして、二人が笑った。するとまた小さい女が伸び上がって、頬にキスの交換があり、小さい女が離れていった。母はベンチに坐って、ふうっと長く吸う動作をもう二回繰り返すと、シガレットを地面で揉み消し、大きな黄色のハンドバッグから取り出したビニールの小袋に吸い殻をきっちりと入れていた。

この母から目を離せなくなった。じっと坐って海を見ているようだった。ところが母は出し抜けに立って、街路へ出て行った。ある老人が道を渡ろうとして、よたよた歩いている。酔っ払いではなさそうで、何かしらの老人病を抱えているのだろう。そっちへ寄っていった母の素早さに、アンジェリーナは驚いていた。街灯の光に老人の顔が見えた。老人は母に笑顔を向けたが、それだけではない。笑った顔に人間らしさがあった。ありがたく思って心底あたたまった表情が見えた。道路を渡らせようと手を貸している母の顔も、ちらりと光の範囲に入った。その光線の具合かもしれないが、母の顔にも輝かしい瞬間ができた。いまアンジェリーナが見ている母は、老人の手を引いて道路を渡らせていた。渡り終えてから、いくらか言葉を交わしたようだった。それから母は舗道を歩きだす老人に手を振った。これでもうアパートに帰ってくるのだろうとアンジェリーナは思った。

だが、母はまたベンチに坐った。イヤホンが耳に戻っていて、スマホから流れ出る音楽に母の顔が上下に動きだした。きっとエルヴィスの歌に違いない。母は海に顔を向けて、灯火をつけた船を見ているのだろうと思われた。

アンジェリーナが子供だった頃、母は大草原に住む女の子の本を全部読んでくれた。それがテレビで放送されると、母はアンジェリーナとくっつくようにカウチに坐って見ていた。母はインディアンを殺して土地を奪った歴史があることも話した。父に言わせれば、それは当然の成り行きだった。母は当然ではないけれどそうなってしまったと言った。人間は止まらない、と母は言った。それがアメリカの流儀だ。西へ行き、南へ行き、結婚して上昇したり下降したり、また離婚したり——とにかく動いている。

母は、アンジェリーナが生まれた瞬間に、ああ、この子だと思ったと言った。

「そうね、ママ」アンジェリーナは小さく口にした。窓辺を離れ、寝室へ行って、コンピューターの操作をしようとしたが、それよりはベッドに腰かけ、この部屋を見回した。このベッドに、母はパオロという男と寝ている。

母に寝かしつけられる時期が十八年あった。まだ行かないで、と言ったものだ。まだ行っちゃだめ！　父は部屋の中へは来なくて、「じゃあ、リーナ、おやすみ」と言うだけだった。いまアンジェリーナは窓越しに海を見つめた。暗い海。船が灯火をつけている。母が階段を上がってくる足音がした。さっき母は道路を横断しようとして足元の危ない老人の手助けをした。大切なものを見たとアンジェリーナは思っていた。ほんの一瞬——まあ、いつまでたってもアンジェリーナは子供なので、ほんの一瞬のことなのだが、いわば天井がすぽんと抜けたような気がして、通りすがりの老人に母がすばやく対応した優しさが、アンジェリーナの心に見えていた。イタリアの海辺の村。その道に母がいる。母は開拓者だ。

# 妹

　妹のルーシーがシカゴへ来ることは、ピート・バートンも知っていた。ペーパーバックの刊行でツアーがあるらしい。そんな妹の動静をオンラインで見ていた。しばらく前から、ようやく自宅で無線ＬＡＮを使えるようにして、小型のノートパソコンも新しく買った。ネットを見ていると、妹が何をしているのかわかって面白かった。えらくなったものだと思って恐れ入る。こんな小屋みたいな家、この小さい町、一家が耐え忍んだ貧困を去って、ルーシーはいなくなった。そういう一切を捨ててニューヨークへ行った。彼の目から見れば、たいした有名人である。コンピューターの画面に出る妹は、満場の聴衆に向けて講演していた。彼は黙ってどきどきする。あの妹が――

　もう十七年は会っていない。父の死を最後に、妹は帰っていなかった。ただ、シカゴまで来たことは何度となくあった――という話は本人から聞いた。電話がかかってくるとしたら、ほぼ日曜の夜である。しゃべっていると、その相手が有名人であることを忘れて、会話に入っていけた。ルーシーは再婚して、いまの夫との暮らしが何年も続いている、ということを聞いた。また娘たちの消息を聞かされもしたが、そっちには、なぜか、あまり関心がない。それはルーシーにもわかるようで、娘の話はすぐに終わる。

日曜日の夜に電話が鳴って——シカゴへのツアーを知ってから数週間後——ルーシーが「もうすぐシカゴへ行くんだけど、ついでにレンタカー借りて、アムギャッシュにも顔出すわ」と言った。まったく意外なことで、「そりゃすごい！」と返事をしたものの、電話を切ったとたんに不安が出た。

あと二週間だ。

そうこうして不安が増した。真ん中の日曜日にまた電話があったので、「こっちまで来てくれるとはうれしいよ」と彼は言った。どうせルーシーが何かしらの口実を持ち出して、やっぱり行かれなくなったと言うのだろうと思った。ところが彼女は「ほんと、楽しみだわ」と言った。

それで家の清掃を始めた。洗剤を買って、バケツの湯に溶いた具合を見ながら、四つん這いになってフロアをこすった。びっくりするほどの汚れがこびりついていた。キッチンのカウンターも拭いてみたらびっくりした。ブラインドの手前に掛かっているカーテンも取り外し、古い洗濯機に突っ込んで洗った。いままで青っぽいグレーのカーテンだと思っていたが、洗ったらオフホワイトだと知った。これを二度洗いしたら、さらに明るいオフホワイトになった。窓の汚れも落とそうとすると、外側にも縞模様がついているので、外へ出て作業を続けた。ひととおり拭いたのだが、八月下旬の太陽の光で見ると、ぐるぐる巻いたような痕跡が残っていた。ブラインドは下げておこうと思った。もともと下げっぱなしである。

だがドアから入ると——ここしか入口はなく、すぐに小さな居間があって、右手にキッチンという間取りだが——こんなように妹の目にも見えるのだと思った。ひどく気落ちしてショック死するのではないか。まったく困ったものだ。彼は町はずれの〈ウォルマート〉まで車を走らせ、ラグを買ってきた。これは効果絶大だったが、みすぼらしいカウチまではごまかしようがない。もとは黄色い花柄だった布張りが古ぼけて、ところどころ擦り切れそうになっている。キッチンのテーブルも、リノリウムの天板を現状より美化することはできない。テーブルクロスの持ち合わせはないが、わざわざ買うまでもないような気がする。仕方ない、ということにした。だが、妹が来る予定の前日に、彼は町に出て散髪をした。いつもなら自分で髪を切ってすませる。帰ろうとして車を運転しながら、やっと思いついた。床屋にはチップを払うものだったろうか。

その夜、よく覚えていないが、とにかく悪い夢を見て、三時に目が覚めた。また四時にも目が覚めて、それから寝つけなくなった。妹は午後二時には来ると言っていた。一時になってブラインドを上げてみたが、空が曇っているというのに、やはり窓には汚れの痕跡が見えたので、またブラインドを下げた。それからカウチに坐って、ただ待った。

*

二時二十分。ピートは砂利道に入ってくる車の音を聞いた。ブラインドの隙間から見ると、白い車から降りる女がいた。ドアにノックがあって、彼は緊張のあまり視界がぼやけたような気がした。家の中まで日が照るのだろうと思っていて——そう思っていたことに、あとで気づいたのだが——ルーシーという存在が燦々《さんさん》と輝くはずだった。ところが記憶にある妹よりも背の低い女が来た。だいぶ痩せたようでもある。着ている黒いジャケットはなんだか男物みたいで、ジーンズもブーツも黒かった。くたびれた顔をしている。老けたものだ！　しかし目には光があった。「ピーティー」と、その女が言った。彼は「ルーシー」と言った。

女が腕を広げるので、彼も応じて、おずおずと抱き合った。そんな習慣のない家族だったので、いざ抱き合ってみると、ぎこちないものになった。女の頭頂部が、彼の顎の高さまで来ていた。彼はいくらか身体を引いて、頭を撫でまわしながら「床屋へ行ったんだ」

と言った。

「すてきじゃないの」ルーシーが言った。

来ないでくれればよかった。彼は（ほとんど）そう思った。かなり疲れることになりそうだ。

「道がわからなくなって」ルーシーは冗談ではなく驚いた顔になっていた。「あれ、どこだっけ、って思いながら、行ったり来たり五回は通過したと思う。そしたら、やっと気がついて、ばっかみたいと思ったわ――あの標識みたいな看板がなくなってたのよ、ほら、〈縫いもの、直し、いたします〉っていう、あれ」

「ああ、あれか。もう一年か、もっと前になる。おれが取り外した」と言ってから、ピートは「もういいだろうと思って」とも言っておいた。

「そりゃそうよね、ピーティー。つい懐かしさのあまり、あれが見えるんじゃないかと思って、馬鹿みたいにさがしちゃった。それで――ま、ともかく、ひさしぶり、ピート。あ、ほんとに、ただいま」じっと目を合わせてくる彼女に、ああ、間違いない、と思った。

これは妹だ。

「掃除しといた」

「あら、ありがと」

いやはや緊張する。

「ピーティー、あのね――」彼女はカウチへ行って、あたりまえのように坐った。彼には予想外のことだった。もう何年も前から坐り慣れたようなのだ。彼は隅に置いた肘掛け椅子にゆっくりと腰を下ろし、黒いブーツを脱ぐ妹を見ていた。だがブーツと見たものは、普通の靴なのかもしれなかった。「あのね」ルーシーが言う。「エイベル・ブレインに会ったのよ。あたしの朗読会に来たの」

「エイベルに、会った？」エイベル・ブレインという男は、母方の又従兄弟にあたる。その妹がドティーで、子供の頃には、夏に遊びに来るということが何度かあった。どちらの家の兄妹《きょうだい》も、似たように貧乏な育ちだった。「あいつ、どうなってた？」ピートはもう何年もエイベルのことを忘れていた。「そうか、あのエイベルに会ったのか。どこに住んでるんだ？」

「まあ、聞いてよ」ルーシーは靴を脱いだ足をカウチに引き上げて坐り、手を下に伸ばして黒いブーツのような靴を横へずらした。こんな靴をピートは見たことがなかった。うしろ側のジッパーを上げるようになっている。「さてと」ルーシーは黒いジャケットの正面を手で払った。「あたしが席について本にサインをしてたら、その人が――背が高くて、なかなか見映えのする白髪頭だったけど、じっと一人で待ってるみたいだなと思ってたら、やっと順番になって、やあ、ルーシー、って言うのよ。知ってる声だとわかった。信じられる？　あんなに時間がたったあとで、ちゃんとエイベルの声だった。え、待って、なんて言っちゃったけど、エイベルが僕だよって言うんで、あたし飛びついてったわ。そうなの、エイベル・ブレインと抱き合った！」

ピートにも興奮があった。妹の興奮が、じかに伝わってくる気がした。

ルーシーは言った。「シカゴの近郊で、お洒落な住宅地に家があるらしい。もう長いことエアコン会社をやってるんだって。奥さんも来てるのって聞いたら、いや、残念ながら来られない、と言ってた。何かしら賛助会みたいなものの会合があるっていうんだけどね」

「来たくなかっただけだろう」ピートは言った。

「そうなのよ」ルーシーは激しくうなずいた。「絶対そうなの。どうしてわかった？　あたしにはわかったけどね、まあ何というか、これは嘘だって感じがした。エイベルはあんまり嘘つくのうまくないんだわ」

「女房が見栄っ張りだったんだ」ピートは椅子の背にもたれた。「ずいぶん前にママが言ってた」

「ああ、それなら聞いたことある。ずっと昔、あたしが入院して、ママが見舞いに来てくれたことがあって」ルーシーは黒いジャケットの前をかき合わせた。「ボスのお嬢さんをいただいて、それがお高くとまった奥さんになって、とか何とか。エイベルもいい服着てたわ。あのスーツ、高いだろうな」

「どこを見ると高いってわかるんだ？」

「ええと、そうね」ルーシーは意味ありげにうなずいた。「服の値段がわかるまでには、かなりの年季がいると知ったわ――。でも、ある程度、時間がたてば、わかるようになる。仕立てがぴったりとか、生地がいいとか、そういうこと。とにかく、あたしに会えたって大喜びしてた。ほんと、もう、びっくりしたのなんの」

「ドティーは、どうなってる？」ピートは両肘を膝について前傾した。ちらっと室内を見回して、どの壁にも絵を掛けるということがないと思った。いま坐っている椅子に坐ることもめったにない。だから気づかなかったのだろう。いつもはルーシーがいる位置に坐って、ドアに顔を向けている。壁なんてものは、のっぺりしたオフホワイトの平面にすぎない。

「ドティーは元気だって。ピオリアから少し離れたジェニスバーグっていうところで、小さい宿屋をやってるんだそうよ。子供はいない。エイベルには三人いて、もう孫が二人できてるんだって。あの人、ほんとに――」ルーシーはぽんと膝をたたいた。「ほんとに楽しそうに孫の話してた」

「へえ、そうか。そりゃよかった」

「よかったでしょ。すごいことよ」ルーシーは髪に手をくぐらせた。この髪は前から見ると顎に届くほどの長さで、薄い茶系の色をしている。「あ、それから、ヒューストンで会った人もいるの。誰だと思う？　本のサイン会をしてたら、女の人が来て——すっかり変わっちゃって、あれじゃわからないわよ、なんとキャロル・ダーなの」

「ああ、あれか」ピートはゆったり坐った。のっぺりした何もない壁が、部屋の隅では濃さを増すようだ。「たしかに、いたよな。引っ越したっけ。いまヒューストンにいるのか」

「あたし、同じクラスでいじめられた。すごく意地悪で」

「どんなやつも、おれたちには意地が悪かったよ」

ここで二人が顔を見合わせたのは、理由のないことではない。ちょっとだけ（ほとんど）笑いそうになった。

「そうねえ」ルーシーは言った。「いやはや」

「ヒューストンでも意地が悪かった？」

「とんでもない。その話をしたかったの。あっちから遠慮がちに名乗ってきたんだもの。

おずおず遠慮がち！　だからね、あら、キャロル、懐かしいわねえ、って言ってやった。それから本にサインする時間があって——どんなこと書いたらいいのよ、もう仕方ないから、お幸せにって書いて返したわ。そしたら彼女、顔を寄せてきて、あなたのことが自慢できる、なんて小さな声で言うのよ。ありがとうって答えたけどね。どうなのかなあ、あれで大人になったっていうことなのか、少しは悪かったと思ってるのかもしれないわね。そんな感じがしたっていうお話」

「家庭は持ってるのかな」

ルーシーは一本の指を上に向けて、おもむろに「どうかしら」と言った。「連れの男がいるとは見えなかったけど、家にいるのかもしれない」ルーシーは兄に顔を向けた。「どうだかね」ちょこっと肩を上げてから、みすぼらしいカウチの座面をぽんと手でたたいて、「ピーティー、いろいろ聞かせてよ。どんな暮らしになってるの。あたし、たった二分前に入ってきて、もう自分のことばっかりべらべらしゃべってる」

「いいじゃないか。聞いていたいよ」これに嘘はなかった。楽しくなってきた。

「ピーティー、犬なんか飼ってないの？　あんなに動物好きだったのに」ルーシーは初めての家に来たように、ぐるりと見回した。「飼ったこともない？」

「ない。そう思ったことはあるんだが、もし飼ったら、おれが仕事に出てる昼間は、さびしく放っておくしかないだろう。そんなの悲しすぎる」

「じゃあ、二匹飼ったら。三匹でもいい」それからルーシーは別のことも言った。「たしか電話で言ってたわよね。福祉の簡易食堂で働いてるんでしょ。そっちのこと聞かせて」

「ああ、それか――。トミー・ガプティルを覚えてるか？」

ルーシーはまっすぐに坐り直して、足の先をフロアにおろした。靴下が左右で色違いなのはピートにもわかった。茶色と青。「それって学校にいた管理のおじさん。いい人だった」

ピートがうなずいた。「いまは何となく親しくなったというか、週に一回、奥さんもまじえて、三人でカーライルへ行って、そんな仕事をする」

ルーシーは感心したように首を動かした。「すごいじゃないの。すごく立派なことだと思う」

「なんで？」これは本当にわからないから言った。

「だって、そう誰にもできることじゃないわよ。身内としても鼻が高いわ。そんなもの、いつカーライルにできた？」ルーシーは、何かしらジーンズにくっついていたものを摘まんで、はじき飛ばした。

「さあて、もう何年になるのかな。おれは行きだして二カ月かそこらだが」

「トミーは元気？　だいぶ年でしょうね」ルーシーが兄に目を投げた。

「年はとったが、まだまだ丈夫みたいだ。奥さんもね。たまにルーシーのことを聞きたがるよ。会いたいと思ってるんじゃないかな」するとルーシーの顔が曇ったので、彼はどぎまぎした。

「まあ、でも、よろしく言っといて」それからルーシーは話を変えて、「あのね、一応は耳に入れておくんだけど、あたし、ヴィッキーに電話して、こっちへ来るって知らせたのよ。そしたら、きょうは忙しいからだめだって。まあ、いいんだけどね、そんなもんだろうと思う」

「おれにもそんなこと言ってた。ちょっと腹立ったけどな。せっかく妹が来るってのに」

ピートは何の気なしに一本の指を壁に這わせた。その指先に汚れがついた。黒っぽい線。

「でもさ」ルーシーは言った。「ヴィッキーの立場だったらどうかしらね。あたしは出てったきり全然戻ってこなかった。そういう妹にヴィッキーは金の無心をした。そうなのよ。知ってた？　あたしは頼まれれば都合してる。老人ホームで働いてる稼ぎだけじゃ苦しいだろうからね。旦那は解雇されて失業でしょ。どんな気分になっても仕方ないんじゃない。ふだん会ったりする？　うまくいってるのかな。あ、うまくなんかないとして、何とかなってるというか——」

「なってるよ」ピートは黒っぽい汚れの線をジーンズになすりつけた。

「じゃあ、いいか」ルーシーはまっすぐ前を向いた。何やら考えごとでもあるような顔だったが、まもなく、その顔を揺すって、またピートを見た。「ほんとに来てよかった」

「なあ、ルーシー、ちょっと聞きたいんだが」

「え、何？」

妹の顔にちらりと警戒が走ったように彼は思った。「床屋に行ったらチップを払うんだろうか。いつもは自分で切ってるんだが、きのうカーライルの床屋へ行って、終わってからエプロンみたいなものが取り払われて、散髪代を払った。あれからずっと気になってる。チップ、出せばよかったのかな」

「自営の人？」ルーシーはまた足をカウチに引き上げた。

「さあ、どうかな」

「自分の店でやってるんなら、チップは要らないと思う。雇われてるんなら、いくらか出してあげていいんじゃないの」ルーシーは軽く払うように手を振った。「悩むほどのことはないって。今度また行ったら、そのときに。それでいいじゃない」

たいしたものだと思った。世間を知っていて、また兄を知っている妹がうれしかった。こんなことを聞かれて戸惑いもしないらしい。うれしいではないか！　そう思っていて、車の音を聞き逃したのかもしれない。聞こえたのはドアに響いた大きなノックだ。二人とも飛び上がって驚いた。ルーシーの不安は彼にもわかった。まっすぐ伸び上がって、険しい顔をしていた。彼自身にも不安はあった。指先を口に当てて、そろり、そろり、とブラインドに顔を寄せると、ほんの少しだけ隙間をあけた。「ああ」と声が出た。「ああ、ヴィッキーが来たんだ」

＊

もう雲が晴れて、日が照っていた。はるか遠くまでトウモロコシ畑が広がる。ドアを開けたピートは、ヴィッキーが太っているということに、はたと気づいた。もともと知らないわけではなく、たいして意識していなかっただけなのだろうが、いま戸口に立ったヴィッキーを見たら、だいぶ太っているのではないかと、たしかに思った。ルーシーが小柄なのでヴィッキーが目立つのかもしれない。そんなことも、いまになって思った。ヴィッキーは花柄のシャツに、ネイビーブルーのパンツ、という格好をしていた。太い腰回りにはゴムのウエストバンドを入れているに違いない。赤いハンドバッグを抱えて、眼鏡が鼻にずり落ちそうになっていた。うなずき合って挨拶を交わしてから、彼女は兄をすり抜けるように進んだ。ピートはそのまま一瞬だけトウモロコシ畑に目を向けていたのだが、心の中の残像として、ヴィッキーの顔が何となくおかしいと思った。自分でも部屋に入ろうとして振り返ると、まだ立っていたルーシーが坐るところだった。ヴィッキーと抱き合おうとしたものの、この姉に応じてもらえない。そういうことだったのかとピートは思った。ヴィッキーの表情からして、そんな見当なのだった。

「何、それ？」ヴィッキーが、ラグを指さして言った。

「え、ラグだけど」ピートは言った。「こないだ買った」

「いいんじゃないの」ルーシーが言った。

これを踏まないように歩いたヴィッキーが、妹の前に立った。「さて、こうして帰ってきたということで、お聞きしたいんだけども、一体全体どういう風の吹き回しで、アムギャッシュにご帰還になったの」

ルーシーは趣旨を了解したかのようにうなずいた。「あたしたち、もう年だもの」と、姉を見上げた。「もっと年をとるんだもの」

ヴィッキーはハンドバッグをどんと床に置いて、なるべくルーシーと離れるようにカウチに坐ったが、この体格では、さほどに離れたとも言えない。たいして大きなカウチではないのだ。ほぼ真っ白なショートカットの髪は、頭にボウルをかぶせてから切りそろえたのではないかと思うような形だった。足を組もうとして、太めの体型のせいでうまく膝が上がらず、ただカウチの一方に寄っているだけになった。これを見たピートは、散髪に行った日にカーライルの町で見かけた車椅子の人を思い出した。だいぶ年のいった女が、その巨体を電動の車椅子に乗せて動きまわっていた。

だが、もう一つ、気づいたことがある。ヴィッキーは口紅をつけている。オレンジがかった赤い色が、上唇にカーブを描き、また下唇の太い線になって、べっとりと塗られていた。こんなことをするヴィッキーを見た覚えはない。ルーシーはと見れば、口紅はつけていないようだ。なんだか魂が歯痛を起こしたように、ぴくんと身体が震えた。

「じゃあ、つまり、そのうち死んじゃうかもしれないから、おたがい生きてるうちに、さよならを言っとこうってことか」ヴィッキーは妹にぴたりと目を合わせて、そう言った。

「その服だって、葬式用みたいだしね」

ルーシーはひょいと足を組んで、その膝の上で、開いた両手を合わせた。「そういうのとは違うんだけどね。そのうち死んじゃうとか何とか、そういうことではない」

「じゃあ、どういうこと」

ルーシーはいくらか顔を赤くしたようだ。「いま言ったとおりよ。あたしたちは、いい年になった。もっと年をとるんだわ」と、ちょこっと首をうなずかせる。「二人の顔が見たくなっただけ」

「なんか困ったことでもあるの？」ヴィッキーが言った。

「いいえ」

「どっか悪い？」

「いいえ。自覚症状なし」

それから三人とも黙って、しばらく静かなままだった。ピートの心の中では、ひどく長い沈黙に感じられた。静かな時間には慣れているが、この沈黙はよくない。彼は隅っこの肘掛け椅子に移動して、そろそろと腰を下ろした。

「で、ヴィッキーは、どうなの」ルーシーが姉を見やった。

「あたしは、どうにか。あんたこそ、どうなの」

「あ、まずい」ルーシーは膝に肘をついて、一瞬、手で顔を覆った。「ちょっと待って——」

ヴィッキーは言った。「まずい？　まずいって何なの。あんた、勝手に出てって、父さんが死んでから一度も帰ってこなかったじゃない。それがいまになって、まずいって、それどういうことよ。あたしが何か悪いことしたみたいな言われようだわ」

ピートはまた指先を壁に這わせた。また汚れの線が指についた。そんなことを二度も繰り返してから、両手をぱたっと膝の上に置いた。

ルーシーが目を上げた。「ずっと忙しかったのよ」

「忙しい？　そうでない人いる？」ヴィッキーは眼鏡を鼻の上で押し上げた。それから一瞬の間を置いて、「あのさ、ルーシー、あんたの言う〈嘘のない文〉てのは、そんなもん？　ネットの動画で見たわよ。嘘のない文を書くんだっていう講演をやってたっけ。作家は真実であるものだけを書く。そんなような御託をならべてたじゃないの。それがいま帰ってきて、ずっと忙しかったなんて言ってる。どんなもんだか。来たくないから来なかっただけじゃないの」

するとルーシーの顔が緩んだのだから、ピートは意外だと思った。ルーシーはうなずいて、「そうなのよ」と言った。

だが、ヴィッキーはそれで終わらなかった。乗り出すような姿勢になって、「きょう、あたしが来たのはなぜかというと、ちょっと言ってやりたかったから。そりゃ、あんたはお金くれるけど、もう一セントもくれなくていいし、こっちからも頼まない。きょうは言うことを言うつもりで来たのよ——。つまり、あんたって人は、むかつくんだ」それだけ言うとカウチの背にもたれて、指を一本、妹に向けて揺すった。その手首に時計が見えた。細身の革バンドが、たっぷりした皮膚に食い込んでいる。「むかつくのよ。あんた、オンラインで見るたびに、すっかりいい人になっちゃって、ほんとに腹立つんだわ」

ピートはラグに目を落とした。ラグにどなられているような気がする。おれを買ってくるとは、おまえも馬鹿なやつだぜ――。

しばらく時間をおいて、ルーシーが静かに言った。「そうなの、あたしもむかついてる。どういう出番であっても――あたしの出る番組なんて、どうして見てるの？――でも、ほんとに言いたいことを言っていいなら、ばか、消えろ、だったりする」

ピートが目を上げた。「うへ。それを誰に言いたいんだ？」

ルーシーは手を髪に通した。「よくあるのは、あたしの作品が気に入らなくて、そのように発言したがる女。それから私生活を突っつきたがるレポーター」

「わざわざ立ち上がって、そういう発言をするやつがいる？」

「めずらしくはない」

ピートはいくらか椅子を前にずらした。「気に入らないなら、そんな催しに来なきゃいいんだ」

「そうなのよ。それを言いたい」ルーシーは片手を広げて、小さく揺らした。「とっとと失せてほしいわ」

「あんたも大変だね」ヴィッキーが皮肉な声を響かせた。

「大変なのよ」ルーシーも深く坐った。

「ママに可愛がられた子」とヴィッキーが言って、「え？」とルーシーが言った。

「ママに可愛がられて、あんた、得したよね」

ルーシーはピートを見やってから、「あたしが？」と驚いたように言うので、ピートも驚いた。「そうなの？」とルーシーが言い、ピートはひょいと肩を上げた。ルーシーは「可愛がられた子なんているのかしら」と言った。

「そんなこと言えるのは、うちの中がどうなってたか知らないからよ。あんた、毎日、放課後に居残ってたもんね。それをママが許してた」ヴィッキーは妹を見ながら、下顎を震わせていた。

「あたしだって、うちの中のことは知らないわけがなかった」ルーシーの声が硬くなっていた。「それに許してもらったのでもない。あたしが居残っただけ」

「ところがどっこい。あんたは賢いとママに思われてたから。ママは自分でも賢いと思ってた」ヴィッキーはブラウスの裾をくいくい引いた。ウエスト回りの、ほとんど青みがかったような皮膚が、ピートの目にもちらりと見えた。

「あのな、ルーシーがエイベルに会ったそうだよ。――その話をヴィッキーにも聞かせたらいい」

だが、ルーシーが「そうなのよ」と言いかけると、ヴィッキーは肩を揺らしただけだった。「あのエイベルの妹、ドティーね、あたし、我慢ならなくてさ。ママがしょっちゅうドレスを縫ってやってた」

「貧乏な子だったから」ルーシーが言った。

「それを言うなら、うちだって貧乏」ヴィッキーは、ルーシーと顔を突き合わせたいのか、いくらか前傾した。

「そうだけどね」ルーシーは言った。いきなり立って表側の窓に近づく。紐をくいっと引いて、ブラインドを上げた。日射しが室内にこぼれた。もう一箇所の窓のブラインドも上げられて、その光でピートが見ると、落としたはずのフロアの汚れが、まだ部屋の隅にまとまって残っていた。明るくなった分だけ目立っている。

「あんた、食べてる？」ヴィッキーがルーシーに言った。ルーシーは首を振ってから、またカウチに戻って坐った。

「あんまり。食欲、ないのよね」

「おれもだ」ピートは言った。「なんか頭おかしくなってから、やっぱり食わなくちゃいけないなと思う」いま流れ込んできた陽光が――初秋の黄金色をして――ピートには強すぎた。ブラインドを閉めたくてむずむずしたが、どうにか頑張ってこらえた。

「変よねえ」ヴィッキーの声には、もう棘がなくなっていた。「おかしいじゃないの。おんなじ兄妹で、二人が痩せてて、あたしだけ食べてばっかりなんてねえ。でもトイレから食べさせられたなんていう記憶は、どっちにもないでしょ。あるかな。どうなんだろ」ヴィッキーはふうっと息を吸って、ほっぺたを膨らませ、大きな溜息として吐き出した。

ピートは、やめておこう、と思った。これはつまり、ブラインドを閉めに立たない、ということだ。

ちょっとだけ間を置いてルーシーが、「いま何て言ったの？」

「ああ、いつだったかの食事に肉が出て――」ヴィッキーは首筋をぽりぽり掻いた。「レバーだった。あたし、あの味が嫌いで――。まあ、赤血球が増えるとか何とか、ほんとのことはわかんないけど、そのようにママは考えて、どこからか分厚いレバーを買ってきた。ひどかったわよ。あたし、口に入れてから、トイレ行って、ぺっぺっと吐いちゃった。そしたら、あのトイレ、もう腹の立つ馬鹿トイレで、ちゃんと流れなかったのよ。まだ肉が泳いでるのを見つかって――」

「やめて」ルーシーは手のひらを押し出すように手を上げた。「もうわかった」

これに苛立つような気配が、ヴィッキーに出た。「でも、ルーシーだって、ピーティーだって、食べるものを捨てると、ゴミの中から食べさせられたじゃないの。すぐ、そこで――」彼女は指先を二度も突き出すように、キッチンになっている場所に向けた。「そこで膝を突いて、捨てちゃったものをゴミの中から拾って食べさせられて、泣いてたわよね――ああ、はい、はい。だからね、食欲がなくなる気持ちもわかんなくはないのよ。ただ、あたしだけ食べてるのはなんでかと思ってさ」

ルーシーが手を伸ばして、この姉の膝をさすった。見ているピートにも、無理のないことだと思えた。まるでヴィッキーが子供で、まずいことを言ってしまって、大人であるルーシーは聞かなかったことにして収めたい、というような図柄である。

「仕事は、どうなの？」ルーシーが言った。

「仕事は、仕事だもの、いやになるわよ」ヴィッキーが答える。

「あら、聞かなきゃよかった」

ピートは壁に目をやった。指に汚れをつけた壁に、乱れた縞模様ができていた。

「これだって〈嘘のない文〉てやつでしょ」ヴィッキーは伸び上がるように、いくらか坐り直した。「だけどね、こないだ、おかしなことがあった。アンナ＝マリーっていう名前のおばあさんがいてね、ずっと車椅子に乗ったきり。あたしがホームで働くようになった頃から、もう何年もそうなの。それにまた一言も口をきいたことがないから、もうアンナ＝マリーはしゃべれないんだろうって言われて、ただ車椅子で動いては、ほかの人にぶつかってるだけ。ところが、こないだ、あたしがナースステーションで立ってたら、いきなり手をつかまれた感じがしたんで、ひょいと目を下げたら、車椅子のアンナ＝マリーがいて、にっこり笑った顔で、はーい、ヴィッキー、なんて言うの」

これを聞いたピートは、うれしい気持ちになった。あたたかい液体が身体をめぐるように、じんわりと幸福感が広がった。

ルーシーが言った。「いい話じゃないの、ヴィッキー」

「たしかに、すてきだった。すてきなことなんて全然ない場所なのに」

ピートに、ひょっこり思い出すことがあった。「ルーシーに、ライラの話をしてやれよ。あの子、大学へ行くことになったんだろ」

「ああ、そのこと」ヴィッキーがまた首筋を掻いたので、赤い筋が一本浮いた。そして彼女はじっくりと手を見ながら、「下の娘がさ、来年、たぶん進学すると思うのよ」と言って、ルーシーに目を上げた。「成績がいいらしくて、進路指導の先生が、どこかへ学費免除で押し込めるんじゃないかって。ルーシーもそうだったよね」

「ほんとに？」ルーシーがせり出した。「すごいじゃないの」

「だよね」ヴィッキーは下唇を指先で押しながら嚙んでいた。

「すごいわよ」

ヴィッキーは口から離した手をパンツになすりつけた。「うん。そうなったら、あの子も、あんたみたいに、どっか行っちゃうんだろうね」

ルーシーの顔が、ひっぱたかれたように変わった、とピートは見た。するとルーシーは
「そうでもないでしょ」と言った。

「どうして？」ヴィッキーはもぞもぞ動いて坐り直そうとした。ルーシーが答えないので、わずかに気取ったような声色で、「あんたの場合とは、母親の出来が違う。そういうことだ。はい、どうも」

ルーシーは束の間だけ目を閉じた。

「進路指導の先生って、誰だと思う」ヴィッキーが首を回してピートを見た。「パティ・ナイスリーなのよ。ほら、可愛いナイスリー・ガールズなんていってた姉妹の末っ子」

ルーシーは言った。「それが指導担当で、ライラが大学へ？」

「そう。でぶのパティ、なんて生徒には言われてる。いまはどうかな、体重落ちたから」

「そんな言い方されるの？」ルーシーは顔をしかめた。

「そうなのよ。ま、子供のすることだから」ヴィッキーは様子を見ながら言った。「あたしだって、職場では、きもいヴィッキーなんて言われる」

「まさか、そんな」

「そうだってば」

ピートが言った。「そんなの初めて聞いたぞ。だって老人ホームだろう。すっかり惚けちゃって子供みたいになってるのか」

「あ、入居者じゃなくて、職員のほう。そういう人がいるのよ。つい二日前も、女の声で、あら、きもいヴィッキーだ、なんて言ってるのが聞こえた」ここでヴィッキーは眼鏡をとった。涙がぽろぽろこぼれ出した。

「あら、やだ」ルーシーが姉にすり寄って、その膝をさすった。「ひどいこと言うわねえ。そんなんじゃないのに、ヴィッキーは――」

「きもいのよ。ほら、こんなだもの」ヴィッキーの目から涙が止まらなくなっていた。それが口に落ちかかって、口紅を巻き込んで垂れる。

「じゃあ、あのね」ルーシーは、もうヴィッキーの膝をさするのではなく、軽くたたいていた。「泣いちゃいなさいよ。目玉が溶けるくらい泣いたらいい。あたしたち、昔は、絶対に泣いちゃいけないことになってたわよね」

ピートも乗り出して言った。「ルーシーの言うとおりだ。いいから、泣いてしまえ。いまなら泣いたって誰もおまえの服を切りゃしない」

ヴィッキーは兄を見やった。「え、何てった?」素手で洟《はな》を拭こうとするので、ルーシーが上着のポケットからティッシュを出して、持たせてやった。

ピートは言った。「誰もおまえの服を切りゃしない。そう言った。もうそんなことはない」

「そんなことって、何なのよ」

「覚えてないのか。おまえが泣いてたら、ママが帰ってきて、おまえの服をざくざく切っちゃっただろ」

「そうなの？」ルーシーが言った。

「そうだっけ？」ヴィッキーは顔にティッシュを当てていた。口にもちょんちょんと当てた。「あ、待って。ああ、そうだ、すっかり忘れてた」ヴィッキーは、妹を見て、兄を見た。眼鏡をとった顔は、さっきより若く見える。ふくらんだ感じでもある。「なんでああいうことするんだろ」と不思議そうに言う。

「待ってよ」ルーシーが言った。「ママが切った？　服を？」

「そう」ヴィッキーはゆっくりとうなずいた。「あたし、泣いてた。なんでか忘れたけど、学校で何かあった日なのよ。もう泣けてきて止まらなくなってた。そう、たしかに泣いちゃいけないことになってたわよね。でも、そのときは親がいないからいいと思って泣いてた。ピートはいたよね。あたし、わあわあ泣いて、ママが入ってきたのに気づかなくて。そうよ、思い出したわ」ヴィッキーは手にしたティッシュを揺らして、赤い口紅の染みも揺れて見えた。「そしたら、そこのドアからママが入ってきて、なに大騒ぎしてんの、黙んなさいって言うんだけど、こっちはもう止まんないんだわ。それでまた黙んなさいって言われて、ママは仕事場だったあたりから裁ち鋏を持って行って、子供の服が掛かってるハンガーががちゃがちゃ鳴って、そしたらピートだったよね――」ヴィッキーはまたティッシュを顔に当てながら、その顔をいくらかピートに向けた。「ピートがママのやってることに気づいて、そっちの部屋の入口まで行って、あたしも立っていってピートのうしろから見て、きゃーって叫んだ――。ママ、やめて、ママ、って言ったんだけど、ママはあたしの服をざくざく切っちゃって、その生地をフロアやベッドに投げ捨てた。そんなことしてから、さっさと二階へ上がってってたっけ」ヴィッキーはただフロアを見て坐っていた。

「何なのよ、もう――。ママって人は、あたしのこと嫌いなだけだった」

「でもママは縫う人だったんだから」ルーシーが言った。「切っちゃうっていうのがおかしいよね」

「縫ったわよ。その次の日、切った生地をミシンで縫い合わせた」ヴィッキーは気が抜けたように片手を上げた。「突き合わせてくっつけただけなんで、そんなの着たら、あたし、何というか、よけいに馬鹿丸出しじゃないの」これをヴィッキーはまっすぐ前を見つめる顔で言った。

だいぶ間を置いてから、ピートは乗り出すような姿勢のままで言った。「おれさあ、こんとこ、けっこうママのことを考えてた。で、思ったんだが、もともと出来上がりのおかしい人じゃなかったのかな」

二人の妹はしばらく何も言わなかった。それからルーシーが口を切って、「そう、かもしれない。また父さんという難しい人がいたし――。ママも負けてなかったけどね」

「どういうこと?」ヴィッキーが言った。

「ママもなかなか図太かった」

「そうもなるでしょうよ。ほかに行くところもなくて」ヴィッキーはブラウスを見下ろして、また裾が上がらないように引いていた。

「子供を置いて出ることだってできたかもしれない。縫いもので稼いで、一人の暮らしができたんじゃないの。でも、そうはしなかった」ルーシーはそう言って、ぎゅっと口を結んだ。

「あたしが一番いやだったこと、何だと思う?」ヴィッキーがほかの二人に目を走らせて、ほぼ平静に言った。「あっちの物音よ。父さんがオチンチンつまんで歩いてるんじゃなければ、夫婦でお盛んだったもの、この真上で――」と天井を指さす。「あれが聞こえると苦しくなったわ。ベッドがきしんで、また父さんの物音がすごくて。あの最中にああいう音を出す男なんて」ここで洟をかんだ。「ああ、あんな変態っぽいことが続いたあとで、普通にできるもんならやってみなって言いたい」

ピートは「それはない。あ、その、やってみたことない」と言った。不意に顔が熱くなった。とても落ち着いてはいられない。だがヴィッキーが笑った顔で応じるので、「いや、言ってることはわかる」とも言った。「おれが寝てた部屋は、すぐ隣だったからな。いやはや――」彼は頭を揺すった。というよりも震わせた。「同じ部屋にいたようなもんだ」

ヴィッキーは言った。「あ、待って、それでさ、とにかく音の出所は父さんなのよね、ママは音無し」

ピートはそこまで考えたことはなかった。「そうか、なるほど。そう言えばママは音無しだ」

「まったく」ヴィッキーは溜息まじりに、「あれじゃ、ねえ――」

「やめてよ」ルーシーが言った。「もういいわ。こんなこと言ってたってしょうがない」

「だって、ほんとだもの」ヴィッキーは言った。「ほんとのこと。ここだけの話にするしかないよね。でもルーシー、あんた、書いたらどうなの。娘の服を切り刻む母親の物語。嘘のない文章を書くんでしょ？　そうだわ、書きなさいよ」

ルーシーはまた靴を履こうとしていた。「そんな話は書きたくない」という声に怒りがあった。

　ピートは「読みたいやつもいないだろ」と言った。

「あたし、読みたい」ヴィッキーが言った。

「おれ、いまでも大草原の家族の話が好きだな。そういうシリーズがあったろ。まだ二階にあるぜ」

「ああ、だめ、書けない」ルーシーが言った。

「じゃあ、いいわよ」ヴィッキーは肩を動かして言った。「ちょっと言ってみただけ——あ、そうだ、いま思い出した——」

　ルーシーは立ち上がった。「やめて」と言った顔の頬骨あたりに、くっきりと赤みが差していた。「やめて。いいから、やめて」彼女はヴィッキーを見て、ピートを見た。大きくなった声を震わせながら、「そんなひどくなかった」さらに声が荒くなって、「絶対ない」

　沈黙が室内に落ちかかった。

　ややあってヴィッキーが静かに言った。「ずばり、それくらいひどかったのよ、ルーシー」

　ルーシーは天井を見上げ、両手をぶらぶら揺すりだした。手を洗ったらタオルがない、というような動きだ。「もういや。耐えられない。もういや、もういや、もう――」

これを見たピートは、この家が、というかアムギャッシュの町にいることが、ルーシーには耐えられないのだと思った。こわくなったのだろうとも思った。彼が床屋へ行くのをこわがったようなものだと考えたのだが、しかしルーシーの慌てぶりはそれどころではなかった。

「そうか、ルーシー」彼は立って、妹のほうへ行った。「まあ、ちょっと落ち着け」

「うん――。あ、だめ。困った、どうしよう――」ルーシーは息を喘《あえ》がせるようだった。

「あのさ」兄と姉を交互に見て、しきりに瞬きをしている。「ああ、どうしよう、困った。まずい――」ますます手を揺すって、これが止まらないらしい。

「ルーシー」ヴィッキーが、その図体をカウチから起こして、妹に歩み寄った。「ちょっと、あんた、しっかりしなさいよ」

「だめ、できない」ルーシーは言った。「どうしようもない、どうにも」またカウチに坐り込んで、「だからあの、ほんとに、どうしようも――」と兄を見上げた。「ああ、だめ、どうにかして」また立ったが、手の激しい震えが止まらない。「もうだめ、困った、どうしよう――」

ヴィッキーとピートが目を見交わした。

「パニック発作が来てるの」ルーシーは言った。「とっくの昔に治ってたはずなんだけど、ひどいのが来た。ああ、だめ。あああ、だめだ、これ――。あの、聞いて、頼むから、聞いて。ピートはあたしの車を動かして、あたしはヴィッキーに乗せてもらう。そうして、お願い。ね、もう、それしかない――」

「乗せるって、どこまで？」ヴィッキーが言った。

「シカゴの、ドレーク・ホテル。もう、どうにか戻るしかない」

「シカゴ？　そんなとこまで行くの？　二時間半はかかる」

「そうなんだけど、お願い。だめ？　ほんとにごめん、だけど、あたし、無理――」

ヴィッキーは腕時計を見た。大きく息を吸って、一瞬だけ目を見開いてから、くるりと向きを変えて赤いハンドバッグを手にした。「じゃ、行こう、シカゴ」とピートに言う。

「ああ、ありがと、よかった――」ルーシーはもうドアを開けかかっていた。

ピートは口の動きだけでヴィッキーに言った。おれ、シカゴなんて行ったこともないよ――。ヴィッキーも口を動かして、そうなんだろうけど、あたしは行ったことあるから、と自分の胸を指さした。

＊

日照のわりに、暑い日ではなかった。空気が澄んでいるだけに、もうすぐ秋なのだと思わせる。そんな気配を感じながら、ピートはルーシーの白いレンタカーに乗り込み、ヴィッキーが方向転換するのを待った。ルーシーが乗ってきた車は、まだ新車の匂いがして、きれいだった。それから妹二人の車を先に行かせて道路に出た。これからシカゴまで走るというのが嘘のようだ。命がけのような気がした。ヴィッキーに先導されて細い道路を進んだが、だんだん知らない道になって、いよいよハイウエーに合流した。太陽がゆっくりと空を進み、彼は着実に妹の車を追って一時間は過ぎた。前を行く二人の姿が見える。肩幅のあるヴィッキーが、助手席でうなだれているルーシーに、何度となく目を向けていた。彼はひたすら走った。オークやメープルの林を通過する。農業倉庫の壁面にアメリカの旗が描かれている。銃砲店らしき看板を見て、トラクターが大集結したような場所を過ぎて、当日仕上げの入れ歯が百四十四ドルという看板も見て、昔のショッピングモールの跡地も過ぎた。とうに廃業したモールの駐車場は、セメントの割れ目から草が出ていた。ハンドルを握る手に汗がにじんできた。まだまだ先は長い。

ところが妹の車がランプを点滅させて減速し、故障車用の路肩に停まった。ピートもあわててブレーキを踏んだが、ヴィッキーを追い越して、その前方で停車した。車を降りたら、トラックが猛然と通過して、その風圧がピートに押し寄せた。うしろの車からはルーシーが降りようとしている。それから彼に駆け寄って、「もう平気」と言った。さっきよりも目が小さくなったようだ。さっと抱きついてきて、その頭が彼の顎に当たった。「ほんとに、心からお礼を言うわ。あとは大丈夫。自分で運転してシカゴへ行ける」

「いいのか?」また一台、トラックが至近距離で突っ走って、彼の乱れた心に恐怖も入り混じった。「気をつけろよ、ルーシー」

ルーシーは「愛してるわ、ピート」と言うなり、白いレンタカーの中へ消えた。だが座席の調節をするらしい。その間、ピートは待ってやった。ルーシーが窓から顔を出し、「行って、行って」と、大きく手を振る。だが、ほかに言っていることもありそうなので、ピートはいくらか戻っていった。「ヴィッキーに伝えて。アンナ＝マリーのこと忘れないで。そう言っといて、ね」

だから彼も手を振って、またヴィッキーの車に向かった。助手席に坐ると、いくぶんかルーシーの温もりがあった。フロアにはソーダの空き缶が散らかって、踏まないように足を動かさないといけなかった。しばらくルーシーの車を追ってから、次の出口で進路を変えた。ピートの心の中には、ハイウエーを走ってシカゴ市内へ行く白い車の残像があった。頭がくらくらした。

数分後、すでに帰路の車線に乗っていて、ヴィッキーが言った。「あのさ、これだけは聞いといてよ」と、運転しながらピートに目を走らせる。「ルーシー、いかれちゃってるわ」

「まじで？」

「完全にいかれてる。だって、泣きながら、ごめん、ごめん、って言うばかりだもの。あたしが、もういいから、謝んなくていいよって言ったって、自分が悪かったんだって、それればっかりなのよ。ここへ来たのが悪かった、そもそも出てったのが悪かった、何もかも悪かったって言ってるから、あたし、もうやめなって言ったの。あんたは出てって、しっかり暮らしを立ててたんだから、それでもういいじゃない、って言ってやったわ。それでも泣きやまないのよ。こっちが怖くなっちゃうわ。じゃあ旦那に電話しなって言ったら、いまリハーサル中だとか何とかで、あとにするって言うの。だったら娘にでも電話したらって言うと、だめだめ、こんなになってるところを聞かせられない、だってさ」

ピートはダッシュボードを見つめた。だいぶ以前にコーヒーをこぼして、たらたら流れたような汚れが染みついていた。「へえ、何と言おうか」

「言葉がない」ヴィッキーは一台の車を追い越して、もとの走行車線に戻った。「だけど、ルーシーは薬を飲んでから、パニック発作がどういうものか話してくれた。何を言ってたんだか、よく覚えてない——。ともかく、まずまず落ち着いて、路肩に停めてくれって言った。あたしたちをシカゴへ行かせるまでもないってことでね。それにしても、ひどかった。あんなに小っちゃくなって——ネットで見てた感じだと——」ヴィッキーはふと黙った。坐る姿勢を変えて片手運転になり、もう一方の手は顎の先に当てて、肘をアームレストに置いた。しばらくは二人とも静かだった。

そのうちに、まっすぐ道路を見たまま、ヴィッキーが口を開いた。「いかれてる、ってのとは違うかな。こっちへ戻ってきて、それが耐えられなかったのよ。苦しかったんだわ」

ピートは、ガプティル夫妻と連れ立って、カーライルの町の福祉食堂へ奉仕に行く。その車内で、なんと仲の良い夫婦だと思うことがある。運転するトミーの腕に、シャーリーがそっと手を添えるのだ。ああいう気兼ねのないことができるというのは、気兼ねなく手を出せる人がいるというのは、どんなものだろうとピートは思う。いま妹の腕に手を添えてみたいような気がした。もちろん考えただけのことだ。この妹は有名人になったルーシーと会うのに口紅をつけて出てきた。彼はおとなしく助手席に坐っているだけだった。

ようやく、またヴィッキーが言った。「あんな昔の話、するんじゃなかった」

「さあ、どうだろうな。おれだって服を切った話をした」

走っている車の片側から、太陽が照りつけていた。ふたたびアメリカの旗の絵が描かれた農業倉庫を何棟も通過したが、今度は道路の反対側になった。やはり道路をはさんで、緑色と黄色の農機が大量に置かれた場所も過ぎた。ヴィッキーとならんで坐っていて、すごく安心できると思った。それをどうやって伝えようか迷っていたのだが、結局は「ヴィッキー、おまえ、すごいな」と言った。

ふん、と小馬鹿にしたような声を発して、彼女が目を走らすので、ピートは「いや、ほんとだ」と言った。「さっきルーシーが、アン＝マリーという女がどうとか言ったぞ」

「アンナ＝マリーじゃないの。それが何だっていうんだろ」

「ヴィッキーはすごいっていう話を、ルーシーもしたかったんじゃないのか」ピートは車のフロアにごろごろ転がる空き缶を避けて足を動かした。

あとは黙って何マイルも走行した。彼は横目にちらちらと妹を見ていた。運転がうまいではないかと思った。大きな図体が好ましい。座席にどっしり構えて、堂々たる運転ぶりだ。そんなことを言いたいと思った。すごいというより以上のことが言えたらいい。やっと口にできたのは、「ヴィッキー、おれたち、そんなに悪くなってないよな」ということだった。

彼女は兄に目を走らせて、その目をぎょろりと回してみせた。「ま、そうよね――。べつに人殺しとか、そんなことしないもんね」と言うと、あはっと笑った。身体の一番奥から出たような笑いだった。

このままずっと乗っていたいとピートは思った。妹の運転する車がどこまでも走って行って、この座席に坐ったままでいられるならいい。

だが、どこまで来たのかわかってきた。どんどん道幅が狭くなる。梢に赤みが差すメープルの木が見えた。ピーダーソン農場周辺の畑も見える。とうとう着いてしまった。ヴィッキーの車が、家の近くの道に折れて、ついに家の前まで来た。古ぼけた小さな家のブラインドが開いている。ヴィッキーがエンジンを止めた。一瞬の間を置いてピートは言った。

「あのラグを持ってかないか？」

ヴィッキーは眼鏡の真ん中を指一本で押し上げた。「じゃ、もらう」と彼女は言ったが、すぐに車を降りようとしない。そのまま二人で黙って家を見つめて、座席に坐っていた。

# ドティーの宿屋

東部からの客だった。夫婦の名前はスモールだ。

それがドティーの記憶に残った。すごく大柄な夫は、不機嫌が癖になったような顔をしていた。たぶん名前のことを人に言われてばかりで、それが少なくとも一つの理由になって、こんな顔になったのだろう。もちろん、そんなことをドティーは言わなかった。言うわけがない。予約をとったのは奥さんだが、電話だったので、若い客ではあるまいとドティーは思った。奥さんの声だけでもわかったし、近頃はオンラインの予約があたりまえだ。ドティーは、この奥さんよりも年上だというのに、待ってましたとばかりにインターネットに飛びついて、魚が川で泳ぐように、この環境になじんでいた。もっと若い頃にこれがあったらと思うくらいだ。ずっと長いこと部屋を貸して生きてきたけれど、何かしら違う形で精神の使いようがあったかもしれない。もっと儲かったかもしれない！　だがドティーはぐずぐず文句を言う女ではない。まともな人だったエドナおばさんが、ある夏、ドティーに教えたことがある。もう百年前になるような気がするが、そんなような昔でもおかしくない。女が愚痴を言うのは、神様の爪の下に泥を突っ込んでよごすようなものなのだそうだ。このイメージがドティーの心に居残って、なかなか追い出せなくなっている。ドティーは小さく整った女で、中西部の先祖伝来のきれいな肌をしていた。何だかんだ言って——言うことはいろいろあるとして——よくやっていると自分でも思うし、他人の目で見てもそうだった。さて、ともかくもミスター&ミセス・スモールという二名の宿泊が予約され、その二週間後に、長身で白髪の大男というべき人物がドアを抜けて、「ドクター・リチャード・スモールの名前で予約がある」と言った。それだけ言えば充分なのだろう。あとから入った奥さんのことは、言わなくてもわかるというつもりのようだった。

ドクター・スモールは、いらいらした気分を滲《にじ》ませて、ひどい字で宿帳に記入した。その間、奥さんはというと——えらく細身で、神経質そうな人だったが——ラウンジをおとなしく見回して、壁に掛けてある昔の劇場の写真に興味を持ったようだった。とくにお気に召したらしいのは、その隣に掛かっていた図書館の写真である。レンガに蔦が絡んで時代を感じさせる一九四〇年当時の建物だった。というわけで、この女性について——その夫についても！——ドティーには直感が働いた。そもそも商売柄というもので、人を見れば何となくわかる気はする。たまには大外れの勘違いもある。だがスモール夫妻にはドティーの勘が当たった。ドクター・スモールは、さっそく部屋のことで苦情を言った。スーツケースを置く荷物ラックがないというのだった。奥さんに電話させて一番安い部屋を予約すればそういうことにもなるのだが、そうとドティーが言えるものではない。でしたら廊下の突き当たりの部屋に変えましょう、と返事した。彼女は「ウサギちゃんの部屋」と思っている。以前にはウサギの縫いぐるみを集める趣味があって、祝日のたびに夫が一匹くれたし、ほかの人からもらったりもしたので、たまったウサギを一つの部屋にまとめることにした。その部屋に泊まって狂喜する人もいた。女性客。またゲイの客。たくさんのウサギに囲まれると、おおいに想像が刺激されると見えて、声色を変えながらウサギにしゃべらせて遊ぶようなことをしていた。ドティーは客が感想を記入するノートを部屋に置いたりもしたのだが、そのうちにウサギ部屋には幽霊が出るとか何とか、くだらない書き込みがされるようになってやめた。だがウサギの部屋ならベッドが二つあって、背の低いチェストもあるので、ドクター・スモールが荷物を置くこともできるだろう。その晩、ミセス・スモールの声が、ドティーの耳にも壁越しに聞こえてきた。薄い響きのモノローグが一定の調子を保って続いている。その夫からの応答は、わずかに一度か二度の短いものだった。奥さんの言うことも、しっかり聞き取れたわけではない。おおよその見当としては、心臓病の学会があって来たのだが、会場に近い大きなホテルに泊まろうとはしなかった。おそらく、もう医師としては年寄り扱いされていて、それが本人には気に入らず、年下の連中が夕方に談笑するのを見ていられないので、わざわざドティーが朝食を供するだけの宿屋へ来たらしい。ここにいれば、たいした存在ではないことが目立たない。おそらく朝食の席では「医師です」と言うだろう。男の医者はそんなものだ。医学のドクターだと言いたいのである。ほかの学者に対しては、大きな優越感があるようだ。誰が誰に優越感を覚えるかということを、いまのドティーは全然気にしなくなっているが、これも商売柄で、気づいてしまうことはある。きつく閉じた目にも、見えるものは見える。ドクター・スモールは、個人史でも、職業上の経歴でも、すでに全盛期を過ぎた人なのだ。それが自分では我慢ならない。カルテのコンピューター管理や、医院経営のコストや、昔にくらべての収入減や、あれこれの鬱憤をぶちまけているに違いない。だから気の毒だともドティーには思えなかった。

だが、奥さんについては、意外の感があった。

こういう夫婦を見ると、ドティーは少々ほっとすることがある。ドティーが離婚したのはもう何年も前のことで、それ自体はつらいものだったが、しかしミセス・スモールのような――というのはつまり、おどおどして、つい泣き言が洩れそうで、夫に顧みられないだけに、なおさら神経をすり減らす、というような女にならなくてすんだとも思える。そういう姿を、しょっちゅう目にする。そのたびに、おかしなもので――おかしいと思うには違いないが――あの夫をなつかしむ日々を過ごしながらも、夫のいない女として前より強くなった自分を感じている。

ところが朝食時に――夫は妻に話しかけることなく、学会の資料らしきもののバインダーを見ていただけだが――いきなり奥さんが歌いだした。ドティーは昔の演劇プログラムをまとめてバスケットに入れている。それを見ていた奥さんは、トーストが焼けるまでの待ち時間に、「ギルバート&サリヴァンがあったわ。大好きな曲」と言うなり、『軍艦ピナフォア』の一節を歌いだした。一つ置いた隣のテーブルには二人の客がいた。夫に止められるだろうとドティーは思ったが、なんとドクター・スモールも口ずさんだので、ドティーの心が温もった。もちろん、ほかの客もいることで、ドティーとしては気を遣ってしまうのだが、とくに苦情が出る様子もなく、むしろ気づいてもいないようだった。やはり人のことまで考えないのが普通なのかもしれない。

ドクター・スモールにはオートミール、奥さん（黒ずくめの服装、とドティーは思った）には全粒小麦のパン――。ほどなく奥さんが言った。「あ、リチャード、これ見て。アニー・アップルビーだわ！　ここに書いてある。『クリスマス・キャロル』でマーサ・クラチットの役だって、八年前よ」奥さんはプログラムに指先をぽんと当てて、それを夫が受け取った。

「ご注文は、おそろいですね」ドティーは朝食をテーブルに置いた。イギリスの流儀かも、と思いながら言っているのが楽しい。現実にはイギリスへ行ったことなんてない。

ミセス・スモールがきらきらした目をドティーに向けた。「アニー・アプルビーって、よく知ってた人なんですよ。親しくしてました。あの人とは――」すると夫がさりげなく合図して、それ以上は言わせなかった。長いこと連れ添った夫婦には、わずかな動きでも通じるものがある。あとは二人とも黙って朝食をすませた。

しばらくして午前中に夫婦は出かけた。泊まりの客が出かける。あたりまえのこと。だがドティーはいつも考える。ここに人が来るのは、ほかに会う人がいるからだ。スモール夫妻のように用事があって来る人もいる。また、大学があるので、子供に会いに来る親が多い。何にせよ、このイリノイ州ジェニスバーグという小さな町に、それなりの関わりがあって来る。目的があって町へ歩きだす。そのことを際立たすようにオーク材の大きな玄関ドアが閉まると、ポーチへ出た人の声が急にくぐもった。ささやくように出て行かれる。ということが、この商売には付きものだ――。

＊

昼食を過ぎて間もなく、ミセス・スモールが一人だけ戻ってきた。首に巻いていたスカーフをはずすと、なんとなくラウンジをうろついて、壁に掛かっている昔の写真を見ていた。ドティーは受付の奥で用事を済ませようとしていた。「わたし、シェリーっていうんです」ミセス・スモールが言った。「ちゃんとご挨拶してませんでしたね」

ドティーは、うまく客をあしらいながら、仕事の手を止めなかった。いわゆるB&Bという泊まって朝食が出るだけの宿屋で、どれだけ気安くなってよいものか、客の側でも迷うことはあるようだ。そうと心得ているドティーは、なるべく柔軟に対処していた。ドティーはとんでもなく貧乏に育ったので、あとになってからでも――必要以上に気にして――衣料品店でも、肉屋でも、パン屋でも、デパートでも、何かしらの買い物をするたびに、じろじろ見られてからお引き取りくださいと言われるのではないかと心配になった。そういう卑屈な思いが身にしみているだけに、この宿屋へ来る客には気楽に過ごしてもらいたい。このシェリー・スモールという人は――もちろん真相はわからないとして――貧乏を知っているようには見えないが、おどおどと気を遣っている様子がある。そのようにドティーは見ていた。すると、まもなくシェリーが、またアニー・アプルビーという女優の話を持ちだした。劇場の写真を見ながら、そのままドティーに目を向けることなく、「やけにアニーを思い出すの」と言った。「そんな必要もないのに、とだけは言えるわ」ちらりと笑った顔をドティーに見せたが、その顔をよぎった表情に、一瞬、ドティーは胃袋の中で小魚が泳いだような——これは憐れみに近い感覚を誘われる前兆ではないかという気がした。とはいえ、憐れみというのは困った感情で、ドティーは自分が人に憐れまれるのは大嫌いだ。そうなっていた過去がある。

お茶でもいかがですか。いきなりドティーは言っていた。するとシェリーが「あら、うれしいこと」と言うので、二人で居間に坐った。この家ではラウンジでもある部屋だ。シェリー・スモールは、出された茶にはわずかに口をつけただけだった。だが芝居で言うなら小道具として出たようなもので、いわば茶を飲むという設定により、秋の日の光がするりと射し込むドティーの家の部屋で坐らせてもらったということだ。あの一杯の茶で、シェリーという女が話を始められた、とドティーは思った。

そして聞き役になったドティーが覚えていたかぎりでは、シェリーの話は、だいたい次のようなものだった。

ドクター・スモールは、その昔、ベトナムで軍医だった。当時、もう一人の医師がいて、その名前はデヴィッド・スーアル。どちらも危ない目に遭ったことはない、とシェリーは念を押すように言った。むしろ、つまらない勤務だった。戦争の末期に、安全な地域の病院を職場として、もう国外へ退去せよという通達も充分な余裕をもって伝えられた。サイゴンが陥落、ヘリコプターに吊されて脱出、というのでは全然ない。また病院で「ひどいもの」をたっぷり見たというのでもない。トラウマになって帰ったというような、よくある話ではないのだ、とシェリーは言いたがった。そういう人もいるけどね……ま、それはともかく、と彼女は黒いスラックスの脚に、ぱんと手を当てた――。戦争から帰ったリチャードが、ボストン行きの列車内でシェリーと出会った。一年後に結婚した際には、デヴィッドが付添人になってくれた。その後デヴィッドは精神科の医師になって、アイサというすごい美人と結婚し、三人の息子が生まれた。家族ぐるみの付き合いができて、どちらもボストン郊外の同じ町に住んでいた。オーケストラの運営資金を集める活動をしたりして、まあ、だいたい似たような人が付き合うことになるもので、スーアル家とは仲良くなっていた。アイサという奥さんは、ちょっと変わったところがあって、つかみどころがなくて、ひどく遠慮っぽかったのだが、いい人には違いなかった。デヴィッドは酒好きで、飲み過ぎるというのは誰にもわかっていたけれど、さすがに診察室で酒臭い息をしているということはなかった。医師や牧師という職業では、酒の匂いを漂わせて人前に出るわけにはいかない。三人の息子はというと、これも世間なみというだけのことで、二人はどうにかなったが、一人はそうでもなかった。アイサは心配性で、デヴィッドは厳しいことを言いたがる、ということで、要するに結婚三十年にして別れることになったのだが、これには誰もがびっくりした。どこの夫婦が離婚するかで金を賭けるとしたら、まさかスーアル夫妻に賭ける人もいないだろうに、現実はそういうものだった。そう言ってシェリー・スモールは左右の細い手首を持ち上げた。手のひらを上向きにして、わずかに肩の動きもつけたが、かなり深刻にも見えていた。「うちだって他人事《ひとごと》じゃなかったんですよ。わたし、ずっと何年も、机の引き出しにメモを入れてましたもの。離婚を担当する弁護士の名前――。結局は、湖畔のコテージを改装して、終《つい》の住処《すみか》にしたんですけど、それまで引き出しに入れたままで」これにドティーは一度だけ首をうなずかせた。

破局の原因はアイサにあった。絵画の講習に行って男ができたらしいのだが、皮肉なもので、デヴィッドが妻の気鬱を思いやって、是非とも行けと勧めた講習なのだった。その結果、デヴィッドは激怒し、崩壊した。スモール家に来ては泣いているということがあって、正直なところ、シェリーは見ていられなかった。古い考え方かもしれないが、大の男が泣いたらみっともない。だがリチャードは違った。しょうのないやつだと思いながらも、友だち甲斐というもので大目に見てやっていた。

それから二年ばかり、あれこれと連れてくる女はいたのだが、そのへんの細かい話はどうでもよいとして、どうでもよくなかったのはアニーである。アニー・アプルビー。ここでシェリーはぐっと背筋を伸ばし、いくらか前傾してドティーに言った。「あの人、ほんとに特別」

この話は、ドティーも聞いていて苦にならなかった。

「で、アニーっていうのは――まず、とにかく背が高いと思ってね。六フィートくらいある。痩せ型だから、なおさら高く見える。髪は長くて、黒っぽくて、ウェーブがかかってるってところが、なんだかコルクの栓抜きみたいで、まあ、正直言って、何かしら混ざってるのかなって思ったりした。いわゆる北米のインディアンと、ほかにも何か混ざってるんじゃないかと――。育ったのはメイン州だけどね。顔はきれいよ。あれだけの顔立ちで、青い目をして――まあ、何て言ったらいいのか……見てると幸せになる。何でも面白がる人だった。デヴィッドが初めて連れてきた日には――」

どういう出会いだったの、とドティーは聞いた。

シェリーは頬を真っ赤に染めた。「そこまで言ったなんて夫に知られたら大変――。だってデヴィッドの患者だったのよ。うっかりすると医師免許を剝奪されたかもしれないけど、やり方がうまかった。もう精神科医として接することはできないと言った上で――あの、つまり、そういうことってあるらしいのよ。あの二人もそうなって、うちに連れてくることにもなったんだけど、ほんとは秘密だわ、人に言えるようなことじゃないの。だから出会いの話をでっちあげて、彼女の母親が大学時代に彼を知っていたっていうことにした。まるっきり、でたらめ。アニーの実家はメイン州のジャガイモ農家。ところが十六の年から女優になった。そうやって家を出て、誰も気にしなかったみたいね。デヴィッドとは年の差が二十七もあったけど、だからどうってこともなかった。幸せそうだったわ。あの二人がいると楽しかったもの」

シェリーは言いさして、唇を噛んだ。昔は赤毛だったのだろうと思われる髪が、いまは淡いイチゴ色のようなブロンドになっていて、年配の婦人にはありがちなことだが、だいぶ薄くなりかかっていた。この髪を——年相応という言葉がドティーの心に浮かんだ——顎の上あたりまでの長さで切っている。およそ派手なところのない人なのだろう。たぶん、昔からそうだった。

「まあ、うちの場合は——」と彼女は言った。「湖畔のコテージに隠居するなんて、リチャードは必ずしも乗り気ではなくて」

ドティーは、おや、という顔で眉を上げた。もちろん、こちらから言わせなくても、東部人は勝手に話を続けるものだとわかっているが、そういうことに中西部の人間はなじみがない。遠慮がないということは中西部では評価されない。

「あ、そっちは話が違うわね」シェリーは言った。「それとは別だった」

どういうわけなのか理由に心当たりはなくて、このとき堅い木の床に射し込んでいた光の具合というだけのことかもしれないが、突然、ドティーはある夏の記憶に見舞われていた。まだ子供だったドティーが、ミズーリ州ハンニバルへ行かされたのだ。なじみのない遠い親戚の家に、何週間か泊まることになった。仲の良かった兄のエイベルは、すでに地元の映画館で仕事の口を見つけていたから、ドティーは一人で行くことになり、ひどく心細い思いをしたが、貧困状態を当然として育ったせいで、わけがわからないなりに、言われたままのことをする子になっていた。それまでのように、あの品のよいエドナおばさんの家に行けなくなった理由を、いまだにドティーは知らなかった。あの夏に持ち帰った記憶といえば、『リーダーズ・ダイジェスト』で読んだ記事のことだけだ。埃まみれの窓際に、でたらめに積まれていた雑誌の中にあった。夫が朝鮮戦争に従軍していたという女の手記だった。当時は小さかった子供たちを抱えて、アメリカのどこかにある留守宅を預かり、たまに戦地から来る夫の手紙を待ちわびていた。ついに夫が復員して、おおいに喜ぶことができた。ところが、ある日、一年ほどたってからのこと。夫が仕事に出て、子供たちは学校へ行っていた時間に、ドアにノックの音がした。立っていたのは、赤ん坊を抱いた小柄な韓国人の女である。この記事を読んだドティーは多感な時期で、すでに人生について学んだことは多かったが――というか人生について身にしみたことは多かったが――つまり、まず身にしみるのが先で、もし学ぶものがあるなら、それから学ぶということが当たり前だけれども――この記事を読んだドティーの年齢では、ドアを開けた女のことを思うと、心臓が喉にせり上がってくるような気がした。その夫は真実を打ち明け、しでかしたことの一切に謝罪があって、ある結論がまとまった。彼は志操堅固な妻と別れて、韓国人の女と再婚し、赤ん坊を育てる。志操堅固な妻は傷心を抱えながらも、これに協力する。つまり、自分の子供たちが父親の新家庭を訪問することを認め、若い女にアドバイスして、英語の講習に通わせる、ということになった。夫が急死したのちには、先妻が後妻とその子供を引き取って、母子だけでの暮らしが成り立つまでの面倒を見てやった。そして、この手記を書いている時点でも、子供が大学を卒業できるように援助していたというのだから、これぞキリスト教精神の物語である。そんなことがドティーには相当の衝撃をあたえた。たっぷりと静かに泣いて、少女の頬に若い涙がこぼれ、読んでいるページに落ちかかった。裏切られても大きな心をなくさなかった女は、ドティーにとってのヒロインになった。誰をも許せる人のようだった。

ドアにノックの音、ということが自分の身に生じた際に、ドティーはおのずとその話を思い出していた。結論を出さねばならないと彼女は思った。どのように生きていくか、それは自分で決めることなのだ。

＊

シェリー・スモールはみじめな顔を床に向けて、肘掛け椅子に坐っていた。ドティーは「で、その家ってのは、どこにあるの？」と言った。

「ニューハンプシャーの湖畔」シェリーは息を吹き返したように、しっかりと坐った。「小さいコテージのつもりで、もう何年も前に買ったのよ。かわいらしい小屋みたいな家。よく週末に行ってたの。とくに夏になると、八月はなるべく行ったきりにした。いいところでね。空の色に合わせて湖面が変わるのを見てると楽しかった。四月には月桂樹の花が咲いて、それはもう綺麗なんで。老後はここで暮らしたいと思った」

「あら、いいじゃない」

「だから、そこなのよ。リチャードが乗り気ではなくて、そのうちに――」シェリーは坐ったまま前傾した――「時間がたつうちに――ま、言ってしまえば、医者の女房をやってるのも、さほどに結構ずくめではなくって――。医者ってのは自尊心のかたまりみたいなところがあるから。わたしに子育てをまかせておいて、やり方がおかしいなんて言うんだもの。そのくせ、学校から電話があって、たったいまシャーロットが女子トイレにとんでもなく下品な落書きをしたと言われても、じゃあ夫がどうしたかっていうと、もちろん関わろうとはしないわよ」彼女はいきなり笑った。「だからね、わたし、結婚して初めて、どしんと足を踏みならして言ってやったの。コテージは夫婦の隠居所として改築します。もし反対だとおっしゃるなら、いままで見損なっていました。わたしが思っていたような夫ではないと見切りをつけさせてもらいます――」彼女は細い腕を振った。「もう昔のことだわ。いい設計になったのよ。建築面積を変えなければ、あとは規制がなかったんで、それだけ守ることにして、ボストンから建築士を呼んで、二年かかったけど、すてきな家になったの。高さは自由だったから四階にして――いくらか地面を掘り下げたんで、四階半だわね。いい家ができた。週末にお友だちを招いたりして。いよいよ本格的に引っ込むつもり。もうすぐ。リチャードもいまの風潮に嫌気が差してるみたいだし。もう医学で食べていくのも難しい時代だわね」

「で、アニーって子はどうなったの」ドティーは話を戻そうとした。

シェリーの顔にぴくりと浮かぶ表情があった。「そんなに若い子でもなかったけど、たしかに、見た目は、いつまでたっても娘みたいな感じだった」それからシェリーは落ち着いて話を聞かせた。あたりが暗くなる時刻になってから、玄関ドアが開いて、夫のリチャードが戻った。妻が宿の女主人と居間に坐って、飲まずに冷めた茶をはさんで話し込んでいる、ということには見向きもしない男であるとドティーは直感した。わずかに言葉を交わしただけで、すぐに部屋へ上がっていった。シェリーも決まり悪そうな笑みをちらつかせて、そそくさと持ち物をまとめて引き上げていった。

＊

アニー・アプルビーは、だいたいシェリーに聞いていたとおりの女だった。インタビュー、レビュー、ブログ記事、また当然ながら写真も、すぐに見つかった。なるほど普通ではない。女優にありがちな、写真から飛び出して抱きついてきそうな、にこやかな明るい顔をしているのではない。やけに子供っぽい、というのが男でも女でも俳優を見るドティーの印象で、馬鹿らしいインタビューをテレビで見ても、またウェブを見ても、そのように思えるのだが、アニーは違った。何かしら人に知られまいとするものがあって、その外見からは、いつまで見ていてもわからない。そんな雰囲気があって、おおいに人を惹きつける。これでは精神科医も大変だとドティーは思った。この女みたいな患者が毎週やって来て、差し向かいになっていたり、寝そべっていたり、ともかく患者がとらされる姿勢から、じっと見つめてくるのだろう。アニーが女優業をやめてから、だいぶ時間がたったと見えて、いまの彼女がどうなっているのかということは、ドティーが検索してもわからなかった。

＊

シェリーの話によると、アニーとデヴィッドが夫婦でやって来た最後の回に——というのは新装なった家を、この夫婦が見た最初の回でもあったのだが——アニーと連れ立って湖畔を歩いたのだそうだ。その家には下の階に客用のスイートがあって、アニーとデヴィッドは着いたとたんに荷物を運び入れた。アニーは、まあ、すてきじゃないの、シェリー、上々の出来映えだわね、と言ったそうだ。それから二組の夫婦が湖畔を歩くことになり、男二人が先に立って、そのあとを行くシェリーがアニーにいろいろと話をした。もちろん聞いているドティーは、いろいろって何よと思ったのだが、シェリーは問われるまでもなく話を続けた。「わたしも年だわ、昔とは違う、なんてことを言ったの。つまり、こんなような——」と、シェリーはズボンのはき具合を直した。「アニーっていう人は、つい話を聞かせたくなるようなところがあって、あの日、あの二人が湖畔の家に来た最後の日にも、わたしが若い娘だった頃の昔話までしちゃったわ。コンサートの会場で、通りかかった男の人に、いやあ、可愛いねえ、なんて言われたことがあって、その話をアニーに聞かせてから、そんなこと二度と言われるわけないわねえって言ったの」

ドティーは何のことやらと、しばらく考えるしかなかった。「それで、アニーは何と?」

シェリーは小首をかしげて、「さあ、どうだったかしら。あの人、たいして口をきかずに聞き役になってる特技があって、でも聞いてもらってればいいみたいな気がした」もう可愛いとは言われない。そんな話をされたら、アニーも返事に困ったろう。いまのシェリー・スモールには可愛いの痕跡も見つけにくい。かつては痕跡くらいあったのだろうが、いまは難しい。

「ほかの話もしましたよ」シェリーは言った。「結婚した子供たちのことでも悩みがあってね。下の娘なんて、あのう……ずいぶん太っちゃって。でも、よくわからないんだけど、その前の週に娘夫婦が来たときには、もっと食べなよって婿さんが娘に言ってた。そういう話もアニーにしたの。どうしてそんなこと言うのかしらねえ。アニーも、さあどうでしょう、って言ってた。それから上の娘が仕事を変わりたくて必死になってるってことも言ったわ——いろいろ身内のことしゃべっちゃった」

「ああ、はい」ドティーは言った。

「で、つまり、こうなのよ——」シェリーはしっかり膝を合わせて、前に乗り出し、その痩せた膝の上で手を組んでいた。「あの夫婦が別れてから、わたし、アニーに電話して、いつでも一人で来ていいのよって、そういうメッセージを残したんだけど、それっきり返事がなかった。全然なし。あとでデヴィッドが来て、もう泣きの涙で、アイサに出て行かれたときみたいに、泣きながら来たんだけど、アニーに電話したのに返事がなかったっていう話をしたら、そりゃそうだろ、って言うのよ。あいつはシェリーのことを悲惨だと思ってた、馬鹿だと思ってたって、そう言うの！」

そんなことないでしょ、とシェリーは応じて、リチャードもその場を静めにかかった。

「いや、そうなんだ」デヴィッドは言った。こうなるとシェリーも堪《こら》えきれずに、やっぱり、どこか無理があったんだわ、年の差もあったことだし、と言っていた。するとデヴィッドは湖面に目を投げて、「年の差か。それで学んだこともあるよ。若い女が年上の男を好むのは父親像を求めてのことだと普通には思われてる。古典的な説だな。だが、そうじゃない。年上の男に言うことを聞かせたいからだ。家庭内のボスになりたいだけだ。間違いない。くだらん女だった」

もうシェリーは居たたまれなくなって、そろそろ食事にしましょうねと言った。それから、やや迷いながら、お荷物は下の部屋へ入れましたけど、と言った。でも、あの客室はいやじゃないかしら、だって――あの部屋は――

「だっても何も――」デヴィッドは言った。「あの部屋で、アニーがあとずさりして言ったんだ。こんな大きな家になって、ああ、いやだ、この家はシェリーの巨根趣味、なんてことを言ってた」

ここでシェリーの話が止まって、その目に涙がたまったことに見間違いようはなかった。ドティーは吹き出しそうになった。いや、まったくお笑いぐさで、だいぶ長いこと、こんな笑い話を聞いたことがないくらいだ。ところが、ちらりと顔を上げたら、いつもは平静な外面《そとづら》として世間に向けているつもりの顔に、笑いたい気持ちが出ていることを見透かされてしまったようで、シェリー・スモールが憤然としていた。まあ、怒るのもわかる、とドティーは思った。この女の長話は、要するに、アニーから屈辱を受けたということだ。そうであるなら、たしかに笑い話にはならない。それはドティーも心得ていた。

それでも——。

ドティーは、椅子の肘掛けに置いたクロッシェ編みの敷物《ドイリー》を、適当にいじって動かした。自分の気持ちが一つではないと思う。シェリーへの共感もなくはないが、室内をよぎった光の具合からして、もうシェリーは二時間近くもしゃべっている。自分のことばかり。もちろんアニーとデヴィッドの夫妻、また娘たちのことも話には出たが、結局は自分のことを言っている。もしドティーだったら、そんなに長々と自分の話を垂れ流すなんて、うっかり尿漏れを起こしたような心地になるだろう。これは文化の差なのだ。そうと知るまでに何年もかかったが、いまのドティーにはわかっている。文化の差というものは、いまの世の中では目立たなくなりがちだ。その一面に社会階層もあって、まず話題にされることはない。露骨に言ってはいけないのだろうが、よく知らないから誰も言わないだけであるともドティーは思う。たとえばドティーは子供の頃に、兄と二人で、廃棄された食品の回収箱をあさった覚えがある。そんなことを知ったら、人はどう思うだろう。いまでは兄はシカゴ郊外の豪邸に住んで久しく、エアコン会社の経営を任されている。ドティーだって、ちゃんと身ぎれいに暮らして、時代の情勢がわかっていて、この宿屋を切り回している、となれば人にはどう思われることか。ドティーや、その兄エイベルは、アメリカンドリームを地で行く成功者であって、もし廃棄食材をあさるだけで終わったとしたら、それはもう仕方のない失敗者だ——というくらいが、多くの人の内面に共通する意識だろう。大柄な夫がいて、だんだん髪が薄くなるシェリー・スモールも、そう思う人間と見てよい。

シェリー・スモールという女は、自分が世界で一番おもしろい人間であると言いたげに、自分のことばかり語るように育っていた。すごいものだと思いながら、ドティーは聞いていた。ドティーに笑われそうだと見ただろうに、なお止まらなかったのだ。いまシェリーの話は、湖畔の家がある町の人々に移っていた。改築の前には愛想よく迎えてくれていたそうだ。いまでは家の前を車で通りかかっても手を振ったりはしない。ある人など、わざわざ停車して、窓ガラスを下げてから、こんな豪邸の模造品みたいな家があると、湖岸の景観が悪くなる、と非難したそうだ。「でも冗談じゃなく」とシェリーは言った。「ばかな言いがかりよ。もとの建築面積は守ったのに！」

ドティーは立って、デスクに向かった。そっちに用がある体裁だが、シェリーに顔を見られたくないだけのことだ。「すみませんね、忘れずに始末しなきゃいけない請求書があって、うっかりすると未払いになっちゃいますので」がさごそと書類を動かしながら、「そのアニーっていう人、ほんとにそんなこと言ったんでしょうか。そこまで言いそうな人には聞こえませんでしたけど」

「だって、言ったんですもの！」シェリーが居間の椅子から泣き叫ぶように言った。「家のことで巨根とか何とか？」いつも口にする言葉ではないが、言ってみたら面白かった。机を回って、またシェリーと近いところに坐った。「その人が言いそうなことなの？あら、この家はペニスだわ、みたいな？」

シェリー・スモールの頰がすっかり赤くなっていた。「どうかしら」

「そりゃ、そうですよね」ドティーは相槌を打った。「わかりゃしません。でも考えてみれば——ここが考えどころだとして——家とペニスを結びつけてどうこうなんて、精神科医が言いそうなことじゃありません？　どうです？　そういう表現で考える人は？　もちろん、わたしだって友だちと一緒になって、ほかの人の噂話をすることはありますけど、誰それの家がペニスだ、なんてことは言わないと思いますよ。たとえば、この家。わたしの家のことで、ご主人に——ドクター・スモールに——今夜おっしゃいますか？　この宿屋になってる家は、あの女のペニスだわ……」

するとと、ちょうどこのとき玄関ドアが開いて、ドクター・スモールが、イリノイの秋の風に吹かれて、その風もろともに入ってきた。「はい、ただいま」と二人に言って、コートのボタンをはずしていたが、「シェリー」と妻に声を掛けたのは、こんなところで宿屋の主《あるじ》とおしゃべりをするのではないとでも言うようだった。それで妻も夫のあとを追って部屋に引き上げた。

＊

このスモール夫妻を客として迎えたおかげで、つくづく思い知ったような気がした。宿屋という商売では、やって来る客はさまざまで、その時々の接客があり、それなりに縁ができたと思うこともあり、ただ利用されただけのこともある。そう言えば、ある晩、夕食の頃にふらりと訪れた男の人がいた。ドティーと同い年とまでは行かずとも、さほどに変わらない年格好で、部屋をとってから、しばらくテレビを見ることにすると言い、ドティーも居間に坐って、イギリスのコメディ番組を見ていた。そういうものを見ているとドティーは面白いと思うのだが、男が笑わないので、彼女も笑うのは我慢するうちに、この男は深刻に落ち込んでいるのだとわかった。聞いたこともないような音声が洩れてきた。性愛の喘ぎのようでなくもないが、ひどく苦しんでいる声だった。言葉にならない痛み……と、あとで彼女は思い返すことになる。そうっと質問をすると、彼は手振りで返事をした。それで話が通じたのだからたいしたものだ。まず最初に医者を呼ぼうかと聞いたのだが、彼は首を振って、片方の手を揺らした。医者ではどうにもならないと言いたいらしかった。深い皺の刻まれた男の頬に、たらたらと涙が落ちた。あれは気の毒な、と彼女は何度も思い出したものだ。いいんですよ、と彼女は言って、カウチにならんで坐った。男はじっと奥深くさぐるような目で彼女を見た。こんなに深く見ようとされたことはなく、また自分でもこんなに深く男を見ようとしたことはなかった。男はまったく言葉が出なくなっていた。宿に来て、泊まりたいと言い、またテレビを見てもよいかと言ったときには、たしかに言葉が出ていた。彼女はあわてることなく、男がうなずけば「可」で、暗い顔を横に振れば「否」だという区別ができるように、うまく話しかけてやった。「心配なので、わたしもここにいましょうかしらね」と言ったら、つらそうな目でさぐるように彼女を見つめ返しながら、男はうなずいた。また彼女は「何かあったみたいですね、でも大丈夫だと思いますよ」とも、「わたし、こわがってませんよ、念のため」とも言った。これで涙が追加の洪水になって、男は彼女の手を骨が折れんばかりに握りしめた。それから、その手を持ち上げたのは、ドティーが思うに、申し訳ないという仕草だったのかもしれない。「いいんですよ、わざとじゃあるまいし」と言うと、そうです、と言うように、男は悲しげに首を動かした。いまとなってはドティーの記憶も細かいところは曖昧だが、何だかんだ言って——いろいろ考えるべきことはあったとして——あのときは意思の疎通ができていたと思う。どうやら真夜中に睡眠薬を飲んでから五時間は眠れる、ということを聞き出せた。「はい、了解」彼女は言った。「たくさん飲むんじゃないでしょ。そうよね？」これにも男はうなずいた。というようにして——なかなかの夜になったと思うのだが——男が心の内を洗い流そうとするのに、たっぷり時間をかけて付き合った。真夜中になって、水を持ってきてやってから、部屋まで歩かせた。もし必要なら、と彼女の部屋も教えたが、そうしてから人差し指を上に向けて、「誘ってるわけじゃありませんよ。おわかりでしょうけど、何事もはっきりしておくのが一番」と言うと、男は愉快がって笑いかけたくらいで、その目の表情もやわらいで、いまの彼女の発言に、声を立てない大騒ぎで笑い合ったようになった。翌朝七時に男は出ていった。長身である。休んだあとの顔は、さっぱりして、そう悪くなかった。「どうもありがとう」と照れたように、正直に、口に出した。彼女から朝食はいかがですと言うことはなかった。見せるつもりのなかったものを見られた女に、いや誰に対しても見せたい姿ではなかったろうが、その女に卵とトーストを供されるのは、あまり快適なことではなかろう。

そうやって男は去っていった。みんな去っていく。

彼女は男がチェックインで記入した用紙を保存した。子供が思い出のあるチケットの半券を残したがるようなものだ。といって、あれは春の小川のように、さらりと過ぎただけ。あの男のことをネットで調べることもなく、そうしたいと思うこともなかった。チャーリー・マコーリーという名前だった。言葉もなく苦しんでいたチャーリー・マコーリー。

*

翌日、朝食の席で、シェリーは知らん顔というに近かった。全粒パンのトーストを出されて、ありがとうとも言わない。ドティーにはまったく意外なことだ。目が涙でつんと痛くなりそうだったが、ほどなく納得がいった。いつぞやアフリカの諺《ことわざ》だという言い方について読んだことがある。「まず食べてから、恥ずかしがる」というのだった。いまシェリーを見て、これだなと思った。諺の言うとおりだ。言いたい放題に言ったので、いま気恥ずかしくなっている。うっかり言い過ぎたのだろう。その気まずさをドティーのせいにしたいのだ。ドティーがキッチンとダイニングルームを往復しながら考えるに、シェリー・スモールという女は、ありきたりな悩みだけを抱えて生きてきたらしい。実人生が期待値を下回ったというだけだ。そういう鬱憤をまとめて家の改築にぶちまけた。腕のいい建築士を呼んだおかげで、きっちりと基準の範囲に収まったが、その家はシェリーの欲求くらいに肥大した怪物になった。娘が太ったと言いながら、その目に涙は浮かばなかった。自分が馬鹿にされたという話になって、目に涙がたまった。家をめぐる戦争で夫に勝ったというのに、まだ満ち足りてはいなかった。このときドティーが考えながら、そこまで言う立場ではないので黙っていたことがある。シェリーには一緒に歌ってくれる夫がいるではないか。ほかの客もいる朝食の時間に、妻に合わせて口ずさむ。そういうことは――こう言っちゃ何ですけどね、とドティーは思った――決して小さなことじゃありませんよ。

聞き役になるということは、ただ受け身に徹するのではない。本物の聞き役には行動がある。ドティーも聞いてから考えた。この世界のさまざまな出来事を思えば、シェリーの悩み、人から馬鹿にされたことくらいは、たいした問題ではない。飢餓で死ぬ人もいれば、わけもなく吹き飛ばされる人も、自国の政府軍に毒ガスを浴びせられる人もいる。シェリーが話そうとしたことは、そんなに大きなものではなかった。それでもドティーはシェリーが語る小さな――そう、スモールな――人間の悲しみに、共感を覚えて聞いていた。そのシェリーが、しっかり目を向けてくるという礼儀さえも返さない。こういうことは良くないとドティーは思った。いいと思う人がいるだろうか。

食事中のシェリーが首だけ回して、ジャムを追加してもらえるかと言うので、はい、もちろん、とドティーは答えた。キッチンへ行って――報復としては、つまらない常套手段だけれども――ジャムに唾を吐いて、よく混ぜて、もう一回、たっぷり口に溜めてから、また吐いた。スモール夫妻が立ち去った席を見たら、ジャムのボウルが空っぽだったので、まずまず愉快だと思った。給仕する前に唾を吐く。はるかなる昔から行なわれている逆襲だろう。この爽快な気分が儚《はかな》いものであることは、ドティーも経験上わかっている。楽しいことはすぐ消える。人生とはそんなものだ。

その日は、シェリーもずっと出かけていて、だいぶ遅い時刻になってから夫婦で帰ってきた。夜に、ドティーは物音がしたと思った。それで驚いたのだが、笑いをこらえるような音声がウサギちゃんの部屋から盛んに洩れ出してくるので、ベッドから起き出し、室内履きの足で廊下を歩いていった。そして聞こえたのは、シェリー・スモールが聞くに堪えない悪口としてドティーを笑いものにしている声だった。ドティーの身体の部位に関わることを言っていた。このところ使用停止のままということになっている器官について、ドクター・スモールもまた議論に加わり、さすがと言うべきか、なかなかの描写力を発揮していた。そんな話をして、おおいに楽しそうなのだ。こうなるとドティーは、大きすぎる靴を履いて舞台で転ぶ道化にされたようである。この二人の笑いの趣味も知れたものだ。それから、まあ、予想はつきそうなところで、上品だったエドナおばさんの言い方なら、愛し合う二人の人間から出る音が聞こえた。ただし、このときドティーが聞いたのは愛の物音とは言いがたい。女から見ると豚みたいなやつとしか思えない男がいるが、そういう男が発する音だけが聞こえた。ドティー自身は男を豚と考えたことはないけれど、たしかに、この男は豚の物真似が上手だった。気色悪くて、変におかしくて――きわめて怪奇な現象だ。ドティーが廊下で立ち聞きをするかぎり、夫の愛に歓喜する妻の声はしなかった。聞こえたのは、やたらに潔癖なだけで何事もなく年をとった――と、いましがたシェリー自身が揶揄《やゆ》した女よりも、自分のほうが優位だと思いたいがために必死な女の声だった。ということは、もしシェリー・スモールが不幸だとしても、それは(ドティーとは違った)色気のある女になれば緩和できるようなものだった。だが、彼女の本性ではあるまい、とドティーは思った。シェリーは事後に急いでシャワーを浴びた。これをドティーから見るなら、自分の男を楽しめなかった女、という標識であるに決まっている。

朝になって、ドクター・スモールが一人で食事の席についていた。「奥さんは、あとからいらっしゃる?」とドティーは聞いた。

「いや、いま荷物をまとめてるんで」彼はナプキンを広げた。「私はまたオートミールをもらおう。家内の分は要らない」

ドティーはうなずいて、注文の品を運んでから、もう一組の泊まり客だった夫婦のチェックアウトに対応した。またダイニングルームへ行ったら、ドクター・スモールが立とうとするところで、投げ出したナプキンが、オートミールのボウルにばさっと落ちた。つくづく腹が立つ、とドティーは思った。この客には利用されただけだ——。

ダイニングチェアの上端に両手を置いて、ドティーは静かな言い方をした。「わたし、色気を売り物にはしませんよ。そういう稼業じゃありません」

この男の妻は不意を突かれると真っ赤になるが、彼は蒼白になった。このほうがドティーの知るかぎり——いろいろ見てきたドティーの目には——よほどに好ましからざる標識となる。

「どういうことだ」ようやく彼は口をきいた。さらに「何なんだ、あんた」と言わずにはいられなかったようだ。

ドティーも後へ引かなかった。「どうもこうも言ったとおりですよ。お客さんには寝る部屋と朝食を提供するだけのことで、生きるのがつらいみたいな話をされても困ります」

彼女は一瞬だけ目を閉じて、すぐに続けた。「生きながら死んでるような結婚生活とか、ひとの家に来てペニスの館なんてことを言う友だちにげんなりするとか、そういう相談も、うちの商売ではございません」

「何なんだ」ドクター・スモールは後ずさりしていった。「あんた、おかしいよ」椅子にぶつかり、ふらついて倒れそうになる。その体勢を直してから、指先をドティーに向けて揺すった。「こんな営業を許してちゃいけない。何てこった」彼は居間へ行って、階段を上がりかけた。「いままで問題にされなかったのがおかしい。いや、されたのかもしらんな。ともかく、ネットに書いてやる」

ドティーは皿を片付けた。するりと静かな心に戻っている。いまだかつて苦情を言われたことはない。ドクター・スモールだって、インターネットを使いこなすことはあるまい。学会の資料をバインダーに入れて持ち歩く人であることは、初日の朝食時に見ている。

ドティーはしばらく様子をうかがい、夫妻が階段を下りてくるのを待った。それから玄関ドアを開けてやったが、「では、ご無事で」とは言わなかった。この二人が海に墜落するかどうか知ったことではない。シェリーの鼻の頭が赤くなって、いまにも鼻水が垂れそうなのを見たら、ほんの一瞬、悲しいと思わなくもなかったが、そのドティーの前にスーツケースを押し通して、ドクター・スモールが「まったくもって、おかしい」と言うので、またドティーの心がすばらしく静かになった。「はい、さようなら」と丁重に送り出して、ドアを閉めた。

それから受付のデスクを回って坐った。この家がすっかり静まった。ほどなくスモール夫妻のレンタカーが出ていくのが見えた。ドティーは一番上の引き出しの奥から、すてきだった男の名前がある用紙を取り出した。チャーリー・マコーリー。言葉にならない痛みを抱えた男。ドティーは二本の指にキスをして、その指を男の署名に押しあてた。

# 雪で見えない

その当時、家までの道は舗装されていなくて、四号線を折れてから一マイルほどの終点に家があった。北のジャガイモ地帯である。アプルビー家の子供たちが小さかった時分には、凍てつく寒さの冬にどっさりと雪が積もった数カ月の間、家までの道は閉ざされそうに狭くなっていた。いまとは天候が違っていた。いやでも顔を合わす家族のようなもので、とくに考えるまでもなく、付き合わざるを得なかった。エルジン・アプルビーは、最強のトラクターに頑丈な雪かきブレードを取り付けて、子供たちが学校へ行けるだけの道幅を開いていた。農業地帯に育った男は、天候のことがわかっていて、ジャガイモのこともわかっていて、ジャガイモ袋に石を混ぜて重さを稼ぐ輩《やから》のことも知っていた。エルジンは控え目な性分で、いわば閉じた本のように、まるで読めない男なのだが、何にせよ、ごまかすことが大嫌いだと家族にはわかっていた。そうかと思うと、いきなり快活になって、まわりを驚かすことがあり、たとえば〈歴史協会〉で小さな展示館をまかされているミス・

ラーヴィという老婦人の物真似を、完璧にしてのけた。「アルーストゥック郡で最初の水洗トイレは――」と、痩せぎみの肩をそらせて、大きな胸になった格好をつけ、「ある判事さんのお宅にあったものです。しょっちゅう奥さんをひっぱたくので有名な人でした」あるいはまた放浪して食べものを求める男になりきって、青い目に物欲しそうな表情を浮かべ、手を差し出してみせた。もう子供たちは引きつけそうな大笑いで、妻のシルヴィアがどうにか取り静めないといけなかった。冬の朝には車の暖機運転をしながら、排気ガスがたなびく中で、窓についた氷をかき落としていると、塩をまいた階段に子供たちがどやどや出てきた。道路側には、ほかの子が三人来ている。デイグルさんという家の男の子が二人と、その妹のシャーリーン。双方の末っ子同士は年が近くて、アプルビー家の一番下は、アニーという変わった女の子だった。

アニーは、身体は細っこいが、いかにも元気で、おしゃべりが止まらなかったから、一人で遊びに出てくれれば、母親にとっては困るとばかりは言いきれなかった。アニーは積雪の森の中で、木の枝を集めて遊んだり、雪上に寝そべって手足をばたつかせ、天使像の模様をつけたりしていた。またアプルビー家の子供としては一人だけ、古いフランス系らしいオリーヴ色の肌と濃い髪の色を、母親および祖母から受け継いでいた。その頭に赤い帽子をかぶって雪野原を歩く姿が、餌箱にやって来る五十雀《ゴジユウカラ》のように、よく見かけられたものだ。ある朝、五歳になっていたアニーは、幼稚園へ送られる車の中で——兄と姉、そしてディグル家の男の子二人とシャーリーンも乗っていた子供だらけの車の中で——森に出ていたら神様の声がしたと言った。姉が「よしなよ、ばかじゃないの」と言うので、アニーは坐っていた助手席で跳ねるように、「だって、そうなんだもん、神様が話しかけてくる」と言った。どうやって、と言う姉にアニーは、「頭の中に、じかに伝わる」と答えた。アニーが目を上げて父を見ると、父もアニーに顔を向けたのだが、その目の中に浮かんでいたものを、アニーはずっと忘れられないことになった。いつもの父らしくないような、何かしら良からぬもののように思えた。「じゃあ、降りなさい」父は学校の前で車を停めた。「アニーだけ、ちょっと話がある」車のドアがばんばんと閉まってから、彼は娘に言った。「で、森の中で、何を見たって?」

そう言われてアニーは考えた。「見たっていうと、森の木、コガラみたいな鳥」

父は長いこと黙ったまま、ハンドルから前方に目をやっていた。アニーは父がこわい人だと思ったことはない。そのあたりはシャーリーンとは違う。また母もこわいとは思わない。どちらかと言うと、くっついていられるのは母だが、一家の柱は父である。「じゃ、行っといで」父がうなずいたので、アニーは雪用のズボンが座席にこすれる音を立てて、外に出た。父は手を伸ばして、ドアを押さえ、「離れてろよ」と言ってから、ばんとドアを引いた。

*

この年、ジェイミーは先生が気に食わないと思っていた。帰ってきて、雪まみれのブーツを脱ぎ捨てながら、「むかつくんだ」と言った。ふだんは父に似て口数が少ない。こんな息子を見ると、シルヴィアは顔が熱くなるのを感じた。

「ポッター先生って、意地悪なの？」

「そうでもない」

「じゃ、どうして」

「わかんない」

ジェイミーは四年生だった。シルヴィアは本音として、娘二人よりも、この息子がかわいい。かわいいと思う気持ちが、さあっと身体に広がって、たまらなくなる。この子を悩ますことがあるとしたら、由々しき事態である。下のアニーは変わっているだけで、とくに悪くもない。まずまず愛せる。真ん中のシンディも、それなりに愛していられる。上下の二人より鈍くさいだろうが、それだけ母親に似たということかもしれない。

この年、ジェイミーが貯金をして、父の誕生日にテープレコーダーを買う、ということもあった。これが気まずい出来事になった。いつものように極力ていねいに、包装紙を破らないように開けた父が、「ほんとは、おまえが欲しかったんだろ、ジェームズ」と言ったのだ。「自分で欲しがってるものをプレゼントにするってのは感心しないな。よくあることだけれども」

「ちょっと、エルジン」と、シルヴィアが小声で言った。息子がテープレコーダーを欲しがっていたことに間違いはない。その色白な頬が真っ赤に染まった。結局、テープレコーダーは、コート用クロゼットの上の棚に置かれたきりになった。

おしゃべりなアニーも、この話だけはしなかった。離れに住むおばあちゃんにも黙っていた。祖母の家は四角い小屋だ。長くて白い冬の季節には、寒気に裸をさらした佇まいで、見開いたまま閉じなくなった目のような窓を、農場の方角に向けていた。もともと祖母はセント・ジョン・ヴァレーから来た人で、若い頃には美人だったと言われていた。アニーの母も、写真で見ると、なかなかの美人だったらしい。だが、いまの祖母は棒きれのように細くなって、皺くちゃの顔をしていた。だらりと寝そべったカウチから、「もう死んでもいいんだ」と言う。アニーは大きな椅子に足を組んで坐っていた。祖母が指先で空中に何やら描くような動きをした。「このまま目を閉じて、それっきり逝っちゃえばいいんだけど」祖母は白髪頭を上げて、アニーを見やった。「わびしいねえ」祖母がまた頭を戻した。

「死んじゃやだよ」アニーは言った。この日は土曜日で、一日中、雪だった。べたついて分厚い雪片が、窓ガラスの下方にへばりついて波模様をつけていた。

「そんなことないだろ。ここへ来るのもキャンディが目当てだもんね。おまえには、兄ちゃんでも姉ちゃんでも、話し相手がいる。あんまり三人で遊ばないのが不思議だね」

「そんな気分じゃないの」アニーは兄にトランプをしようと言って、そんな気分じゃないと断られたことがある。アニーは靴下にあいた穴をいじった。「先生がね、雪が降ったばかりの広い地面を見て、太陽の光がまぶしいと、目が見えなくなるかもしれないって」

「じゃあ、見なきゃいい」祖母は言った。

＊

アニーは、五年生になると、シャーリーン・デイグルの家へ泊まりに行く回数が増えていた。アニーはまだまだ元気でおしゃべりな子だったけれども、例の忘れられたテープレコーダーについては、ある一件が——ジェイミーとの秘密になったことが——生じていた。その一件以来、いわば皮が一枚ぴんと張って家族を包んでいるような気がした。農場、もの静かな兄、むっつりした姉、にこやかな母といったような総体が——母は口癖のように、

「デイグルさんはお気の毒だわ、一家の主が子供たちにがみがみ怒鳴ってばかりだもの、そこへ行くと、うちなんか恵まれてるわよねえ」と言いたがったが——アニーは一家がソーセージになったようなイメージを持っていた。その皮に小さい穴をあけて、もぞもぞ這い出そうとしている自分がいた。実際には、デイグル家の父親は子供に怒鳴ったりしなかった。それどころかアニーがシャーリーンと風呂場にいると、タオルを持った父親が、洗ってやろうかと言いながら入ってくることがあった。ところがアニーの父には人間の身体は本人だけのものだという考えがあって、つい最近も、顔を真っ赤にして怒鳴ったことがあった。大変な声だったが、それというのも、シンディがゴミ箱に捨てた生理用ナプキンが、しっかりとトイレットペーパーで包まれていなかったからだ。この娘を呼びつけると、もっと厳重に包んで捨て直すようにと命じた。アニーは心の中で震え上がった。ソーセージの皮と思ったものは、みっともない、という感覚だ。そういう皮が家族を包み隠している。まだ子供だったアニーは、そのように考えたというよりも、そのように感じていた。だが、こんな恐ろしいことが自分にも生じる年齢になったら、そういうものは森へ行って埋めてしまおうとも考えた。

さて、放課後にはシャーリーンの家に遊びに行って、よく雪だるまを作った。これにデイグル家の父親がホースで水をかけてくれて、翌朝にはガラス張りのように凍った。外で遊べない寒い日なら、適当なストーリーをでっち上げ、その役柄になりきって遊んだ。アニーを迎えに来た父も、シャーリーンの母親とならんで、しばらく娘たちを見ていた。この母親は赤い口紅をつけて、どことなく激しい感じがした。立ち話をするエルジン・アプルビーの目に、きらりと光が浮いたようだ。自分の妻と話をするとしたら、こんな目にはならない。ある土曜日の午後には、それまで遊んでいたアニーが、「このお芝居つまんない。きょうはもう帰る」と言い出した。家までの道を歩きながら、いつものようにアニーは父の手を離さなかった。まわりの土地は白く広がっていくだけで、ようやく黒っぽいスプルースの木々が立ちならび、その枝に雪が重みをかけていた。「父さん」アニーの口から言葉が飛んだ。「一番大事にしてるものって、なに？」

「そりゃ、おまえたちだ」父の足取りに変化はなかった。「うちの家族」ためらいのない静かな返事だった。

「ママは？」

「ママが一番」

アニーは喜びを振りまくように歩いた。このときの記憶は、だいぶ長いこと、うれしいままに残ってくれた。父と手をつないで帰る道に雪野原は明るく静まり、木々はネイビーグリーンの色に深まって、太陽は雪と同じようなミルク色をしていた。家に着いてから、すぐに兄の部屋のドアをそうっとノックした。もう兄はハイスクールの生徒になって、鼻の下にはぽつぽつと髭が出ていた。アニーはドアを閉めて言った。「おばあちゃん、いじけてるよね。誰にも好かれない。だーれにも」

兄は開いていたコミック本から目を離さなかった。「何の話をしてるんだ」と言ったが、アニーが溜息をついて出ていこうとするので、「そりゃ、そうには違いないけどな。あんまり気にするなよ。おまえは何でも大げさに考える」これは母が言うことの借用だ。アニーは大げさ、と母は言う。

一家の農場は、もともと母の父親の財産だった。エルジンは三つの町を越えた先に住んでいた。さらに昔を言うなら、彼はイリノイ州の出である。金銭と農場と宗教を持たない家族がトレーラーに寝泊まりして暮らしていた。ところが、あちこちの農場で雇われたことがあり、農業の心得ができていたので、シルヴィアと結婚して、義父となった男が死んでからは、彼が農場を引き継ぐことになった。アニーの祖母が住む別棟が建ったのは、アニーが物心つくよりも前のことだ。それまでは祖母もまた母屋に同居していた。

「これ、聞いてみろよ」ある日、夕食の前に、兄が言いに来た。それで二人で納屋へ出ていって、上階の干し草置き場に坐り込んだ。「母さんが来る前に、おばあちゃんのカウチの下に突っ込んでおいた」テープレコーダーのスイッチが入って、ざわざわと音がして、祖母が母に言う声がはっきりと聞こえた。「あのさ、シルヴィア、あたしだって、もう苦しくて。ここに寝てたって吐きそうになる。でもまあ、あんたが蒔いた種だからね。つらいのは、もう仕方ないよ」それから母が泣くような音が流れて、ぼそぼそと質問らしきものが聞こえた。やっぱり教会で告白しようか。これに祖母が言った。「あたしだったら、とてもじゃないが言えない」

＊

永遠に続くのかとも思われた。白い雪に囲まれて、別棟には死にたいと言ってカウチに寝そべる祖母がいて、アニーだけは相変わらずのおしゃべりだ。背丈は伸びて、あと一インチあれば六フィートに届きそうな身体が、針金のように細かった。濃い色の髪が長く波打っている。ある日、納屋の裏手にいたアニーに、父が言った。「もう森へ行くんじゃないぞ。何やってるのか知らんが、やめとけ」そう言われたことよりも、その憤然とした言い方にアニーはびっくりした。何にもしてないと答えると、「頼んでるんじゃない」とも言われた。「親が言いつけてるんだ。もう行くな。さもないと外出は一切禁止だ」

アニーは口を開けて、頭おかしいんじゃないの、と言いかけたのだが、そうなのかもしれないという思いが心をかすめて、これほどの恐怖があるとは知らなかったほどの恐怖に見舞われた。それで「わかった」とは言ったものの、太陽が明るく照った日には、森へ行くまいとしても、なかなか我慢がきかなかった。まだらの日射しが降りかかる世界は、いわば幼なじみの友のようで、ほかにはない高揚感をもって入ろうとする彼女を、大きく抱きとめようと待っていてくれる美しい場所だった。彼女はまわりの動きを見ることを覚え、いつどこに人の目があるかを知った上で、家から町に寄った森、学校の裏手の森へ、するりと入っていって、何年も前にでっち上げた唄を、じっくりと心置きなく歌うのだった。「生きているのがうれしい。ああ、生きているのがうれしーーーい」彼女にとっては待機中の時期だった。

ほどなく、その時期が終わった。学校演劇で彼女を見たポッター先生が、ある劇団の夏季公演に出られるように手配して、その劇団が彼女をボストンへ連れて行って、それきり彼女は帰らなかった。このとき十六歳。両親は反対せず、せめて高校を卒業してからに、とも言わなかったということを、彼女はあとになって考える。当時は、さまざまな男がいた。大きな指輪のある手をして、ぶよぶよ太った男もめずらしくない。そんな連中が、暗くなった劇場で彼女を抱きしめ、かわいいね、森の子鹿だ、と囁くこともあった。そして各地でオーディションを受けさせ、行く先々で泊めてくれる人を紹介した。それで嘘のように親切な人と出会うことになった。かつては森の中にいると、神の存在がぎゅっと詰まっているように感じられた。それと同じものが、いまは初めて会って彼女を愛する人々にまで広がっていた。彼女はステージからステージへと巡業を重ねた。道の行き止まりの家に帰ったときは、こんなに小さかったのか、こんなに天井が低かったのかと驚いた。土産に持っていったセーター、宝飾小物、財布、腕時計――といっても、街頭で売っている模造品――のようなものに、家族がどぎまぎしていた。この娘が帰ってきたというだけで、どぎまぎしたらしい。「すっかり役者《セスピアン》らしくなったんだな」父は苦々しさをまとった声でつぶやいた。

「そんなことない」と彼女が言ったのは、「レズビアン」と聞き違えたからである。

いまなお痩せぎすの父も、ずっしりした顔になってきた。その父が腕時計をテーブルの上で押し戻し、「ふさわしい人に譲るよ」と言った。「おれが腕時計してるの見たことないだろ?」

祖母に会うと、見た目にはまったく変わらなかった。しっかり坐った姿勢で、「きれいになったね、アニー。どうなってたんだか、ちゃんと聞かせとくれよ」と言うので、アニーは大きな椅子に坐って、楽屋のこと、あちこちの小さいアパートのこと、仲間が助け合うこと、決して台詞を忘れないこと、などなど祖母に話して聞かせた。すると祖母は言った「もう帰って来るようじゃだめだよ。結婚もしないように。子供を持たないように。そんなことしたら心が痛くなるだけだ」

＊

それから長いこと、アニーは帰らなかった。たまに母に会いたいと思うことはあって、はるか遠くの母から悲しみの波が寄せてくるような気もしたが、電話をすると、いつも母は「こっちは相変わらずよ」と言って、いまのアニーがしていることを知りたがる様子はなかった。姉からは手紙や電話が一切なく、兄からもないに等しかった。クリスマスになるとプレゼントを箱に詰めて送ったりしていたが、そのうちに母から溜息まじりの電話があって、「お父さんがね、こんなガラクタもらってどうするんだ、って言うのよ」とのことだった。それでアニーは傷ついたが、いつまでも引きずることはなかった。いまの暮らしにいる芝居の仲間が情に厚くて、一緒になって憤慨してくれたからだ。どんな配役が組まれても、その中で年長の役者はアニーをかわいがってくれたので、アニーは自分では意識しないまま、何につけ子供っぽいままだった。「素直さが守ってくれることもあるよ」ある演出家に言われたことがある。そのときはまだ何のことかアニーにはわかっていなかった。

女は三人の娘を持つのがよいと言われる。一人くらいは老いた母の面倒を見てくれるということだ。アニー・アプルビーは家を出て、各地を転々としていた。カリフォルニア、ロンドン、アムステルダム、ピッツバーグ、シカゴ。シルヴィアが娘をさがそうと思って見つかるとしたら、ドラッグストアにあるゴシップ雑誌の中でしかなかった。だが有名な映画スターとの関係を取り沙汰されて出てくるのだから人聞きが悪い。町の人は黙っていてくれるようになった。上の娘はニューハンプシャーにいて、まずまず近い。このシンディは、妻は家庭にいてもらいたいと考える夫との間で、たちまち子だくさんになった。農場にとどまったのは息子のジェイミーである。まだ独身で、年のわりに丈夫な父親とともに、静かに農場で働いた。離れの祖母の要求にも静かに応じた。シルヴィアは「おまえがいてくれなかったら、どうなるだろう」と言ったものだが、ジェイミーは首を振るだけだった。母はさびしいのだ、と息子はわかっていた。父が母に対してどんどん口数が少なくなっていることにも気づいていた。また父は食べ方がだらしなくなった。以前の父なら絶対になかったことだ。くちゃくちゃと噛む音に遠慮がない。シャツに食べこぼしている。「あら、やだ、エルジン」と、母がナプキンを持ってこようとすると、これを父が払いのけた。「よけいなことするな！」

シルヴィアは内緒話として、「お父さん、どうしちゃったのかしら」と言った。ジェイミーは、さあね、と肩を揺らしただけで、とくに話題にすることもなかったが、あれこれの本を読むうちに現状について思いあたることがあった。何ともはや辻褄が合うような気がした。父はがみがみとやかましく、いきなりアニーはどこだと聞きたがって、「あいつはどこ行った。また森の中か」と繰り返す。そんなことが、暗い井戸に石が落ちていくように、すうっと腑に落ちた。それから一年とはたたずに、父は手に負えなくなった。勝手に飛び出す、納屋にいて火をつけようとする、「アニーはどこだ、森へ行ったか」と執拗に問いただして家族の神経がおかしくなる。というわけでホームをさがした。入れられたエルジンは怒り狂った。面会に行っていたシルヴィアも、行けば怒られるし、さんざんに罵倒されたこともあって、もう足が遠のいた。娘たちにも事情は知らされた。シンディは何日か泊まりがけで来られたが、アニーはそういうわけにいかなかった。春までには行けるかもしれないと言った。

四号線から折れたのに、まだ舗装が続いて、もはや狭い道とは言えなくなっていたのだから意外だった。デイグル家の近辺に、大きな新築の家が建ち並んでいる。どこに帰ったのかわからないようだ。シンディがキッチンにいた。前回来たときよりも、なおキッチンが小ぶりに見える。シンディにキスしようとすると、この姉は突っ立ったまま動かなかった。母は二階にいるとジェイミーが言った。まず子供らで話をして、それから母も来るそうだ。アニーは、いやな予感を肌に感じるような、ほとんど感電するような気がして、コートのボタンをはずしながら、そろそろと椅子に坐った。ジェイミーは慎重かつ率直に話をした。いま父は入所中のホームを出るように求められている。職員への態度が悪いのだ、とジェイミーは言った。男に対して手当たり次第のセクハラ行為をして、股間につかみかかる。まったく粗暴であるらしい。精神科医が面談したことがあって、その内容を家族にも知らせることを本人が承諾したというのだが、すでに認知症である男がどうやって承諾したことになるのか、ジェイミーにはわからなかった。しかし、結果としては、エルジンには長年にわたって愛人関係の男がいて、それが学校のセス・ポッター教諭だったということが明らかになり、シルヴィアは、薄々勘づいていたけどね、と言った。認知症のエルジンが、過激なホモセクシュアルを自称して、露骨なことを言い散らした。こうなったら生易しい施設では間に合わないと思われるが、費用を捻出するには農場を売るしかなかろうし、いまどきジャガイモ農場を買おうという人もいなかった。

「ああ、わかった」最後にアニーが口を開いた。兄と姉がしばらく黙っていたあとである。どちらも中年になって、それらしく皺の増えた顔であるのに、まだまだ若くて情けない顔に見えた。「わかった。どうにかしなくちゃね」彼女は落ち着かせるように言った。あとで離れの祖母に会いに行くと、この人は驚くほどに昔のままで、カウチに寝転がって、電灯をつけて歩く孫娘を見ていた。「お父さんのことで帰ってきた？　お母さんも苦労したよね」

「うん」アニーは祖母の近くで大きな椅子に坐った。

「まあ、言わせてもらえば、お父さんがああなったのも自業自得だよね。もともと普通じゃなかったんだ。ホモだったこと、あたしは気づいてたよ。そりゃ、おかしくもなるわ。なっただろ。あたしはそう見てる。言わせてもらえば、そういうこと」

「いいわよ、言わなくても」アニーは穏やかに言った。

「じゃあ、何か面白いこと聞かせてよ。いろんなとこ行って、どこが面白かった？」

アニーは祖母の顔を見た。子供みたいに聞きたがっている。この老女に対して、ざっくり切られたように、たまらない同情を覚えた。もう何年も、この家だけに暮らした人だ。

「ロンドンで公演したときに、みんなで大使公邸のディナーに呼ばれたわ。あれは面白かった」

「へえ、いろいろ聞きたいよ、アニー」

「そうね、ちょっと待って」それで二人とも黙った。カウチに寝そべった祖母は、我慢しておとなしくなった子供のようだ。するとアニーは、いままでずっと子供みたいな気分だったのに——だから結婚して妻になるということにもならなかったのだが——きょうという日はひっそりと老いたような気がした。もう何年も舞台に立って、うまいこと利用してきたイメージがある。父と手をつないで未舗装の道を歩いて、まわりは雪野原で、遠くに森が見えて、うれしさが身体にあふれそうだった。あの場面を思い出すと、必要に応じて涙を浮かべることができた。あの幸せがあったことに、それを失ったことに、すぐ泣けた。いまにして思えば、あれは本当にあったことなのか。あの道は狭くて未舗装だったのか。父は本当に娘と手をつないで、一番大事なのは家族だと言ったのか。

さっきアニーは姉に「そうね」と言った。もし本当なら、わかりそうなものだったじゃないの、と姉が喚《わめ》いたからだ。でも何やかや知らずにいることもある、そういうことをアニーは言わなかった。ずっと外の世界を見てきた経験は——それを膝に掛けたニットにたとえるなら——さまざまな色違いの糸に黒っぽいのも混じって編み上がっていた。アニーも三十いくつという年になって、愛した男は何人かいた。心が割れる思いもした。嘘や裏切りは世の隅々に流れて、こんなこともあるのかと驚かされてばかりだ。しかし友人もそろっていて、その誰もが失意を味わったことのある人なので、昼でも夜でも、仲間同士で支えたり支えられたりする。芝居の世界は一種のカルトみたいなものだ、とアニーは思っていた。その中にいて傷つくこともあるが、それで守られてもいる。ところが最近になって、「普通になる」と言われるものの夢を追いかけた。庭のある家に夫と子供がいる、というような静かな暮らし。だが背中に水流が幾筋も伝い落ちるような、あの感覚をどうしたらいいだろう。拍手喝采の音を喜ぶのではない。そんなものは聞こえなくなりそうなこともある。それよりも、この世界を去って舞台の世界に浸りきる瞬間が好ましかった。森へ入っていった子供時代の陶酔感と似ていなくもなかった。

父は森の中で娘と出くわすことを警戒したのだろう。アニーは大きな椅子の中でもぞもぞ動いた。

「シャーリーンのことは聞いたかい？」祖母が言った。

「シャーリーン・ディグル？」アニーは祖母に顔を向けた。「どうかしたの？」

「家庭内性被害の会ってのを立ち上げたよ。インセスト・サバイバーズとかいう名前で」

「ほんと？」

「父親が死んですぐだった。新聞に記事を書いて、子供の五人に一人は性的な虐待を受ける、なんて言ってたっけ。まったくねえ、アニー、何て世の中だろ」

「そんな、ひどすぎる。あのシャーリーンが……」

「写真では、きれいに写ってた。ちょっと重くなったかな、前よりは」

「なんてこと」アニーはそっと口にした。

さっきシンディが静かに言っていた。「うちは郡全体に知られた笑いもの一家だったんだろうね」

「どうかな」ジェイミーは言った。「親父は、何をしたにせよ、それを隠していた」兄も姉も守りを堅くした顔に苦労がにじみ出ている、とアニーは思った。「ああ」と言ったアニーは、母親が子を守りたいような気持ちを、二人に向けた。「たいしたことないって」

でも、たいしたことだ！　そうに決まっている。

母屋に戻ったら、もうシルヴィアがキッチンに降りて、上二人の子供と坐っていた。

「シャーリーンのこと、聞いたわ」アニーは言った。「嘘みたいな悲しい話」

「ほんとならね」母が言った。

アニーは兄と姉を見たが、この二人は食べるものを口に運ぶだけだった。「そりゃまあ、ほんとだよな。でっち上げるようなもんじゃないだろう」ジェイミーがちょこっと肩を動かすので、アニーにはわかった（ような気がした）。シャーリーンの重荷になっているものを、どうとも思っていないのだ。自分たちの世界だけ、それが大揺れして漂流しそうなことだけを心配している。シルヴィアが二階へ上がって寝るというので、あとは兄妹が三人で薪ストーブに寄って話し込んだ。とくにジェイミーは話が止まらなくなった。もの静かだった父は、いま認知症になって歯止めがきかず、ずっと秘密裡にしがみついていたものが洩れ出すしかなくなっている。やはり静かだったジェイミーも、聞き知ったことをぶちまけずにはいられないようだ。「あの二人が、森の中で、アニーを見かけたことがあったらしい。それ以来、おまえに見つかるんじゃないかと親父は気が気でなかった」アニーはうなずいた。シンディは痛ましい顔を妹に向けた。もっと反応があってもよさそうじゃないの、と言いたげだ。この姉と、一瞬だけ、アニーは手を重ねた。「いろいろ聞かされたが、おかしなことを一つ言っておけば――」ジェイミーは椅子の背にもたれて、報告を続けた。「おれたちを車で学校へ送っていったのは、わずかな時間でも、セス・ポッターに近づけたからなんだ。学校に着いても、子供を車から降ろすだけで、セスに会えるわけじゃない。それでも毎朝近くまで来てるって思うのがよかったんだろう。何フィートか先の校内にいたんだからな」

「ああ、やだ、気持ち悪い」シンディは言った。

ジェイミーは薪ストーブに向ける目を細めた。「わけわからん、としか言えない」

この二人の顔に、崩れそうな弱さがあった。そうと見るアニーには、ほとんど耐えがたいことだった。狭いキッチンを見回せば、壁紙に水の垂れたような染みがあり、父が坐っていたロッキングチェアがあり、クッションには中身が見えるくらいの裂け目があって、レンジの上のティーケトルは昔からの同じもので、窓の上端に取り付けたカーテンにはガラスとの間にうっすらと蜘蛛の巣が張っていた。アニーは兄と姉に目を戻した。シャーリーンが毎日びくびくして暮らしただろう恐怖心を、どちらも実感できていないのかもしれない。だが、いつも真実は変わらない。こういう情けない土地で育ったということ。ここでは情けなさが土壌の成分になっている。それなのに、おかしなもので、一番よくわかると思ったのは、あの父のことだった。アニーは、一瞬、はたと考えた。兄と姉は善良で、責任感もあって、まともな心の持ち主だ。そういう人々は、すべてを賭けてもよいと思うほどの情熱を——大事に抱えてきたものを危機にさらすほどの無茶な情熱を、知らないのではないか。ここぞという瞬間に地上から見えなくなる白熱の太陽に、とにかく近づきたいという情熱を——。

# 贈りもの

エイベル・ブレインの予定が遅れていた。

州内各地の責任者を集めた会議が長引いて、午後からずっと会議室に坐ったきりになった。この部屋の中央に暗いアイスリンクのように延びている重厚なチェリー材のテーブルを囲んで、出席の面々は疲労の色を濃くするにつれ、なおさら真っ直ぐに坐ろうとしていた。ロックフォード地区の若い女が——こういうプレゼンは初めてのことで、きっちりと服装を整えてきたらしく、それは感心だと思ったのだが——一向にまとまりがつかなくなって、もう終わらせようと言いたげな周囲からの眼差しが、焦燥の度を深めつつ、議長役のエイベルに集まってきた。ついにエイベルは汗をにじませて立ち上がり、書類をブリーフケースにしまいながら、ご苦労さん、と合図して、女の話を終わらせた。そう「女」だ。近頃は、うっかり「女の子」などと言ったら、えらいことになる。彼女は顔を赤らめて着席し、しばらく目を泳がせていたようだが、退室する人々はやさしい声をかけている。もちろんエイベルもそのようにした。ようやく帰宅の車に乗って、高速道を走り、雪の積もった狭い街路を抜けて、大きなレンガ造りの自宅が見えてくると、毎度のように、ほっとする気持ちが出た。今夜は、この家のどこの窓にも、小さな白い光がちらついている。

妻がドアを開けて、「もうエイベル、忘れてたんでしょ」と言った。赤いドレスの襟の上で、小さい緑色のクリスマスボールイヤリングが揺れていた。

「いや、エレイン、これでも大急ぎで帰ってきたんだぞ」

「忘れたのよねえ」妻はゾーイに言った。この娘も「お父さん、食べてる暇ないわよ」と言った。「子供たちには先に食べさせたけど、ほんとに遅刻しちゃいそうだもの」

「おれは、食べなくていいよ」エイベルは言った。

ゾーイが口をとがらすので、彼は腹の中がぎゅっと差し込むような気がしたが、孫たちは手をたたいて「おじいちゃん、おじいちゃん」と大騒ぎしているし、妻もまた、いいから急いで、お願いだわよ、と言うばかりだ。クリスマスの季節には人間の気が短くなる。そういう考え方をする年齢になってきたが、そのくせ心の中にある感覚——ツリーに点灯して、子供たちが喜んで、炉棚から靴下がぶら下がる、という感覚も捨てきれない。

だが、〈リトルトン劇場〉に着いて、そのロビーを歩いていたら、まだまだ捨てたものではないと思えてきた。現にここにあるのだ。毎年の恒例として町の人々が集まっている。

女の子はきらきらした格子柄のドレスを着ていた。男の子は大人のミニチュア版になったように襟のあるシャツを着て、大きく目を見開いていた。聖公会の司祭も来ている。この人はまもなく退任し、その後任に決まっている人はレズビアンなのだそうだ——という現実を受け止めるのに吝《やぶさ》かではなかったが、エイベルの本心としてはハークロフト司祭にいつまでも辞めずにいてほしかった。それから教育委員会の偉い人が来ていて、きょうの会議に出ていたエレナー・ショータックもいた。エイベルを見て、あーら、という笑顔になって、手を振っている。そろそろ各自が席に着こうとして、ざわつく声、静める声があって、ほぼ無音にまで近づいた。そっと小さな声がした。「おじいちゃん、わたしのドレス、くちゃくちゃになっちゃう」かわいいソフィアが、ピンクの毛をしたプラスチックの小馬を握りしめている。彼は窮屈な脚をなおさら縮めて、孫娘のスカートが広がるようにしてやった。おまえが一番かわいいねと耳打ちしてもいる。ソフィアは、いささか大きすぎる声で、「スノーボールは、お芝居を観るのは初めてなの」と言いながら、膝の上で小馬を跳ねさせた。照明が落ちて、ショーが始まった。

エイベルが目を閉じると、ただちに妹の姿が目の裏に浮かんだ。ドティーはピオリアの郊外、ジェニスバーグという町にいる。ここからは二時間ほどの距離だ。クリスマスという日に、どうしていることだろう。妹への思いやりは——愛と言ってもよいが——まったく正直なものだった。だが、兄としての責任はどうなのかと思うと、人には言えないような苦しさを感じる。あいつは一人で不幸になっている、と目を開けながら考えた。いや、案外、不幸とは言いがたいかもしれない。一人ではないのかもしれない。朝食付きの宿屋をやっているのだから、クリスマスも営業中ということだってある。あした、会社に出てから電話してみよう。あの妹には妻がいい顔をしない。

彼はソフィアの手を握って、舞台に気持ちを振り向けた。もはや教会の儀礼のように心得ている。『クリスマス・キャロル』を見に来るようになって何年たつだろう。最初は娘のゾーイ、および息子たちを連れてきた。いまはゾーイが二人の子持ちである。かわいいソフィア、その兄のジェイク。

ふと頭が混乱して、妹の生活とも、幼かった子供たちとも、記憶の接触不良が起きたようになった。時の流れというつかみどころのない概念に、心の中で小さな溜息が出た。舞台から、むやみに元気だけは良い「メリー・クリスマス、おじさん！」という声が聞こえた。それから薄っぺらなドアが、ほとんど倒れそうな音を立てた。「ふん、くだらん！」とスクルージが応じた。

どっと空腹感に見舞われた。ついポークチョップが目に浮かび、ほとんど呻きそうになった。ローストポテト、ボイルドオニオンという幻想もちらついた。足を組んで、また戻したら、その拍子に前席の女性に膝をぶつけてしまった。乗り出すようにして「すみません、すみません」と小さく声に出したものの、じろっと睨まれたような気もした。謝りすぎたのかもしれない。薄暗い場内で、彼は一度だけ首を振った。

劇の進行が、だらだらと遅かった。

ソフィアの様子をうかがったら、この孫はじっと舞台に目をこらしていた。ゾーイはというと、よくわからない冷たい目でこっちを見ている。舞台上では、スクルージが寝室であたふた動いていた。マーリーの亡霊が鎖を引きずって出てきたのだ。「おい、鎖がついてるじゃないか、どういうことだ」と亡霊に言う。

ある考えが、軒先から飛来したコウモリのように、エイベルに落ちかかった。ゾーイは不幸になっている——。この考えは、まるで膝の上に暗色の塊を受け止めたように、そのまま抱えているしかなかった。

いや、違う。

ゾーイは小さい子供を抱えて休む暇もなく暮らしているが、そのことを不幸とは言えない。

ゾーイの夫は仕事の都合で、今夜はシカゴに泊まりだった。まもなく事務所のパートナー待遇になろうとする弁護士なら、致し方ないところだろう。ゾーイは立派なものだ。何の不自由もなく、いまの言葉でいう「上位一パーセント」の社会層にいる。そうでいられるためには、元はと言えば父親がさんざん苦労したことが、ものを言っている。その父親は、ここまで来るのに、いい人になっているしかなかった。信用できる人間だと思われてきた。信用こそ事業では大事なことだ。ゾーイが結婚相手として選んだのは、そういう位置を保ってくれる男だった。その点では文句なしだ。まったく何もない。娘婿と議論になったことも皆無ではないが、たったの一度だけ。エイベルが節税できる方法をいくつか挙げられたときだ。「いいえ、ちょっと思っただけで――」と、その男は弁じた。「おれが共和党支持で、大きな政府を是としないってことか――それは間違いない――だが、払うべきものは払うぞ」いまにしてみれば、ああまで腹を立てることはなかったと思う。

エイベルは穏やかならざる深い息を吸って、しっかり坐り直した。さりげなく脈を確かめると、いつもより早めになっていた。

舞台では、スクルージが薄汚れた夜の窓から外をのぞいていた。それからベッドに行って、鐘の音を聞いていたが、またベッドを降りると、動揺した声で「そんな、まさか」と言った。それでエイベルは思い出した。何日か前のことだ。朝食時に妻が新聞を寄越そうとしながら、あるコラムを指先で突《つつ》いていた。その筆者に言わせれば、スクルージを演じるリンク・マケンジーは、町の人々や、リトルトン・カレッジで演劇の修士号を取ろうとする教え子たちには、おおいに評判なのかもしれないが、じつは見るべきところがないそうだ。リンク・マケンジー氏は、劇場において自身の演技を見なくてすむ唯一の人間として幸運だ、とまで書いていた。

ことさら意地が悪い、と妻と二人で考えた。それきり忘れていたのだが、いま思い出して、おおいに気になった。こうして見ていると、たしかにスクルージは馬鹿らしい。いや、全体に馬鹿らしいと言ってもよいだろう。ただ台詞を読むだけでできあがっているようで、どうにも居たたまれなくなる。このまま劇場を出るまでには、人間は台詞を読むだけの存在だと思わされてしまいそうだ。観劇がそういうものであってはいけない。ソフィアを見たら、かわいい孫が、ちらりと一瞬だけ、若い女の愛想笑いのように、きゅっと口元をすぼめてみせたが、その膝を彼が押さえると、ソフィアはかくんと頭を下げて小さな女の子に戻り、プラスチックの小馬を持つのとは反対の手で、おじいちゃんと手をつないでくれた。

過去のクリスマスを見せる幽霊が、「友だちに置いていかれた子供が一人だけ、まだ学校に残っている」と言うところで、スクルージが泣きだした。どうも嘘っぽくて聞いていられない。エイベルは目を閉じた。つないでいたソフィアの手がするりと抜けた。彼は膝の上で手を組んで、まもなく眠りかけていた。考えることに取り留めがなくなったので、どうやら眠るらしいと思いつつ、肩まで寄せてくる心地よい疲労に身をまかせてしまえるのがありがたかった。暗くなった目の奥で、ふと思い出したことがある。去年、ルーシー・バートンに会ったのだ。新刊本の販促ツアーでシカゴへ来た。母のいとこの娘、ルーシー・バートン。いやはや、あの子が、まあ、すっかり年をとったものだ。彼も書店へ行って、サインをしてもらう列にならんだ。すると彼女は、エイベル、と言うなり立ち上がって、涙を浮かべていた——というようなことが、眠りかけた彼に幸福感をもたらしたのだが、その次に彼は母親をさがそうとしていた。いくらボタンを押しても止まらないエレベーターに乗って、それから狭い廊下を行ったり来たりして、やっと暗闇の中で感知したと思ったら、母はもう消えていた。それだけ深い夢の中でも、パニックとまではいかないが大昔からの癒やしがたい渇望のようなものを、彼は認識していて——まわりの観客がわっと息を吞む様子に目が覚めた。

場内の照明が消えていた。舞台までも真っ暗だ。俳優も台詞を止めている。ドアの上の誘導灯だけが非常口という文字を光らせて、客席の通路には明るいボタンをならべたような足元灯がある。エイベルの周囲で、黒い水がせり上がるように、恐怖心が増していた。ソフィアが泣きだした。ほかの子も泣いている。「マミー？」小さなソフィアの身体を抱き上げたエイベルは、しっかりと膝の上に乗せた。「しーっ」と言いながら、熱気のある子供の後頭部に、手のひらを大きく添えてやる。「何でもない、大丈夫だ」それでも子供は泣きやまなかった。ゾーイの声で「ソフィア、ママいるわよ」と聞こえた。

真っ暗になっていた時間は、どれだけのものだったか。よくわからないが、せいぜい数分に過ぎなかったろう。この非日常となった時間帯に彼が何よりも意識したのは、相当数の家族に論争が生じていたことだった。彼の家族も例外ではない。「もう出ましょうよ。子供たちを見てて」とエレインが言った。すでに暗闇の中で通路へ出ようという人の動きがあった。携帯電話の光をかざす人がいて、いくつもの袖口が浮き上がり、霊体から遊離した発光のようにも見えていた。ゾーイが言った。「おかあさん、ちょっと待って。こういうときは転倒事故がこわいから。おとうさん、ソフィアを抱っこしてて。わたしはジェイクを見てる」

「さっさと出ましょうよ、エイベル」と妻が言った。「もし、あなたが……」

長いこと夫婦でいれば、あれこれ言われることもあって、いろいろな場面があって、そういうことが積み重なりもする。そんなすべてがエイベルの心の中を駆け抜けて、夫婦の優しさが以前から薄らいでいたような――そんなものが薄れきって消滅した晩年を送るような気がした。つい声が出ていた。

「おとうさん、どうかした？」ゾーイの携帯電話が彼に光を向けた。

「ああ、大丈夫だ。しばらく様子を見よう。おまえの言うとおりだ」

舞台の方角から、皆さん、落ち着いて、と呼びかける声があり、一斉に照明がついたので、てんでに大慌てしていた家族の現状が露呈された。ブレイン家は元の席にとどまっていたが、そういう家族ばかりではない。やっと芝居が再開されたものの、おかしな緊張が解消したとは言いきれず、ついに舞台が暗くなったときには、ほっと安堵したような拍手が起こっていた。

車の中は、静かなものだった。もう家に着きそうになって、エイベルがバックミラーに目をやり、ああいう災難はともあれ、劇はおもしろかったかと聞いた。「さいなん？」ソフィアは言った。

「大変だってこと」ゾーイが教えた。「今夜、電気が消えちゃったみたいに」

「なんで消えたんだろ」ジェイクがおとなしい口をきいた。

「なんでだろうね」エイベルは言った。「ヒューズが飛ぶなんてこともある。まあ、実害はなかった」

「出口の標識は、自家発電でついてたのね」これはエレインによる説明だ。「非常口の表示には別の電源を備えるって、ちゃんと法律で決まってるのよ」

「おかあさん、もういいじゃないの」ゾーイがくたびれたように言った。おそらくゾーイは気づいているのだろう。大人になればわかるものだ。両親の結婚生活に疑念を持って、長期にわたる愛情の低減を察し、嫌悪感を抱くようになる。わたしの結婚はそんなのとは違うわよ、おとうさん――ということだろうが、それならば結構だ。ああ、いいじゃないか、と言いたい。

腹が減ったと思いながら、しばらくはパジャマに着替えた孫たちの相手をした。さっきの不安感を払拭してやるつもりで、あえてスクルージの物真似をして笑わせた。するとソフィアが不意に彼の膝から降りて、まもなく、きゃーっと声を上げた。耳に突き刺さるような激しさだ。ソフィアはいつも泊まっている寝室に駆け込んで、悲鳴が泣き声に変わった。

やっぱりスノーボールがいないのだ。

急いで車の中を捜索したが、明るいピンク色の毛がついたプラスチックの小馬は発見されなかった。「劇場に忘れちゃったんだわ」ゾーイが申し訳なさそうに言うので、エイベルは車のキーを持って、「おじいちゃんが、連れて帰ってくるからな」とソフィアに言った。

くたびれて、ふらふらする。

「またさいなんだね」ソフィアが照れくさそうに言った。「そうでしょ、おじいちゃん」

「いいから、もう寝なさい」彼は顔を下げて、孫娘にキスをした。「あすの朝起きたら、もうすっかり大丈夫だ」

＊

暗くなった道に車を走らせ、町の中心部への橋を越えていたら、もう劇場は閉まっていないかと心配になった。近くの路上に駐車して、正面ドアに手を掛けたが、まったく動かず、ガラス越しの暗がりに人影らしきものはなかった。携帯電話はどこだと思ったが、うっかり忘れて飛び出してきたようだ。ごく穏やかに悪態をついてから、つっと口に手を当てた。すると若い男が横の通用口から出てきたので、「あ、ちょっと！」と呼びかけた。にっこり笑って、ドアを押さえてくれたのだから、劇場の研修生かもしれないが、エイベルが「孫がおもちゃの小馬を忘れたようで」と言うと、「まだステージマネージャーがいると思います。わかるかもしれませんね」と応じた。

それで建物に入れたものの、すっかり暗くなっていて、通用口から来たので楽屋の方向へ行くらしいとしても、はっきりした位置はわからない。壁に手を当てて、そろそろと伝い歩きで進んだが、その手がスイッチに触れることはなかった。そのうちに、あった、と思って指で弾くと、だいぶ先の一箇所に、ぼんやりと点灯する光があって、狭い通路が続くと見えただけだ。黄色いペンキ塗りの壁が、左右とも落書きだらけになっている。最初のドアをノックしたら鍵がかかっていた。「すみません」と明るく言ってみたが応答はない。いかにも劇場の内部だと思わせる匂いが、あたりに漂っていた。

空腹の身には、ひどく長い通路に思われた。黒いカーテンが二つに割れている真ん中に、ステージらしきものが見えた。上方に何列もならんでいる舞台照明は、暗くなっているだけなので、巨大なカブトムシの群れが待機中というようだ。「すみません」と、また声を掛けて、やはり返事はなかったが、なんとなく人の気配が感じられた。「あのう、ステージマネージャーさん、いらっしゃいますか。うちの孫が忘れものをしたようなので――」

ひょいと右を向いたら、すぐ上に小馬がいた。洗濯ロープを結んだような輪っかが通路の暗い裸電球に引っかけてあって、小馬がぶら下がっている。スノーボールはプラスチックの脚を突き出して、ピンク色の毛がふわりと立って、困った顔のまま固定されたようだ。大きく開いた目の上で、長くて黒っぽい睫毛が変にかわいらしく広がっていた。

いきなり背後でドアの開く音がして、彼は振り向いた。リンク・マケンジーがいた。スクルージの鬘《かつら》をはずして、まだメーキャップは落としていなかった。まともな顔ではない。

「あ、どうも」エイベルは手を差し出した。「孫が忘れものをしましてね」と、電球から下がっている小馬に顔を向けた。「研修生のどなたかがおもしろがって吊したのかもしれませんが、これを持って帰らないと、孫に見放される恐れがありまして」

スクルージが握手に応じた。骨っぽい手に力があって、かさかさに乾いていた。「どうぞ」とオフィスに招き入れるようなことを言ったが、エイベルが室内を見た感想では、物置ではなかったかと思うような四角い小部屋だ。塗装用の養生シートや、古ぼけたランプ、脚が一本とれたテーブルが置かれていた。

「ええと、脚立か、椅子のようなものはありますかな。お、あれでいい――」カーブした肘掛けのある古めかしい椅子が隅っこに見えた。

スクルージが部屋のドアを閉めて、「うん、椅子は一つしかないから、お掛けなさい」と言った。

「あ、いや。坐りたいのではなくて――」

スクルージは椅子の方角へ顎をしゃくった。「坐ってもらいたい」

おかしなやつと関わってしまった、とエイベルは思った。だが、彼としたことが、もう気力が萎えるだけになった。いくらか間を置いてから、なるべく穏当に、「いや、立っているので結構。そちらこそ、よろしいですかな?」と言って、お人好しに笑ってみせた。

スクルージはドアに寄りかかったままだ。いつまでこんなことをしている、とエイベルは言いたくなり、そう考えたことに気づいて、いま自分の心が離脱したような状態にあることを、まざまざと感じていた。

スクルージは言った。「少々話をさせてもらうが、それが済んだら、お引き取りいただいてよい。どうにか帰れるだろ。いままで心臓発作を起こしたこともなく、年はとったが、まだまだ丈夫、と考えているタイプかとお見受けする」じろじろとエイベルを見るスクルージの顔に、容赦のない笑みが浮いた。「着ているものは贅沢だ」そう言って自分でうなずく。「忠義な秘書がいて、スケジュールの管理をしてくれる。だが実際には、たいした役割を期待されていない。もうお飾りみたいなものだ。昔のご威光もなくはないが、もはや体力からして心許ない――。というわけで、お坐りなさい」

エイベルは立った位置を動かずにいたが、じつは息が上がりそうだった。この下司《げす》な男の言うことは――心臓発作を起こしたことがない云々は別として――大筋では当たっている。つい一年ほど前に発作があって、つくづく怖い思いをした。いま彼は椅子のほうへ二歩踏み出して、腰を下ろした。ぐるりと椅子が回ったので、びっくりした。

「膝が弱ってるな」と、スクルージが言った。「おれは筋金入りだよ。我慢はきかなくなってる。そういう男と差し向かいってのは、いいもんじゃなかろう」彼は治療の跡だらけの歯を見せて笑った。エイベルは心底ぎくりとした。いつまで行方不明になっていたら、妻が——あるいはゾーイかもしれないが——様子を見に来ようと考えるだろう。えらいことだ。

「あの小馬が、孫のおもちゃ？」

「そうだ。もう手放せなくなってる」

「子供は嫌いだ」スクルージは言った。ずるっと壁際に坐り込んで胡座《あぐら》をかく。若くもないのに、やわらかな身のこなしをするものだ。「小さいのがちょろちょろ動いて、うるさいことを言いやがる。——びっくりしたような顔だな」

「びっくりもいいところだ」エイベルは笑おうとしたが、スクルージの顔は笑っていなかった。エイベルは乾いた口で、さらに言った。「いや、まあ、申し訳ないが、そろそろ——」

「なぜ申し訳ない？」

「ええと、つまりその——」

「頭がおかしいやつと一つの部屋に押し込められて、そっちが謝るのか？」

「そりゃそうなんだが、よかったら、そろそろ失礼する——」

「よかったらと言われるなら、おれは少々ものを言いたい気分なんだ。そう言っただろ。まず一番に言いたいのは、おれはもう芝居なんてものにつくづく嫌気が差してるってことだ。もともと誰でも拾ってくれる世界だから飛び込んだだけさ。おれが生まれた頃には、ゲイに生まれついたら行き場なんかありゃしねえ。やっと芝居で拾われて、居場所らしきものになったんだ——所詮は、でたらめ、インチキなんだけどな。それから、もう一つ言っとけば、今夜、場内を真っ暗にしたのは、おれの仕業なんだぜ。寝巻きのシャツに携帯を隠し持っていた。それで照明を落とせる。インターネットに出てるぞ。そのうち携帯の操作で一つの国を吹っ飛ばせるだろう。ともかく手順通りにやったら、うまくいったんだから、自分でもびっくりだ。大混乱をねらって大成功。それを話して聞かせるやつがいなかった。一人で喜んでたんだ。いまになれば虚しき勝利だなあ」

「ほんとなのか?」

「虚しいってことが?」

「暗くしたことだ」

「そりゃあ、ほんとだ。子供なら、やばい、なんて言うところだ」スクルージはゆらゆらと首を揺すった。そして言いたいことを強調するように、人差し指をエイベルに向けて、「ともかく観客は必要だ。何かしでかしたとして、誰にも知られないとしたら?——森の木が倒れても、まわりに人がいなければ、倒れてないのも同じこと、ってやつだろう」ここで男は、おおいに驚いた顔をした。「ところがどうだ。いま人に話して聞かせたんだから、ほんとのことになった。これでいいんだ。もっとも、思ったほどに気が済んだとは言えないな。あんたをどうするかって問題もある。ここを出てって警察に知らせるんだろう。そうでなくても女房には言うよな。結局は、このリンク・マケンジー、なおさら町の笑いものだ。とっつかまって哀れな末路か」

「私には関わりのない話だ」エイベルは言った。

「どんなもんだか。あすになれば、あさってになれば、話は違ってくるだろう」

「孫の小馬を持って帰れば、それでいい」

しばらく間を置いてから、スクルージが言った。「そこんとこが奇妙きてれつ、うらやましくて心が痛むぜ。じゃあ、何だな、おれみたいなフーテン役者だって、もし孫ができたら、そうやって可愛がる気持ちがわかるだろう、ってなことを言いたいのか」

「そんなことは全然考えていなかった。見当違いも甚《はなは》だしい。ソフィアのことしか考えてなかったさ。あの子が小馬の帰りを待ってるんだ。うまいこと寝入ってくれたんならいいが」

スクルージは顔をしかめた。「ソフィアっていうのか。いい暮らしをしてるんだろうな」

エイベルは一瞬だけ様子を見てから、「そういうことになるだろうね」

「あんたも、その子くらいの年には、裕福に育ったのか?」

「まるっきり、そんなもんじゃなかった」

「じゃあ、頑張って働いて、金持ちになった?」

またエイベルは考えた。「そう、頑張ってる。ずっと働いてきた」

スクルージは大きく手をたたいた。「お、そうか、さては金持ちの女と結婚したな。いい年して、赤くなったりするなよ。いいじゃないか、何ともはやアメリカ的だ。恥じることはない。しかし図星を突いちまったってことだな。じゃあ、ささっと話題を変えよう。そのソフィアって子は、やっぱり働き者になりそうかい? どうも気になるね。いまの人間はたいして働かないんじゃないのか。子供だって——これは聞いた話なんだが、どっかの幼稚園じゃあ、一週間ちゃんと来たっていうだけで、大変よくできました、なんだそうだぜ。おや、火焔菜《ビーツ》みたいに赤くなりやがったね」

スクルージはあたりを見回し、さがしたものを見つけたようだった。ペットボトルの水である。わざわざ取りに行って、エイベルに持たせた。エイベルもうるさいことは言わなかった。ウールのスーツを着ている身体が、熱くてたまらなかったのだ。いくらか水を飲んでから、スクルージに返そうとしたが、この男は首を振っただけで、ふたたび壁を背にして坐り込んだ。

「あんた、商売は何だね？」テーブルに爪楊枝が一本あったのを手に取って、スクルージが歯を突《つっ》きだす。

「空調の設備を売ってる」きょうの会議でプレゼンをした若い女のことを、ちらりと思い出した。あれは準備をしすぎたのが裏目に出た。ロックフォードの女だ。彼が育った地区である。「まだまだ働き者はいるよ」

「空調か。たんまり儲かってるんだろ」

「毎年、芸術活動に寄付してる」

スクルージは首をかしげてエイベルを見た。色のない唇にひび割れがある。「おいおい」と静かに言った。「そういう言い方はよせよ」

エイベルは黙った。たしかに羞恥心はあって、胸中に爪を立てられたように感じる。じっとり汗ばむのがわかった。人間は台詞の棒読みのようにものを言うと考えた日に、いま自分がそうなっていた。

「だからな」と、またスクルージが言った。「ちょっと聞いてくれたら、それで終わりにしてやるよ」

エイベルは首を振った。体内で不快感がぐるぐる回るようで、口の中に唾液がたまる。この状態で、はたと思い当たることがあった——ゾーイは不幸になっている。

かもしれない。

「こわくなったか」と、スクルージは言った。この声ならスクルージだって怖じ気づいた

エイベルは静かに言った。「娘が不幸になっている」

「娘って、年はいくつだ」

「三十五。万事順調の弁護士と結婚して、かわいい子供たちがいる」

スクルージはふーっと息を吐き出した。「ほう、ひどい話に聞こえるね」

「なぜ?」エイベルは素直に問い返したくなった。「文句なしのはずだ」

「文句なしにさびしい。順調な弁護士なんてのは留守ばかりだ。かわいい子供だって、子育ては何やかや面倒だ。いやになることもあるさ。子守や掃除の女に腹の立つこともある。そんなことに旦那は聞く耳を持たない――そうなりゃ、もう同じベッドで寝たいとも思わなくなる。そっちだって家事の負担みたいになるよな。このまま年を取るのかと思うと、ああ、人生とは何だろうってことになる。そのうち子供は大きくなる。いよいよ女の倦怠は佳境に入る。ブレスレットや靴を買うようになるが、気が晴れるのは、せいぜい五分間。ますます不安の症状が高まり、そうなれば安定剤、抗鬱剤の出番だな。昔から社会は女を薬でごまかしてきた――」

エイベルは手を挙げた。もういい、と制したつもりだ。

スクルージは言った。「もう帰りたいんだろう。すぐに帰れるから、安心しろ」スクルージがぱかっと口を開けて、何やらを爪楊枝で突《つっ》き出し、ぺっと吐いて、大きな溜息をついた。「すまん。下品だった」

エイベルは心持ちうなずいた。いや、かまわん、と言うつもりだった。

今月になって、誕生日が来たエイベルは、六十代の真ん中にいた。お元気そうで、ちっとも変わりません、と人には言われる。しっかりと修復した歯が——おおいに自慢だったものだが——年寄りらしく目立ってきた、などと言う人はいない。お気の毒に、とは言われない。何とも思われていないのかもしれない。

「おお、馬鹿だった」スクルージが言った。「何が安心しろだよな。そんなこと言われて安心したことなんてあるかい?」

「どうかな」

「ないだろう」スクルージの口調がやわらいで、昔からの知り合いと話しているような声になっていた。

もっと気力があれば、この風変わりなひねくれ男に語って聞かせてもよかったろう。エイベルは遠い昔にロックフォードの映画館で案内係をしていた。ロック川の河畔に近い。さっき通用口を入って気づいたのと同じ匂いがあった。劇場の奥に来たと思わせるものだ。

その仕事にありついたのは高校時代で、彼は十六歳だった。その年、妹は六年生で、クラスの前に呼び出され、服に染みがついていると指摘された上で、いくら貧乏でも生理用ナプキンが買えないことはないだろうと言われていた。それでドティーは、もう学校へ行きたくない、と言うようになった。この妹にエイベルは約束をした。それが何だったか、もう覚えていないのだが、とにかく働いて稼ぐことが力になると思ったことを覚えている。十六歳にして金の力はものすごいと思い知った。金で買えなかったものがあるとしたら、ドティーに友だちを買ってやれなかっただけだ（自分でも仲間を買うことはできなかったが、さほどに困るとは思わなかった）。だが、きらきら光るブレスレットは買えた。妹に買ってやれた。ドティーの顔が笑った。そして何よりも、金があれば、食べるものが買えた。

そう言えば、と思い出したのが、ルーシー・バートンのことだ。彼女もまた、とんでもなく貧乏な育ちだった。子供の時分には、夏になると、しばらくルーシーの家に泊まりに行ったものだ。彼は〈チャトウィンズ・ケーキショップ〉という店の裏手に回り、廃棄処分になった商品で、まだ食えそうなものを漁ったが、よくルーシーもついてきた。（ああ、去年、書店でサイン会をやっていて、彼を見たときのルーシーの顔といったらなかった。それだけの時間がたったということだ！　彼女は両手を出して、彼の手を取り、しばらく離したがらなかった。）

エイベルが生きていてわからないと思うのは、人間はどれだけ忘れて、どれだけ引きずるかということだ。手足を失った後遺症というのも、こんなものだろうか。まだ食べられるものをゴミ箱に見つけた気分は、もう正直なところ、はっきり覚えていない。うれしかったのだろう。ステーキの相当部分が残っていて、汚れをかき落とせば食えると見たときは、たぶん喜んでいたと思う。ずっと後年になって、窮すれば通ずってやつさ、と妻に言ったことがある。すると妻はとっさに恐怖を隠しきれなかった。「恥ずかしくなかったの？」これに答えるべきことは——わかったこと、でもあるが——妻が言い終わらないうちに、すぐ思いついていた。さては腹を空かせたことがないんだな、エレイン、ということだ。そうと口には出さなかった。いま妻に恥ずかしくなかったかと問われて、そんな気にもなった。なるほど恥ずかしいことなのだ。父親がゴミ箱のものを食べるほどの貧乏だったなんて、子供たちには言わないでくださいよ、と妻に念を押された。

「すっかり嫌になってる」スクルージは言った。「こんなことやってれば病んでくるさ。つまらんガキどもに教えて二十八年だ」

「やってて楽しくはない？」エイベルは相手との距離感を意識しながら、妥当な質問ならばよいがと思った。

「ああ、こんなにねじ曲がった仕事もなかろうよ」スクルージは困ったように手を振った。「金のあるやつを研修生にする。金があって泣けるやつ。そういうのがいなければ採用なし。泣けるやつは必要だ。泣けと言われて泣けるやつ。それで感性やら才能やらがあると思い込んでる。ほんとは、ただバカになれるだけ。おれはそう思ってるけどな」スクルージはくたびれたような顔で、うしろの壁に頭を寄せて、天井を見上げた。

「おや、ひょっとして――」と言いかけて、エイベルは言葉をさがした。「あの劇評が気になってるんじゃないのか――」

「おい」スクルージが不意に立ち上がった。エイベルに指先を向けて、「よせやい、こいつめ、いい格好しやがって。これだけは言っとくが、おれはもう長いことピリピリ張りつめて我慢の限界に来てるんだ」彼はシャツのポケットから一本のシガレットを取り出して、火をつけることはなく、脚にとんとんと当てた。「初めから言ってるだろう。おれは話がしたい。だから話をしてたじゃないか、そうだろう？　しゃべりたいんだ。そうなってた」

エイベルはうなずいた。「そうだった」

「だよなあ」スクルージは太い息を吐き出して、ずるずると背中を壁にすべらせ、またフロアに坐り込んでいた。「どこまで話したっけ。あんたが結婚運に恵まれて出世するんだったか」

「いや、それはだめだ」エイベルは無理やりに姿勢を正した。「妻の話はしない」ほとんど声にならなかった。心をどこへ振り向けたらよいかわからない。疲労感が一枚の布になったように彼を覆っていた。

「わかった。その話はよそう」スクルージは一瞬おとなしくなってから、また言った。「おれはずっと一人だった——」

エイベルが男を見ると、その顔も見上げてきていた。さっきまで鬘をかぶっていた頭皮に、白髪まじりの髪の毛がぺったりと縞模様をつけている。「そうだろうな」エイベルは言った。

「そうだろうな?」

エイベルは笑いそうになって、なぜ自分の顔が笑うのかと思った。すると驚いたことに(恐ろしいことに!)今度は泣きそうになった。かろうじて堪《こら》えたものの、まともに口がきけなかった。「そうだよ、おれも——」するとスクルージがうなずいてみせた。素直に、わかった、と言っているようだった。エイベルは「おれだって泣いてやれるかもな」と言った。

「あんまりバカにはなれないだろうが、実《じつ》があるな。ありがたいぜ。話のできる人間がいてほしかった。そしたら来たよ。あんたは本物だ。ほんとの人間なんてのは、めったにいるもんじゃない」

ふと双方とも黙った。こういう話は、すんなり呑み込めないのかもしれない。それからスクルージが言った。「あんた、母親は好きだったかい?」エイベルの耳には、子供に戻った声のように聞こえた。

「そうだった」と自分の声が言っているのをエイベルは聞いた。「大好きだった」

「父親はいなかった?」

こんなことを言われるとは、おかしなものだ。そうやって校庭でからかわれたことを思い出す。もちろん、いまは違う。それでも彼は顔が熱くなった。父はエイベルが幼い頃に死んでいた。ある時期に、短い間だったが——ほんの何日かのことだったか——男の存在があった。その男が去ってから、ドティーは既製の服を、エイベルも新しいズボンを、買ってもらったので、記憶が残ったようなものだ。すぐにズボンは小さくなって、一年ほどそのままになっていたが、あのズボンがあったおかげで映画館の案内係になることもできた。母のいとこが——というのはルーシー・バートンの母親だが——縫いものの仕事をする人で、泊まりに行った際に、ズボンの寸法を伸ばしてくれていた。

「おや、まずいことを聞いてしまったらしい」スクルージが言った。「おれは無神経になることがある。ところが自分についてては神経が細かいんで、人に対して腹を立てもする。自分のことにだけ細かくなってるのはけしからんな」

「すまんが――」エイベルは、ぼんやりしてきた目を瞬《しばたた》いた。「どうも気分がよくない。一年前に心臓発作があったんで」

スクルージはまた立ち上がっていた。「だったら言えよ。どうにかしないと」

「いや、心配ない。孫の小馬を取ってくれないかな」

スクルージがじろじろと探るように見るので、エイベルは目をそらしてしまった。こんなに迫って――こんなに近しく――見られたことは、もう何年もなかった。「心配ない？」男はやさしいとも言えそうな声を出した。「何なんだ、あんた」

「いい格好をした男さ」またしてもエイベルは笑った顔を見せたいという奇妙な衝動を感じていた。「税金をごまかしたくない男でもある」すると、またしても、ほとんど泣きたくなる奇妙な衝動に駆られた。

「たしかに、いい服を着てやがるな」スクルージはドアを開けて、エイベルの視界から出た。その声だけが聞こえた。「仕立屋の注文服だってことは見ればわかる。いま小馬を下ろすよ。いいから、そこに坐ってろ。動かなくていい」

エイベルが服を注文するのは、キースというロンドンの仕立屋だった。年に二回、〈ドレーク・ホテル〉に悠然と入っていって、ミシガン湖を一望するスイートに到着すると、ラジエーターがしゅうしゅう音を立てる暖かすぎるほどの室内で、キースが布製の巻き尺を手にして寸法を採ってくれた。さりげなく素早い熟練の手つきで、キースはモスリンの生地をエイベルの肩に、胸に、腕に当てて、チャコで印をつけていた。別室には生地の見本が広げられていたが、エイベルはたいていキースが提案するものを選んだ。わずかに一度か二度、もう少し地味なものにしよう、ストライプの幅が広すぎるかもしれない、などと言ったことはある。「ギャングの衣装みたいになったら困る」と冗談めかすと、キースは「いえいえ、そんなことは」と答えていた。

そのキースが癌で死んだと聞かされて、エイベルはおおいに驚いた。死ぬ、一人の人間が消える、あの男がいない。どういうことなのだ。いた人がいなくなるという単純なことなら、エイベルにはめずらしくもない。もう若くはないのだから、人の死は何度も見聞した。そもそも父親が急にいなくなるという経験もあった。だがキースの死には驚きがあって、さらに胸を焼くような恥の感覚も生じた。さんざんキースに服を仕立てさせて、えらそうな振る舞いに及んでいたのではなかったか。彼はぶつぶつと一人で呟くことがあった。

車に乗っていても、オフィスにいても、朝の着替えをしていても、「すまない、ああ、すまない」と口に出ていた。

選挙では保守派に投票し、毎年の特別ボーナスを受け取り、シカゴでも指折りの高級レストランで食事をしながら、また心の大半では従来通りのことを考えていながら――つまり、おれは裕福になったからといって疚《やま》しいことはしていない、と思っていたというのに、それでも彼は謝りたくなった。では誰に謝るのか、というところは曖昧なのだが、ときとして急な大波をかぶるように、恥ずかしいという感覚に見舞われることがあった。妻がホットフラッシュの症状を起こすのと似ているかもしれない。妻は瞬時に顔を火照らせ、その顔に汗がたらたらと流れる。オフィスの女性社員にもそういうことはあって、明るく対処している人もいたようだが、妻はそうではなかった。症状の激発にさらされる、ということが、ようやく彼にもわかってきた。そのように彼は恥ずかしさに襲われた。もちろん、これには何ら現実の根拠がないことも、彼は知り抜いていた。キースは仕事を得ただけだ。そして充分に職責を果たした。充分に報酬を受けた(あれほど割のいい仕事はなかったろう)。

すると、ある日、製造部門の社員二人が話しているのを耳にした。一人が生意気な口をきいて、「利益追求の企業倫理で動く会社に勤めてるんだ」と言うと、もう一人はびっくりした目つきをして、「バカ言え。青臭い皮肉な議論だ」と応じた。エイベルが腹を立てたのは第二の男である。「青臭い議論は必要だぞ」と言ってやった。「それで健康なんだ。人の考えることを軽々しくバカ呼ばわりしてはいかん」あとになって、このことが気になった。いまは彼が慣れ親しんでいた職場環境とは違っている。いまの会社は、訴訟になりかねない案件の培養皿のようなものだ。人事部は休む暇がない。とはいえ、ほかの会社にくらべればのんびりしたもので、エイベルは敬意を向けられているし、愛されてもいる（昔からの秘書には、おおいに愛されている）。いや、ともかく肝心なことを言えば——謝りたいという感覚が、どうしても去ってくれなかった。これを抱えているのは疲れることだ。

「おれは結婚から出世した」と、エイベルは口に出した。なんだか笑いたくもなった。「ああ、そうだ。妻はきれいなクリスマスツリーみたいだったな。いや、ツリーのような女というのではない。つまり象徴というやつで——」

「ほら、これだ、これだ」リンク・マケンジーが手を突き出して戻ってきた。

「ありがとう」エイベルは言った。リンク・マケンジーが部屋の入口まで来ている。その声が聞こえた。「まあな、あんた、いい人だよ」

だが、このときエイベルの視野が、周辺から暗くなった。胸を刺す痛みがあった。まもなく自分が椅子からずり落ちるのかもしれないと思った。リンクが電話をする声が聞こえた。「大至急」と言っている。それで思い出すのは、さあ、急いでよ、というような場面があったことだが、しかし何だったのかわからない。それから、さかんに物音がして、ドアの開くらしい様子もあって、オレンジ色の細長いものが見えたので、あれに寝かされるのだろうと思った。

がっしりした体格の男かと思ったくらいの女が、男みたいなショートカットの髪をした制服姿で、救助しようとしてくれる。昔だったら「男女《おとこおんな》」とでも言われたか、という考えがエイベルの心をよぎった。それにしても、たいした貫禄がある。オレンジ色の担架に彼を寝かせて、ご自分の名前がわかりますか、と言った。たぶん答えたのだろう。彼女が呼びかけてきた。「じゃあ、行きましょう、いいですか、ブレインさん」

「すまない」リンクが耳元で言っている。それともエイベルが言っているのか。「税金」と言ってみたかった。言えたのかどうかわからない。だが、たいした貫禄があって男のように力強い女に、彼は言いたかった。税金というものがあるから、こうして来てくれる人がいる。

「ブレインさん、お孫さんの小馬は、いま私が持ってます。小馬の名前、わかりますか？」たくましい大柄な女が言った。

これにも答えられたのだろう。「じゃあ、スノーボールをしっかり握ってくださいね。これから病院へ向かいます。わかりますか？」硬質なプラスチックを手に持たされる感触があった。

救急車のドアが閉められて、リンクの顔が近くにあった。何かしら言っているようだ。エイベルは首を振った。振ったと思うのだが、はっきりしない。だがリンク・マケンジーにも言いたいことがあった。あまりに現実離れして、だから解放感もあったのだが――楽しい一時を過ごさせてもらったと言いたかった。そんなバカなと思えようが、そうではない。彼は血管にひんやりした流れを感じた。おそらく何かの器具につながれて、薬品を注入されたのだろう。聞いてみるだけの言葉が出なかった。その後、救急車のスピードが上がって、エイベルが感じたのは不安ではなく、不思議な極上の歓喜だった。ようやく、どうしようもなく、ものごとが自分の手を離れていく、ほどける、ほぐれる、という幸福感である。だが、それとは別に、すうっと見えてくるものがあった。わずかに手の届かないところに、きらきら光るものがあるような、クリスマスのウインドーでもあるような――。何だかわからないが、うれしくなる。くたびれた法悦の境にいる彼に、それが近づいてこようとするらしい。リンク・マケンジーが「あんた、いい人だよ」と言った声に、エイベルは笑顔を誘われた。胸の上に岩石を積まれたような気がするのに、笑いたくなった。すばらしき大柄の女の声が「ブレインさん、しっかり、頑張って」と言うので、いま笑った顔が、この二人には苦痛にゆがんだ顔に見えたのかもしれないと思ったが、だからどうということでもなく、いま彼はするすると二人から遠ざかって、まるで飛ぶように——何という速さだ！——青々と広がる大豆畑を越えながら、この上なく喜ばしい認識を得ていた——おれにも仲間がいる。そうと言えるなら言ってもよかったが、わざわざ言うまでもない。かわいいソフィアが小馬のスノーボールと仲良しであるように、エイベルにも仲間がいた。こんなタイミングでこんな贈りものが来るのだとしたら、もう何があっても——たとえ会議用に装ったロックフォードの若い女が、ロック川の上をすっ飛んでいたって……と思って目を開けると、そう、すとんと腑に落ちていた——誰にでも、何があってもおかしくない。

# 謝辞

本書の執筆に際してご協力いただいた方々のお名前を記して感謝いたします。

ジム・ティアニー、キャシー・チェンバレン、スーザン・カーミール、ベヴァリー・ゴロゴースキー、モリー・フリードリック、ルーシー・カーソン、（みごとなストーリーテラーと言うべき）フランク・コナーズ、誰もおよばないベンジャミン・ドライアー。

# 訳者あとがき

エリザベス・ストラウトが第一長篇を出してから、今年で二十年になる。本書が六冊目。原著（*Anything Is Possible*）の初版は二〇一七年だった。前作『私の名前はルーシー・バートン』（*My Name Is Lucy Barton*）は、原著が二〇一六年で、やや短めの作品だったこともあり、その翌年には日本語版を出すことができた。今回もぎりぎりで原著の翌年に間に合ったのだが、いままでに私が訳したストラウトとしては、最も苦しんだ作品であることを白状する。これは本作の品質ではなく性質による結果である。連作短篇となる一冊の中で、各篇がいずれも重苦しい内容を含んでいて、しかし、どこかに救いも見出せる。ずぶずぶ沈んでから、ほっと息をつく。そういう繰り返しで訳者がくたびれたということだ。いま翻訳の作業を終えて、『ニューヨーク・タイムズ』紙の書評（二〇一七年四月二十六日）に出ていた表現に賛同したくなっている。「なぜストラウトを読むかと言うと、その理由はレクイエムを聴くのと同じだ。悲しみの中にある美しさを経験する」

ともあれ、前作からあまり時間を置かずに本作を刊行できたのはよかったと思う。この二冊は明らかに、そろって読まれるべきものだからだ。もちろん、それぞれ単独でも充分に味わえるはずだが、もし可能であれば、まず『私の名前はルーシー・バートン』を読んでから、この『何があってもおかしくない』に進んでいただければ、その分だけ理解しやすくなるだろう。いわば前者は大きな序章だったとも言える。これが窓になって、そこから外を見るように、後者の風景が見えてくる。

ルーシー・バートンは中西部の田舎からニューヨークへ出て作家になる。貧困家庭を脱出した、故郷から逃げた、ということでもある。そのルーシーが入院した期間に、めずらしく母親が見舞いに出てきて、しばらくぶりに母と娘の対話が生じ、昔の人々の噂をする、というのが前作の設定だった。そういう過去の記憶にある人々が、今回は各篇で重要な役割を持たされる。たとえば、第一篇のトミー・ガプティルについて、前作の読者であれば、ああ、あの人だ、と思い当たることだろう。放課後の教室に居残りたがるルーシーにやさしかった用務員のおじさんである。すっかり老人になったトミーが訪ねていくバートン家に、いまはルーシーの兄ピートだけが住んでいる。このピートは前作では影が薄くて、ちょっと変な人という印象になっていたが、本作では、たしかに変な人には違いないが、その「変な人」の中に「いい人」が隠れていたこともわかってくる。姉のヴィッキー（現姓レーン）についても同じこと。ルーシーは、田舎に残った人の目からは、また違って見えるはずだ。人物同士で、また読者から人物に対して、いくらか知っていた人を、もっと知るようになって、その人への印象が変わる、というところが小説を読む楽しみになる。

とくに語り手というべき人物はいない。強いて言えば、誰もが少しずつ語り手になっている。多くのページが人物間の対話に当てられていることに読者は気づくだろう。誰かが誰かに誰かのことを語る。その人もまた誰かに語られる。語ることによって自らを語ってもいる。そうやって屈折する反射の繰り返しで、人々の立体映像が浮かぶ。人の話が、枝分かれする血管のようになって、町に血が通う。イリノイ州アムギャッシュという架空の町だ。シカゴまで車で二時間半かかる、という見当であるらしい。さほどに遠くないカーライルという地名も再登場で、この町も今回は重要な舞台になっている。

それにしても、どこかしら変な人ばかりである。グロテスクとも言えよう。読者がうっかり抱いてしまうかもしれない田舎への幻想を、ストラウトは容赦なく打ち砕いて、故郷はなつかしき田園ではないという現実を突きつける。どこかしら変である背景は、「こういう情けない土地で育ったということ。ここでは情けなさが土壌の成分になっている」（二七九ページ）。これは第八篇「雪で見えない」からの引用で、唯一、中西部ではなく東部メイン州が地盤になっている話だが、言っていることは他の作品にも通じよう。この一篇だけは『ヴァージニア・クォータリー・レビュー』誌（二〇一三年春号）に掲載され、二〇一五年のO・ヘンリー賞に選ばれていた。主役となるアニー・アプルビーにはルーシー・バートンとの地縁も血縁もないのだが、ルーシーの親戚（母親同士が従姉妹）で宿屋の女主人であるドティー・ブレインが泊まり客から聞いた話の中に出る人物ということで、今回の連作に取り込まれた。

土地の人々がどこかしら変になっているのは、貧困、家庭環境、過去の戦争のような原因で、どうしても引きずってしまう苦しい記憶があるからだ。その痛みが少しでも軽減される瞬間に立ち会うと、読者もまた救われたような気がする。どの人にも物語があったことを知って、その人を見直したくなる。ルーシーが貧乏の中から発見した哲学、すなわち人間が他者より優位だと思いたがるのは、いかにつまらないことか、という考えは本作でも健在である。

二〇一八年十一月　　　　　　　　小川高義

訳者略歴　1956年生，東京大学大学院修士課程修了，英米文学翻訳家，東京工業大学名誉教授　訳書『オリーヴ・キタリッジの生活』『バージェス家の出来事』『私の名前はルーシー・バートン』エリザベス・ストラウト（以上早川書房刊），『停電の夜に』ジュンパ・ラヒリ，『老人と海』アーネスト・ヘミングウェイ，『変わったタイプ』トム・ハンクス，他多数

---

何《なに》があってもおかしくない

---


2018年12月10日　初版印刷
2018年12月15日　初版発行

著者　エリザベス・ストラウト

訳者　小川高義《おがわたかよし》

発行者　早川　浩

発行所　株式会社早川書房
東京都千代田区神田多町2－2
電話　03－3252－3111（大代表）
振替　00160－3－47799
http://www.hayakawa-online.co.jp

印刷所　株式会社亨有堂印刷所
製本所　大口製本印刷株式会社

Printed and bound in Japan

ISBN978-4-15-209820-7 C0097

乱丁・落丁本は小社制作部宛お送り下さい。
送料小社負担にてお取りかえいたします。

The
UNDERGROUND
RAILROAD
コルソン・ホワイトヘッド
谷崎由依 訳
地下鉄道
COLSON
WHITEHEAD

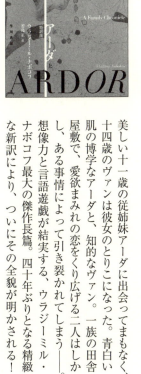